# 新韓檢
# 初級閱讀
## 速成攻略
## HOT TOPIK I

읽기

金順禮、金愛羅、金鍾淑 著

## 序言

　　隨著韓語越來越熱門，準備韓國語文能力測驗的外國學習者也不斷增加。正如所有考試一樣，學習者在準備考試時往往會感到不安，對於教授韓語的老師來說也抱持同樣的心情。尤其是韓國語文能力測驗並非針對特定範圍出題和評分，因此令人感受到更深的不安感。有鑒於此，我們結合過去二十多年來在韓語教學現場的經驗，撰寫了《新韓檢初級閱讀速成攻略 HOT TOPIK I》一書。

　　為準備閱讀測驗，學習者不僅需要懂得基本的單字與文法，還需熟悉多種題型，包含「理解內容」、「選出主題或中心思想」、「選出適合填入空格的內容」、「排出正確的順序」等。此外，如果對特定主題缺乏基本知識，便會影響對文章的理解能力，進而難以在規定時間內完成所有題目，導致無法充分發揮自身實力。

　　因此，《新韓檢初級閱讀速成攻略 HOT TOPIK I》將分為「題型篇」、「主題篇」和「模擬試題篇」3大章節。在「題型篇」中，分析了韓國語文能力測驗第41屆至第83屆的閱讀測驗，並歸納成9種題型，針對每種題型進行詳盡的介紹與解說。同時，為幫助學習者順利應對這些題型，提供「題型作答技巧」，並附上練習題以便熟悉各種題型。「主題篇」則將歷屆閱讀測驗中出現過的文章主題，及未來可能出題的主題，歸納成十大類：I. 人物、II. 職業、III. 興趣、IV. 日常生活、V. 飲食、VI. 地點、VII. 生活用品、VIII. 特殊日子、IX. 生活指南、X. 其他・常識。每個大主題再細分為12個小主題的問題，並重新編寫成常考題型：包含「選出相同內容」、「填空題」、「選擇中心思想」、「插入句子」、「排出正確的順序」等。學習者藉由「題型篇」和「主題篇」的訓練，再透過2回模擬試題自行檢測實力。另外，本書附錄還收錄了101種初級文法與表達、題型篇解答、主題篇解答及中文翻譯、模擬試題解答等內容，同時隨書附贈隨身小手冊，當中收錄初級動詞、形容詞、副詞及主題單字。

　　希望本書能在學習者準備韓國語文能力測驗的過程中，幫助減輕對於無法預測考試內容的焦慮和不安。最後，對於欣然答應出版本書，並在多方面給予協助的Hangeul Park致上真心的感謝。

金順禮、金愛羅、金鍾淑

# 針對TOPIK閱讀測驗的疑問

 TOPIK I 只考聽力和閱讀測驗,那麼在準備閱讀測驗的過程中可以忽略文法嗎?

 雖然文法不像聽力和閱讀一樣作為獨立的測驗項目,但已經融入這兩項測驗中。因此,不熟悉文法的話,便無法在聽力和閱讀測驗中取得好成績。

 作答閱讀測驗時,看到很多不認識的單字,感到很吃力。

 就算是韓國人,也未必認識所有的韓文單字。他們同樣會依靠上下文邏輯和句子內容來推測不認識的單字意思。因此,考試遇到不認識的單字也不要慌張。不要只把注意力放在不認識的單字上,請專注於將整篇文章快速看過,嘗試推測和理解全文內容。

 如果碰到不太熟悉的主題用語該怎麼辦?

 TOPIK閱讀測驗涵蓋的主題非常廣泛。因此,建議平時多閱讀,接觸各種不同主題的文章。

 考試時總覺得時間不夠用。

 如果感覺時間不夠,可能是因為閱讀速度太慢。由於閱讀測驗的題型十分多元,因此熟悉各類題型是非常重要的。此外,在作答練習題和模擬試題時,請務必計時,養成縮短解題時間的習慣。

# 本書架構

## ◀ Part 1 題型篇 ▶

🔍 根據歷屆試題分析，整理出9種題型。在每一題型的章節中，先對該題型進行介紹，並透過詳盡的解說和正確答案提示，幫助學習者深入理解題目，進而更準確地解答問題。

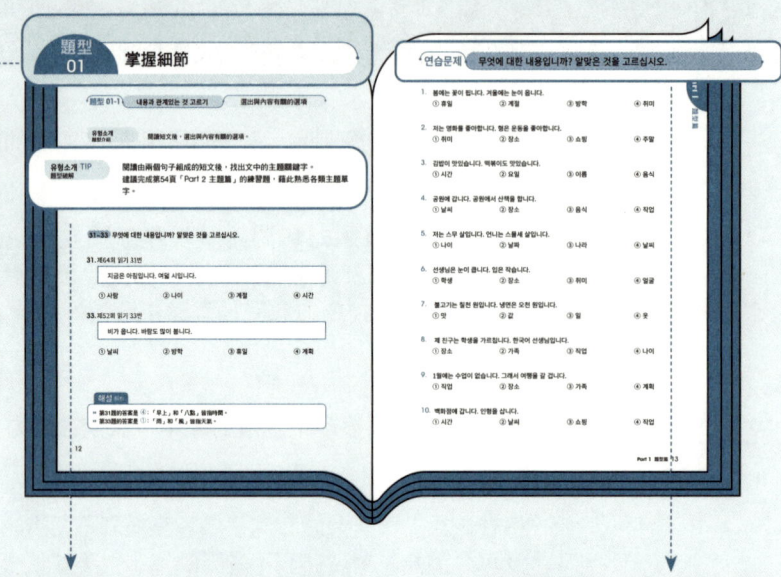

🔍 每個題型章節的開頭設有「題型破解TIP」，說明如何學習和準備該類題型的技巧。

🔍 提供練習題，讓學習者能夠實際運用前方學習的方法，親自演練解題。

## ◀ Part 2 主題篇 ▶

🔍 將歷屆試題文章進行分析，按照內容分為10大主題。

🔍 每個主題均搭配閱讀測驗中最常見的5種題型，包含：「選出相同內容」、「括號填空」、「選出中心思想」、「句子插入題」以及「句子排序」。

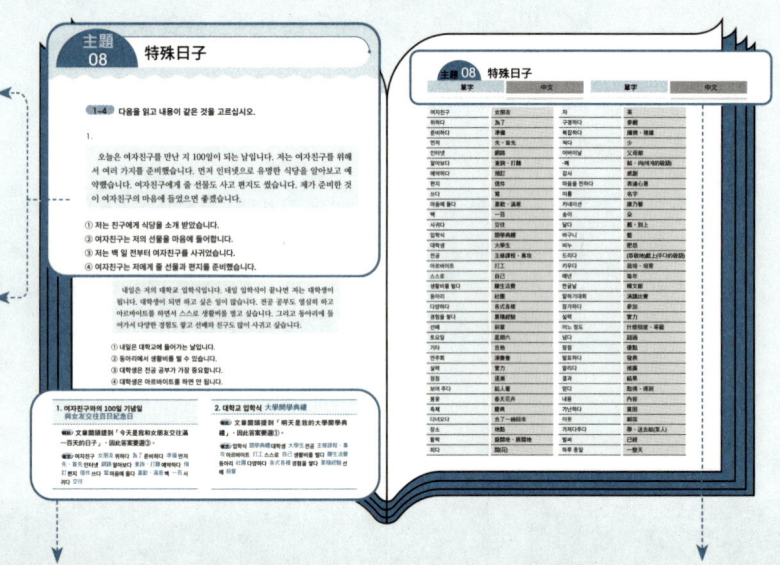

🔍 每道題目均附有詳盡解析，並提供相關重點單字，幫助學習者更加有效地掌握解題技巧。

🔍 此外，每個主題的最後，皆整理出本主題的重點單字，並提供中文翻譯，幫助學習者提升閱讀理解能力。

# Part 3 模擬試題

在完成「題型篇」和「主題篇」的學習後，書中提供2回模擬試題，供學習者檢測自身實力。在解題過程中，建議按照實際考試的形式設定時間作答，不僅能藉此確認自身的實力，還能找出需補強之處。

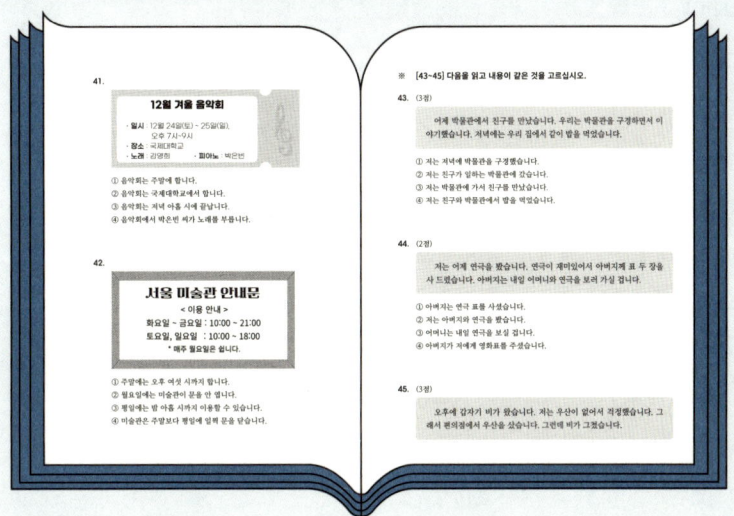

# Part 4 附錄

附錄內容包含：101種初級文法與表達、題型篇解答、主題篇解答、模擬試題解答和題目中譯。隨書附贈的單字小冊則收錄：初級動詞、初級形容詞、副詞、主題分類單字表。

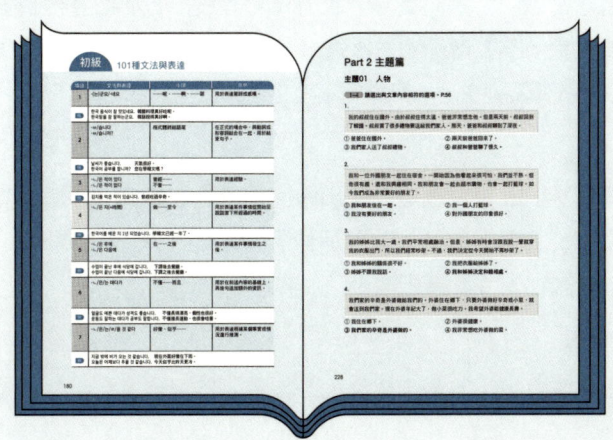

# 目次

## Part 1 題型篇

**題型 01** 掌握細節 ............................................. 12
　　01-1 選出與內容有關的選項 ............................... 12
　　01-2 選出與內容不相符的選項 ............................. 14
　　01-3 選出與文章內容相符的選項 ........................... 21
**題型 02** 找出省略的內容 ..................................... 24
**題型 03** 掌握中心思想 ....................................... 26
**題型 04** 排列文章順序 ....................................... 29
**題型 05** 找出省略的內容＋掌握細節 ........................... 33
　　05-1 選出適合填入空格的單字，以及與文章內容相符的選項 ..... 33
　　05-2 選出適合填入空格的文法，以及與文章內容相符的選項 ..... 36
　　05-3 選出適合填入空格的內容，以及與文章內容相符的選項 ..... 38
**題型 06** 找出適合填入空格的內容＋掌握中心思想 ................ 41
**題型 07** 句子插入＋掌握細節 ................................. 44
**題型 08** 選擇文章的撰寫目的＋掌握細節 ....................... 47
**題型 09** 找出適合填入空格的內容＋推論答案 ................... 51

## Part 2 主題篇

**主題 01** 人物 ............................................... 56
　　1. 叔叔 56　2. 外國朋友 56　3. 姊姊 57　4. 外婆 57　5. 哥哥 58　6. 職場前輩 58
　　7. 丈夫 59　8. 妹妹 59　9. 姪子 60　10. 韓文老師 60　11. 父母 61　12. 女兒 61　人物單字 62
**主題 02** 職業 ............................................... 66
　　1. 餐廳老闆 66　2. 消防員 66　3. 冰箱修理技師 67　4. 空服員 67　5. 電競選手 68
　　6. 氣象主播 68　7. 藥師 69　8. 護理師 69　9. 清潔人員 70　10. 披薩主廚 70
　　11. 記者 71　12. 漁夫 71　職業單字 72
**主題 03** 興趣 ............................................... 74
　　1. 看韓劇 74　2. 畫漫畫 74　3. 出國旅行 75　4. 購物 75　5. 做料理 76
　　6. 跳舞 76　7. 看電影 77　8. 彈鋼琴 77　9. 登山 78　10. 唱KTV 78
　　11. 四物遊戲 79　12. 讀紙本書 79　興趣單字 80
**主題 04** 日常生活 ........................................... 82
　　1. 早餐與健康 82　2. 帶狗散步 82　3. 特別的聚會 83　4. 網路購物 83

　　　　5. 打掃家裡 84　6. 餐廳訂位 84　7. 製作辛奇 85　8. 弟弟的生日禮物 85　9. 照顧盆栽 86
　　　　10. 巧克力博物館 86　11. 瑜伽 87　12. 預訂電影票 87　日常生活單字 88

**主題 05**　**飲食**　　　　　　　　　　　　　　　　　　　　　　　　　　　　　　90
　　　　1. 蔘雞湯 90　2. 辛奇炒飯 90　3. 麵條 91　4. 年糕湯 91　5. 海苔 92　6. 五花肉 92
　　　　7. 海帶湯 93　8. 韓式拌飯 93　9. 烤地瓜 94　10. 年糕 94　11. 檸檬 95　12. 辣炒年糕 95　飲食單字 96

**主題 06**　**地點**　　　　　　　　　　　　　　　　　　　　　　　　　　　　　　98
　　　　1. 銀行 98　2. 中浪川 98　3. 景福宮 99　4. 五日市場 99　5. 韓醫院 100　6. 圖書館 100
　　　　7. 棒球場 101　8. 網咖 101　9. 博物館 102　10. 咖啡廳 102　11. 電影院 103
　　　　12. 鄉下 103　地點單字 104

**主題 07**　**生活用品**　　　　　　　　　　　　　　　　　　　　　　　　　　　　106
　　　　1. 電風扇 106　2. 硬幣 106　3. 智慧型手機 107　4. 日記本 107　5. 筆記型電腦 108
　　　　6. 吉他 108　7. 筷子 109　8. 枕頭 109　9. 杯子 110　10. 飛輪 110　11. 皮鞋 111
　　　　12. 假髮 111　生活用品單字 112

**主題 08**　**特殊日子**　　　　　　　　　　　　　　　　　　　　　　　　　　　　114
　　　　1. 與女友交往百日紀念日 114　2. 大學開學典禮 114　3. 吉他社演奏會 115
　　　　4. 春天花卉祭典 115　5. 父母節 116　6. 韓文節 116　7. 辛奇製作日 117　8. 中秋節 117
　　　　9. 發薪日 118　10. 世界水資源日 118　11. 搬家日 119　12. 農曆新年 119　特殊日子單字 120

**主題 09**　**生活指南**　　　　　　　　　　　　　　　　　　　　　　　　　　　　122
　　　　1. 外語電話服務 122　2. 紙類和玻璃瓶的丟棄方法 122　3. 貓咪照顧公司 123
　　　　4. 公寓大樓電梯維修公告 123　5. 特別市集 124　6. 公車・地鐵搭乘日 124
　　　　7. 假日守護藥局 125　8. 移動圖書館 125　9. 120服務專線 126
　　　　10. 解決汽車異味的方法 126　11. 社福中心免費攝影課公告 127
　　　　12. 空氣品質不佳日注意事項 127　生活指南單字 128

**主題 10**　**其他・常識**　　　　　　　　　　　　　　　　　　　　　　　　　　　130
　　　　1. 香皂花 130　2. 物聯網 130　3. 睡眠 131　4. 醬 131　5. 壁畫村 132　6. 香蕉 132
　　　　7. 楓葉 133　8. 俗諺 133　9. 獨旅 134　10. 白噪音 134　11. 漫畫 135
　　　　12. 天氣預報 135　其他・常識單字 136

# Part 3 模擬試題

| | |
|---|---|
| 第1回實戰模擬試題 | 141 |
| 第2回實戰模擬試題 | 161 |

# 附錄

| | |
|---|---|
| 初級101種文法與表達 | 180 |
| 解答 | 196 |
| 題目中譯 | 201 |

# 韓國語文 能力測驗（TOPIK）介紹

### 韓國語文能力測驗的目的
- 為母語非韓語之海外僑胞與學習韓語的外國人提供學習方向，並擴大韓語使用普及率。
- 評量韓語使用能力，並將其成績運用於韓國大學留學或就業。

### 測驗對象
母語非韓語之韓國海外僑胞與外國人
- 韓語學習者及有意赴韓國大學留學者
- 有意至國內外韓國企業與公共機關就業者
- 就讀國外學校或已畢業之海外韓國國民

### 主管機關
韓國國立國際教育院

### 測驗級數與等級
- 測驗級數：TOPIK I、TOPIK II
- 評量等級：分為6個等級（1~6級）

| TOPIK I ||  TOPIK II ||||
|---|---|---|---|---|---|
| 1級 | 2級 | 3級 | 4級 | 5級 | 6級 |
| 80分以上 | 140分以上 | 120分以上 | 150分以上 | 190分以上 | 230分以上 |

### 測驗時間

| 測驗級數 | 節次 | 測驗項目 | 測驗時間 |
|---|---|---|---|
| TOPIK I | 第一節 | 聽力／閱讀 | 100分鐘 |
| TOPIK II | 第一節 | 聽力／寫作 | 110分鐘 |
|  | 第二節 | 閱讀 | 70分鐘 |

### 題型架構

**❶ 測驗架構**

| 測驗級數 | 節次 | 測驗項目／時間 | 題型 | 題數 | 各項滿分 | 總分 |
|---|---|---|---|---|---|---|
| TOPIK I | 第一節 | 聽力（40分鐘） | 選擇題 | 30 | 100 | 200 |
|  |  | 閱讀（60分鐘） | 選擇題 | 40 | 100 |  |
| TOPIK II | 第一節 | 聽力（60分鐘） | 選擇題 | 50 | 100 | 300 |
|  |  | 寫作（50分鐘） | 作文題 | 4 | 100 |  |
|  | 第二節 | 閱讀（70分鐘） | 選擇題 | 50 | 100 |  |

❷ 測驗題型
- 選擇題（四選一）
- 作文題（寫作測驗）
  完成句子（簡答題）：2題
  長篇作文：2題
  （200~300字的中級程度說明文一篇，600~700字的高級程度論說文一篇）

## 題本類型

| 種類 | A型 | B型 |
| --- | --- | --- |
| 測驗地區 | 美洲、歐洲、非洲 | 亞洲、大洋洲 |
| 測驗日期 | 星期六 | 星期日 |

## TOPIK閱讀測驗內容

TOPIK I 中的「閱讀」部分為閱讀指定文章後回答問題，題型多元。

包含「選出與單字或文法相關的表達」、「選出與畫線部分意思相近的選項」、「根據文章內容找出主旨」、「圖表分析」、「根據上下文排列段落順序」、「選出符合文意的語句」、「將句子插入適當的位置」、以及「選出與文章內容相符的選項」等等。一篇文章有時可能會出2~3道相關題目，文章主題涵蓋社會、環境、文化、科學、教育、經濟、文學等多個領域。

儘管題型與主題豐富多元，解題關鍵在於掌握文章的核心內容。若能準確掌握文章主旨，無論碰到哪種類型的題目都能輕鬆應對。因此，要提升「閱讀」能力，考生應盡可能多接觸文章，練習從中找出文章想傳達的內容。同時，看懂題目「想問什麼」極其重要。此外，由於考生需在60分鐘內完成40道題，對於平時缺乏閱讀練習的考生而言，可能會感覺時間不夠用。因此，建議善用零碎時間多閱讀文章，即便是短篇文章也無妨。同時結合單字與文法的學習，不斷提升閱讀能力，才能在「閱讀」項目取得高分。

## TOPIK評量標準

| 測驗級數 | 等級 | 評量標準 |
| --- | --- | --- |
| TOPIK I | 1級 | - 能完成「自我介紹、購物、點餐」等日常生活上必需的基礎會話能力，並能理解和表達「個人、家庭、興趣、天氣」等一般個人熟知的話題。<br>- 能掌握約800個常用單字，認識基本語法並造出簡單的句子，並能理解和書寫簡單的日常生活實用句子。 |
| | 2級 | - 能使用韓語進行「打電話、求助」等日常生活溝通，並於「郵局、銀行」等公共設施使用韓語溝通。<br>- 能掌握約1,500~2,000個單字，理解個人熟知的話題，並能以段落表達。<br>- 能區分使用正式或非正式場合的用語。 |

# Part

# 題型篇

1

## 題型 01　掌握細節

### 題型 01-1　내용과 관계있는 것 고르기　選出與內容有關的選項

**유형소개**
題型介紹
閱讀短文後，選出與內容有關的選項。

**유형소개 TIP**
題型破解
閱讀由兩個句子組成的短文後，找出文中的主題關鍵字。
建議完成第54頁「Part 2 主題篇」的練習題，藉此熟悉各類主題單字。

---

**31~33** 무엇에 대한 내용입니까? 알맞은 것을 고르십시오.

**31.** 제64회 읽기 31번

> 지금은 아침입니다. 여덟 시입니다.

① 사람　② 나이　③ 계절　④ 시간

**33.** 제52회 읽기 33번

> 비가 옵니다. 바람도 많이 붑니다.

① 날씨　② 방학　③ 휴일　④ 계획

---

**해설** 解析

» 第31題的答案是 ④：「早上」和「八點」皆指時間。
» 第33題的答案是 ①：「雨」和「風」皆指天氣。

**연습문제** 무엇에 대한 내용입니까? 알맞은 것을 고르십시오.

1. 봄에는 꽃이 핍니다. 겨울에는 눈이 옵니다.
   ① 휴일   ② 계절   ③ 방학   ④ 취미

2. 저는 영화를 좋아합니다. 형은 운동을 좋아합니다.
   ① 취미   ② 장소   ③ 쇼핑   ④ 주말

3. 김밥이 맛있습니다. 떡볶이도 맛있습니다.
   ① 시간   ② 요일   ③ 이름   ④ 음식

4. 공원에 갑니다. 공원에서 산책을 합니다.
   ① 날씨   ② 장소   ③ 음식   ④ 직업

5. 저는 스무 살입니다. 언니는 스물세 살입니다.
   ① 나이   ② 날짜   ③ 나라   ④ 날씨

6. 선생님은 눈이 큽니다. 입은 작습니다.
   ① 학생   ② 장소   ③ 취미   ④ 얼굴

7. 불고기는 칠천 원입니다. 냉면은 오천 원입니다.
   ① 맛   ② 값   ③ 일   ④ 옷

8. 제 친구는 학생을 가르칩니다. 한국어 선생님입니다.
   ① 장소   ② 가족   ③ 직업   ④ 나이

9. 1월에는 수업이 없습니다. 그래서 여행을 갈 겁니다.
   ① 직업   ② 장소   ③ 가족   ④ 계획

10. 백화점에 갑니다. 인형을 삽니다.
    ① 시간   ② 날씨   ③ 쇼핑   ④ 직업

### 題型 01-2　내용과 관계없는 것 고르기　選出與內容不相符的選項

**유형소개**
題型介紹

閱讀文章後，選出與內容不相符的選項。

**유형소개 TIP**
題型破解

此類題型要閱讀廣告、通知、簡訊等內容，找出與文章內容不一致的選項。作答時，<u>建議按照選項順序逐一檢視，找出與文章內容不相符的部分。此外，學習具有相同意思但不同表達方式的語句，也有助於提升解題能力。</u>

**40~42** 다음을 읽고 맞지 <u>않는</u> 것을 고르십시오.

41. 제64회 읽기 41번

① 삼 분 후에 먹습니다.
② 가격은 이천 원입니다.
③ 이 라면은 김치 맛입니다.
④ 이 라면에 계란이 있습니다.

## 42. 제47회 읽기 42번

### 가구 할인

가구를 싸게 팝니다. 많은 이용 바랍니다.
◆ 침대 20%, 옷장 30%
◆ 9/1(월) ~ 9/7(일)

-대한가구-

① 일주일 동안 할인합니다.
② 옷장은 30% 할인합니다.
③ 세 가지 가구를 할인합니다.
④ 대한가구에서 보낸 메시지입니다.

> **해설** 解析
>
> ›› 第41題的答案為 ②：價格並非2,000韓元，而是1,200韓元（천이백 원）。
> ›› 第42題的答案為 ③：只有床和衣櫥兩種家具參與折扣活動。

> **연습문제** 다음을 읽고 맞지 않는 것을 고르십시오.

1.

**<호텔 할인권>**

일반실 가격 ~~70,000원~~ → 50,000원

※사용기간 : 2024. 01. 01 ~ 2024. 12. 30.

- 서울호텔 -

① 오만 원에 호텔을 이용합니다.
② 십이월 삼십 일까지 사용합니다.
③ 이 년 동안 사용할 수 있습니다.
④ 서울호텔에서만 사용할 수 있습니다.

2.

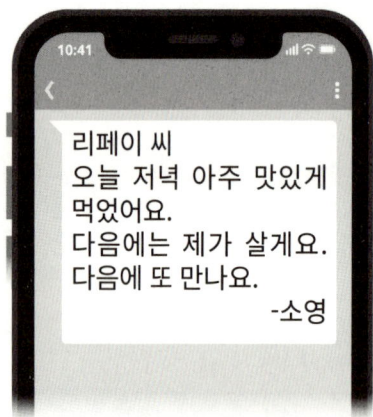

① 리페이 씨가 저녁을 샀습니다.
② 소영 씨가 문자를 보냈습니다.
③ 소영 씨와 리페이 씨는 밥을 먹었습니다.
④ 소영 씨와 리페이 씨는 내일 만날 겁니다.

3.

| | 〈종합 병원 안내〉 | |
|---|---|---|
| 4층 | 정형외과 | 커피숍 |
| 3층 | 치과 | 휴게실 |
| 2층 | 안과 | 은행 |
| 1층 | 내과 | 약국 |

① 눈이 아프면 이 층에 가야합니다.
② 이가 아프면 삼 층에 가야합니다.
③ 사 층에 가면 커피를 마실 수 있습니다.
④ 돈을 찾을 때에는 일 층에 가야 합니다.

4.

**KTS TV편성표** (9월 20일)

| | |
|---|---|
| 19시 | 찾아라! 맛집 |
| 20시 | 드라마 '이웃사촌' |
| 21시 | KTS 뉴스 |
| 22시 | 영화 '귀여운 그녀' |

① 뉴스는 밤 아홉 시에 시작합니다.
② 뉴스는 드라마가 끝난 후에 합니다.
③ 아홉 시에는 음식이 맛있는 집을 알 수 있습니다.
④ 구 월 이십 일 밤 열 시에는 영화를 볼 수 있습니다.

5.

## 방학 계획표

| 07시~08시 | 아침밥 먹기 | 13시~18시 | 아르바이트 가기 |
| 08시~12시 | 도서관 가기 | 18시~19시 | 저녁밥 먹기 |
| 12시~13시 | 점심 먹기 | 19시~24시 | 쉬는 시간 |

① 오전 열한 시까지 공부할 겁니다.
② 점심을 먹은 후에 일하러 갑니다.
③ 저는 방학에 일곱 시간 잘 겁니다.
④ 저녁을 먹은 후에 농구를 할 수 있습니다.

6.

## 뷔페 이용 요금 안내

- 평일 점심 식사   15,900원
- 평일 저녁 식사   19,900원
- 주말 및 공휴일(점심&저녁) 25,900원
- 초등학생 12,000원
- 어린이(36개월부터) 5,000원

※ 음식을 남기시는 고객님께 2,000원을 받습니다.

① 36개월부터는 무료입니다.
② 음식을 남기면 돈을 내야 합니다.
③ 평일 점심은 만 오천구백 원입니다.
④ 주말과 공휴일은 이만 오천구백 원입니다.

7.

## 제25회 서울 한강 불꽃축제

장소 : 한강시민공원
일시 : 9월 20일(금)~9월 21일(토) 오후 7시 30분 시작
※ 초대 가수!! 금요일 오후 8시 정국
　　　　　　　토요일 오후 8시 지민

① 서울 한강 불꽃축제는 이틀 동안 합니다.
② 금요일 오후 여덟 시에 가수를 볼 수 있습니다.
③ 한강시민공원에서 서울 한강 불꽃축제를 합니다.
④ 서울 한강 불꽃축제는 오후 여덟 시에 시작합니다.


8.

### <행복치킨>

◆ 프라이드치킨 1마리 15,000원
◆ 양념치킨 1마리 16,000원
◆ 반반 치킨 1마리 17,000원 (프라이드 반, 양념 반)
◆ 음료수 2,000원

※ 치킨을 10번 시키면 반반 치킨을 드립니다!
　주문 전화 : 555-1234(오후 5시~ 새벽 2시)

① 집에서 치킨을 먹을 수 있습니다.
② 오후 다섯 시부터 새벽 두 시까지 합니다.
③ 치킨을 열 번 시키면 양념치킨이 무료입니다.
④ 프라이드치킨 반 마리와 양념치킨 반 마리는 만 칠천 원입니다.

9.

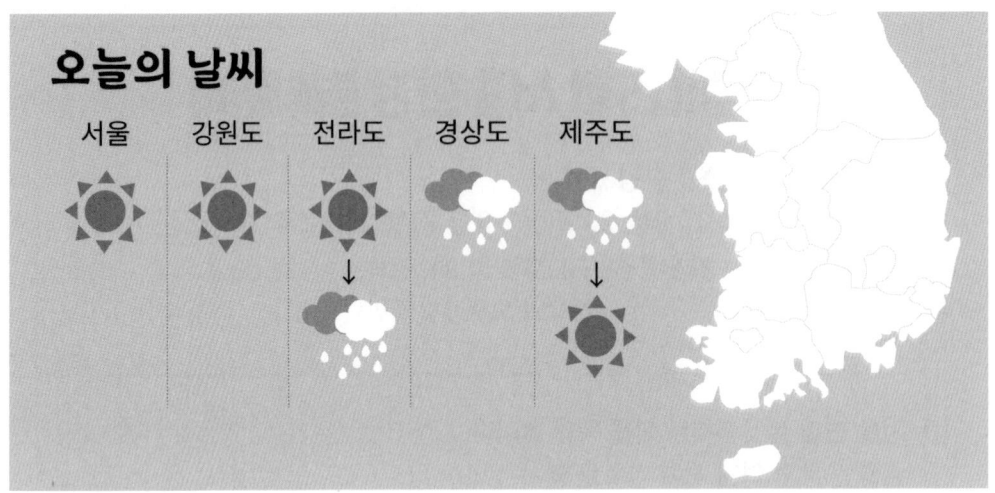

① 경상도는 비가 옵니다.
② 서울은 날씨가 흐립니다.
③ 강원도는 날씨가 좋습니다.
④ 제주도는 비가 온 후 맑겠습니다.

### 題型 01-3 　글의 내용과 같은 것 고르기　　選出與文章內容相符的選項

**유형소개**
題型介紹

閱讀由三句話組成的短文後，選出與內容相符的選項。

**유형소개 TIP**
題型破解

建議逐句閱讀並理解內容，然後與選項進行比較，選出相符的答案。需要注意的是，選項中可能會出現對文中用詞稍作改動的情況，因此需要仔細確認「誰、何時、何地、什麼、為什麼、如何」等細節。

**43~45** 다음을 읽고 내용이 같은 것을 고르십시오.

**43.** 제60회 읽기 43번

> 저는 화요일 저녁에 K-POP 수업에 갑니다. 거기에서 한국 노래를 부르고 춤을 배웁니다. 잘 못하지만 재미있습니다.

① 저는 수업이 재미있습니다.　　② 저는 한국 춤을 잘 춥니다.
③ 저는 오전에 수업에 갑니다.　　④ 저는 한국 노래를 가르칩니다.

**44.** 제47회 읽기 44번

> 오후부터 비가 왔습니다. 저는 우산이 없어서 걱정을 했습니다. 그런데 언니가 우산을 가지고 학교 앞에서 기다리고 있었습니다.

① 아침에 비가 내렸습니다.　　② 저는 언니를 기다렸습니다.
③ 학교 앞에 언니가 있었습니다.　　④ 저는 학교에 우산을 가지고 왔습니다.

**해설** 解析

» 第43題的答案是 ①：文中提到雖然不太擅長唱歌和跳舞，但很有意思。
» 第44題的答案是 ③：文中提到姊姊帶了雨傘在學校門口等候。

## 연습문제 · 다음을 읽고 내용이 같은 것을 고르십시오.

1.
> 저는 어제 언니와 광장시장에 갔습니다. 광장시장에는 김밥이 유명하니까 우리는 김밥을 먹었습니다. 광장시장의 김밥은 정말 맛이 있었습니다.

① 오늘 광장시장에 갔습니다.
② 언니는 김밥을 좋아합니다.
③ 저는 언니와 김밥을 먹었습니다.
④ 광장시장의 김밥은 맛이 없습니다.

2.
> 서울에서는 5월에 장미축제를 합니다. 그곳에 가면 여러 가지 장미꽃을 볼 수 있어서 사람들이 많이 옵니다. 그리고 맛있는 음식들도 먹을 수 있고 사진도 많이 찍을 수 있습니다.

① 장미축제는 오월에 합니다.
② 장미축제에 사람들이 별로 없습니다.
③ 장미축제에서 음식을 만들 수 있습니다.
④ 장미축제에서 장미 사진을 찍기 힘듭니다.

3.
> 내일은 동생의 생일입니다. 저는 동생에게 선물을 주려고 가방을 샀습니다. 내일 동생에게 이 선물을 줄 겁니다.

① 내일은 저의 생일입니다.
② 저는 선물을 받았습니다.
③ 저는 동생에게 줄 가방을 샀습니다.
④ 내일 동생이 저에게 선물을 줄 겁니다.

4.
> 저는 자주 지하철을 타고 학교에 갑니다. 오늘은 처음으로 버스를 탔습니다. 밖에 비가 오니까 길이 막혀서 오늘은 학교에 지각할 것 같습니다.

① 오늘은 비 때문에 길이 막혔습니다.
② 저는 항상 버스를 타고 학교에 갑니다.
③ 비가 올 때 지하철을 타면 지각할 수도 있습니다.
④ 저는 지하철을 탔기 때문에 지각을 할 것 같습니다.

5.

> 오늘 저녁 7시에 친구와 영화를 보기로 했습니다. 그런데 친구가 버스를 잘못 타서 아주 늦게 도착했습니다. 저는 화가 많이 났습니다.

① 저는 친구를 못 만났습니다.
② 저는 버스를 잘못 탔습니다.
③ 저는 약속 시간에 늦었습니다.
④ 저는 친구를 오래 기다렸습니다.

6.

> 우리 가족은 가끔 주말에 할머니 댁에 갑니다. 할머니께서 만든 음식은 얼마나 맛있는지 모릅니다. 그래서 다음 주에도 할머니 댁에 가려고 합니다.

① 할머니께서 음식을 아주 잘합니다.
② 저는 할머니께서 만든 음식을 잘 모릅니다.
③ 우리 가족은 항상 주말에 할머니 집에 갑니다.
④ 다음 주에는 할머니께서 만든 음식을 먹을 수 없습니다.

7.

> 저는 어제 생선을 먹었습니다. 오늘 갑자기 배가 아프고 머리도 아파서 병원에 갔습니다. 어제 먹은 생선 때문인 것 같습니다.

① 생선을 먹으면 안 됩니다.
② 저는 생선을 먹고 아팠습니다.
③ 목과 배가 아파서 병원에 갔습니다.
④ 어제 먹은 생선이 아주 맛있었습니다.

8.

> 저는 영화를 아주 좋아합니다. 특히 무서운 영화를 좋아해서 무서운 영화를 모으고 있습니다. 무서운 영화로 유명한 제임스 완 감독의 영화는 거의 다 가지고 있습니다.

① 저는 무서운 영화를 만듭니다.
② 저는 혼자 영화 보는 것을 좋아합니다.
③ 저는 무서운 영화를 좋아하지만 모으지는 않습니다.
④ 저는 제임스 완 감독의 영화는 거의 다 가지고 있습니다.

# 題型 02 找出省略的內容

**빈칸에 들어갈 맞는 어휘 고르기** — 選出適合填入空格的字詞

**유형소개** 題型介紹
根據上下文，找出最適合填入空格的字詞。

**유형소개 TIP** 題型破解
此類題型要選出最適當的字詞，包含助詞、名詞、動詞、形容詞、副詞等。建議熟記別冊中收錄的單字，有助於解題。

**34~39** ( )에 들어갈 말로 가장 알맞은 것을 고르십시오.

**34.** 제41회 읽기 34번

> 이 사람은 회사원입니다. 학생( ) 아닙니다.

① 이　　　② 의　　　③ 을　　　④ 과

**36.** 제64회 읽기 36번

> 집에서 은행이 ( ). 집 앞에 있습니다.

① 넓습니다　　② 가깝습니다　　③ 깨끗합니다　　④ 시원합니다

**해설** 解析

» 第34題的答案是 ①：「아니다」前方只能使用「名詞＋이/가」。由於「학생」有終聲，要用「名詞＋이 아니다」。
» 第36題的答案是 ②：銀行就在家前面，因此表示「家裡離銀行很近」。

**연습문제**  ( )에 들어갈 말로 가장 알맞은 것을 고르십시오.

1. 넥타이를 삽니다. 아버지( ) 드립니다.
   ① 가　　　② 께　　　③ 께서　　　④ 에게

2. 산책하러 나갑니다. ( )를 신습니다.
   ① 바지　　　② 모자　　　③ 운동화　　　④ 목걸이

3. 우리는 취미가 ( ). 그래서 자주 만납니다.
   ① 좋습니다　　　② 다릅니다　　　③ 나쁩니다　　　④ 같습니다

4. 볼펜이 없습니다. 연필( ) 써도 됩니까?
   ① 에　　　② 과　　　③ 로　　　④ 이

5. 오늘 방을 청소했습니다. 그래서 방이 ( ).
   ① 시원합니다　　　② 조용합니다　　　③ 따뜻합니다　　　④ 깨끗합니다

6. 집에 옵니다. ( ) 손을 씻습니다.
   ① 먼저　　　② 아까　　　③ 너무　　　④ 제일

7. 동생이 치마를 샀습니다. 치마가 동생에게 잘 ( ).
   ① 고릅니다　　　② 시킵니다　　　③ 돌아갑니다　　　④ 어울립니다

8. 저는 그림 보는 것을 좋아합니다. 그래서 자주 ( )에 갑니다.
   ① 경찰서　　　② 체육관　　　③ 미술관　　　④ 관광지

9. 일이 너무 많습니다. 그래서 점심을 ( ) 못 먹었습니다.
   ① 먼저　　　② 아직　　　③ 바로　　　④ 아마

10. 형은 의사입니다. 한국 병원에 ( ).
    ① 만듭니다　　　② 다닙니다　　　③ 지냅니다　　　④ 가집니다

## 題型 03　掌握中心思想

**중심 내용 고르기** — 選出文章的中心思想

**유형소개** 題型介紹
閱讀文章後，選出文章的中心思想。

**유형소개 TIP** 題型破解
閱讀由三句話組成的短文後，根據全文內容找出文章想要表達的核心思想。<u>請找出與三句話內容密切相關的答案。</u>

---

**46~48** 다음을 읽고 중심 내용을 고르십시오.

**46.** 제47회 읽기 46번

> 저는 노래를 못합니다. 그런데 제 친구는 노래를 정말 잘합니다. 저도 그 친구처럼 되고 싶습니다.

① 저는 가수가 되고 싶습니다.　　② 저는 노래를 잘하고 싶습니다.
③ 저는 친구의 노래를 듣고 싶습니다.　　④ 저는 친구와 노래를 부르고 싶습니다.

**47.** 제83회 읽기 47번

> 저는 바다에서 수영하는 것을 좋아합니다. 여름에는 수영을 하러 바다에 자주 갑니다. 빨리 여름이 오면 좋겠습니다.

① 저는 여름을 제일 좋아합니다.　　② 저는 수영을 잘하면 좋겠습니다.
③ 저는 여름 바다에 가 보고 싶습니다.　　④ 저는 빨리 바다에서 수영하고 싶습니다.

**해설** 解析

» 第46題的答案是 ②：文中提到「像朋友一樣會唱歌」。
» 第47題的答案是 ④：文中提到「喜歡在大海游泳」、「夏天經常去大海」以及「希望夏天快點到來」，表示想要趕快在大海游泳。

• 연습문제   다음을 읽고 중심 내용을 고르십시오.

1.
> 저는 요즘 테니스를 배웁니다. 테니스 치는 것이 쉽지 않지만 아주 재미있습니다. 그래서 매일 테니스를 치러 갑니다.

① 저는 테니스를 가르칩니다.
② 저는 테니스를 자주 칩니다.
③ 저는 테니스 치는 것이 어렵습니다.
④ 저는 테니스 치는 것을 좋아합니다.

2.
> 집에서 학교까지 아주 멉니다. 버스로 한 시간 반쯤 걸립니다. 그래서 내년에는 기숙사에 살고 싶습니다.

① 저는 버스로 학교에 갑니다.
② 저는 기숙사에 살고 있습니다.
③ 저는 버스 타는 것을 좋아합니다.
④ 저는 기숙사로 이사하고 싶습니다.

3.
> 저는 매운 음식을 좋아해서 자주 먹습니다. 그런데 요즘에는 매운 음식을 먹으면 배가 아픕니다. 그래서 이제부터 매운 음식을 가끔 먹으려고 합니다.

① 저는 매운 음식을 아주 좋아합니다.
② 저는 매운 음식 때문에 배가 아픕니다.
③ 저는 매운 음식을 자주 안 먹을 겁니다.
④ 저는 매운 음식을 먹지 않으려고 합니다.

4.
> 집 근처에 공원이 있습니다. 공원에 나무가 많아서 계절마다 풍경이 다릅니다. 그래서 저는 거기에 가는 것을 좋아합니다.

① 저는 공원에 자주 갑니다.
② 공원에는 나무가 많습니다.
③ 공원은 집에서 가깝습니다.
④ 저는 공원이 마음에 듭니다.

5.

다음 주에 시험이 있습니다. 그래서 요즘 수업이 끝난 후에 도서관에 가서 공부합니다. 저녁을 먹은 후에는 아르바이트도 합니다.

① 저는 요즘 바쁩니다.
② 저는 자주 도서관에 갑니다.
③ 저는 다음 주에 시험을 봅니다.
④ 저는 오후에 아르바이트를 합니다.

6.

기숙사 옆에 편의점이 있습니다. 밤에 배가 고플 때 편의점에서 먹을 것을 살 수 있습니다. 그리고 편의점에는 소화제 같은 약도 있어서 약국이 문을 닫을 때 이용할 수 있습니다.

① 편의점에서 약을 살 수 있습니다.
② 편의점이 기숙사 근처에 있습니다.
③ 편의점이 가까이 있어서 편합니다.
④ 편의점에 먹을 것이 많아서 좋습니다.

7.

저는 집에서 인터넷쇼핑을 자주 합니다. 직접 가게에 가지 않아도 되니까 아주 편합니다. 그리고 가게에서 사는 것보다 가격이 쌀 때가 많습니다.

① 저는 인터넷쇼핑을 좋아합니다.
② 저는 직접 가게에 가는 것이 힘듭니다.
③ 저는 가게에서 사는 물건이 싸서 좋습니다.
④ 저는 인터넷쇼핑보다 직접 사는 것이 편합니다.

8.

일주일 전에 고향에서 동생이 와서 같이 지내고 있습니다. 그래서 요즘 산책하거나 운동할 때, 청소할 때도 동생과 같이 합니다. 혼자 할 때는 심심하거나 힘들었는데 같이 하니까 참 좋습니다.

① 저는 혼자 있어서 심심했습니다.
② 저는 일주일 전에 고향에 갔습니다.
③ 저는 혼자 산책하는 것을 좋아합니다.
④ 저는 요즘 동생과 같이 지내서 좋습니다.

# 題型 04　排列文章順序

| 글의 순서 배열하기 | 排列文章順序 |

**유형소개 / 題型介紹**
選出排列最適當的文章順序。

**유형소개 TIP / 題型破解**
先檢視各選項內容，確認「(가)~(라)」中最適合放在文章開頭的選項。接著閱讀該句子，找出後方適合連接的例子、原因或說明等內容。建議按照邏輯順序或時間順序排列，並特別注意是否有以「그리고(還有)、그래서(所以)、그러나(但是)、그렇지만(然而)」等連接詞開頭的句子，也要留意句子中是否出現「이(這)、그(那)、저(那)」。

---

**57~58** 다음을 순서에 맞게 배열한 것을 고르십시오.

**57.** 제52회 읽기 57번

> (가) 저는 오른손으로 글씨를 썼습니다.
> (나) 그때부터 왼손으로 글씨를 쓰기 시작했습니다.
> (다) 처음에는 불편했지만 지금은 왼손으로 쓰는 것이 익숙합니다.
> (라) 그런데 운동을 할 때 다쳐서 오른손으로 글씨를 쓸 수 없었습니다.

① (가)-(다)-(라)-(나)　　② (가)-(라)-(나)-(다)
③ (다)-(라)-(나)-(가)　　④ (다)-(나)-(가)-(라)

## 58. 제60회 읽기 58번

(가) 학교 앞에서 어린이 교통사고가 많이 납니다.
(나) 또 어린이들이 갑자기 도로로 나올 때도 있습니다.
(다) 그래서 학교 앞에서 운전할 때는 조심해야 합니다.
(라) 어린이는 키가 작아서 운전할 때 잘 보이지 않습니다.

① (가)-(나)-(다)-(라)    ② (가)-(라)-(나)-(다)
③ (라)-(나)-(다)-(가)    ④ (라)-(다)-(가)-(나)

### 해설 解析

» 第57題的答案是 ②：選項①和②的第一句為(가)；選項③和④的第一句為(다)。首先要確認適合置於文章開頭的句子。(가)為「我以前是用右手寫字」；(다)是「雖然剛開始不太方便，但現在已經習慣用左手寫」。按照時間順序，(가)更適合作為文章開頭句。接著查看選項①的第二句為(다)，選項②的第二句為(라)。(라)的內容為無法使用右手的理由。按照時間順序，應先提到原本用右手，因受傷改用左手。因此，第二句話適合選擇(라)，之後才依序連接(나)和(다)。

» 第58題的答案是 ②：選項①和②的第一句為(가)；選項③和④的第一句為(라)。首先要確認適合置於文章開頭的句子。(가)為「校門口經常發生孩童交通事故」；(라)是「因為孩童個子矮小，開車時看不太到他們」。(라)為(가)的原因，因此(가)更適合作為文章的開頭句。接著找出適當的第二句話，即可選出正確答案。選項①的第二句為(나)，選項②的第二句為(라)。其中(나)的內容為「而且，孩童有時會突然跑到馬路上」。(나)同樣為(가)的原因，而且句子的開頭是「또(而且)」，適合放在(라)的後面。至於選項(다)的句子開頭為「그래서(因此)」，應置於文章最後作為結論。

## 연습문제  다음을 순서대로 맞게 배열한 것을 고르십시오.

**1.**

(가) 처음 수영을 배울 때는 팔이 너무 아팠습니다.
(나) 한 달쯤 지나니까 아픈 곳도 없고 몸이 가벼워졌습니다.
(다) 수영을 배운 지 세 달쯤 됐습니다.
(라) 다리도 아파서 그만두고 싶었습니다.

① (가)-(나)-(다)-(라)　　② (가)-(다)-(라)-(나)
③ (다)-(가)-(라)-(나)　　④ (다)-(나)-(가)-(라)

**2.**

(가) 그 꽃 이름은 카네이션입니다.
(나) 5월 8일은 어버이날입니다.
(다) 어버이날에 한국 사람들은 꽃을 삽니다.
(라) 카네이션을 사서 부모님께 드립니다.

① (나)-(라)-(다)-(가)　　② (나)-(다)-(가)-(라)
③ (다)-(가)-(라)-(나)　　④ (다)-(나)-(라)-(가)

**3.**

(가) 그렇지만 많이 마시면 밤에 잠을 잘 수 없습니다.
(나) 또한 피곤할 때 마시면 힘이 납니다.
(다) 잠이 올 때 커피를 마시면 졸리지 않습니다.
(라) 커피는 하루에 한두 잔 마시는 게 좋습니다.

① (다)-(라)-(나)-(가)　　② (다)-(나)-(가)-(라)
③ (라)-(나)-(다)-(가)　　④ (라)-(다)-(가)-(나)

4.

(가) 횡단보도 교통사고는 비 오는 밤에 자주 납니다.
(나) 비가 오는 밤에는 앞이 잘 안 보이기 때문입니다.
(다) 특히 까만색 옷을 입고 다니면 운전하는 사람이 잘 볼 수 없습니다.
(라) 그래서 비 오는 밤에는 밝은 색 옷을 입고 다녀야 합니다.

① (가)-(나)-(다)-(라)  ② (가)-(라)-(나)-(다)
③ (라)-(나)-(다)-(가)  ④ (라)-(다)-(가)-(나)

5.

(가) 집들이에 가는 사람들은 선물을 가지고 갑니다.
(나) 이사한 집에 사람들을 초대하는 것을 집들이라고 합니다.
(다) 한국에서는 이사를 한 후에 집에 사람들을 초대합니다.
(라) 그 선물에는 비누, 휴지, 양초 등이 있습니다.

① (나)-(다)-(가)-(라)  ② (나)-(라)-(다)-(가)
③ (다)-(나)-(가)-(라)  ④ (다)-(라)-(나)-(가)

6.

(가) 또한 여행사에 가서 예매하는 사람도 있습니다.
(나) 인터넷 예매도 있는데 요즘은 이 방법을 가장 많이 씁니다.
(다) 먼저 항공 회사에 전화해서 예매할 수 있습니다.
(라) 비행기 표를 예매하는 방법은 많습니다.

① (다)-(가)-(나)-(라)  ② (다)-(라)-(가)-(나)
③ (라)-(나)-(다)-(가)  ④ (라)-(다)-(가)-(나)

## 題型 05　找出省略的內容＋掌握細節

**유형소개**
題型介紹

選出適合填入空格的字詞，以及與文章內容相符的選項。

在填空選擇題中，需要選擇適合填入空格的字詞。此類題型常詢問單字、文法，或是省略的內容。

### 題型 05-1　빈칸에 들어갈 알맞은 어휘를 찾고 같은 내용 고르기

選出適合填入空格的單字，以及與文章內容相符的選項

**유형소개**
題型介紹

選出適合填入空格的單字。

**유형소개 TIP**
題型破解

這類題目要求選擇適合填入空格的單字，<u>包含副詞、連接詞、冠形詞等。有時是單一單字，有時則需要填入兩個以上的詞語組合。</u>
考試中常出現的單字以副詞和連接詞為主，建議閱讀隨書附贈的口袋書，熟記當中的詞性分類單字表。

**49~50** 다음을 읽고 물음에 답하십시오. 제41회 읽기 49~50번

우리 회사 지하에는 운동하는 방, 책을 읽는 방, 낮잠을 자는 방, 이야기하는 방이 있습니다. 이 방들은 점심시간에만 문을 엽니다. 우리 회사 사람들은 이곳을 좋아합니다. 이 방에 가고 싶은 사람들은 ( ㉠ ) 바로 지하로 갑니다. 식사 후에 짧은 시간 동안 하고 싶은 것을 할 수 있기 때문입니다.

**49.** ㉠에 들어갈 말로 가장 알맞은 것을 고르십시오.
① 책을 읽고  ② 잠을 자고
③ 일을 하고  ④ 밥을 먹고

**50.** 윗글의 내용과 같은 것을 고르십시오.
① 우리 회사 식당은 지하에 있습니다.
② 우리 회사에서는 낮잠을 잘 수 없습니다.
③ 우리 회사 지하에 있는 방은 인기가 많습니다.
④ 우리 회사 사람들은 저녁에 지하에서 운동합니다.

**해설** 解析

» 第49題的答案是 ④：因為文中提到這些房間僅在午餐時間開放，而且在用餐後即可去做想做的事情。
» 第50題的答案是 ③：文中提到「我們公司的員工很喜歡這些房間」，表示這些房間很受歡迎。

## 연습문제   다음을 읽고 물음에 답하십시오.

### 1~2

> 이번 주 일요일에 송별회를 합니다. 그동안 함께 일한 동료가 ( ㉠ ) 때문입니다. 우리는 4년 전에 회사에 같이 들어왔습니다. 회사에서 힘든 일이 있을 때 우리는 서로 도와주고 위로도 해 주었습니다. 앞으로 다시 만날 수 없겠지만 저는 동료를 잊을 수 없을 겁니다.

1. ㉠에 들어갈 말로 가장 알맞은 것을 고르십시오.
   ① 회사에 들어왔기
   ② 파티를 좋아하기
   ③ 고향에 돌아가기
   ④ 회사에 취직했기

2. 윗글의 내용과 같은 것을 고르십시오.
   ① 저는 동료와 싸웠습니다.
   ② 저는 동료를 만나고 싶지 않습니다.
   ③ 저는 회사에서 4년 동안 일했습니다.
   ④ 저는 앞으로 회사를 다닐 수 없습니다.

### 3~4

> 제 취미는 여행이지만 요즘은 여행을 갈 수 없습니다. 너무 바쁘기 때문입니다. 저는 아침 7시에 학원에서 한국어를 공부하고 9시에 출근합니다. 6시는 퇴근 시간이지만 요즘 일이 많아서 밤에도 일할 때가 많고 우리 회사는 회식도 자주 합니다. 그래서 주말에는 항상 늦잠을 잡니다. ( ㉠ ) 밀린 집안일도 해야 합니다.

3. ㉠에 들어갈 말로 가장 알맞은 것을 고르십시오.
   ① 그리고
   ② 그래서
   ③ 그런데
   ④ 그러니까

4. 윗글의 내용과 같은 것을 고르십시오.
   ① 저는 날마다 늦게까지 일을 합니다.
   ② 저는 학원에서 한국어를 가르칩니다.
   ③ 저는 퇴근 후에 밀린 집안일을 합니다.
   ④ 저는 취미 활동을 할 시간이 없습니다.

| 題型 05-2 | 빈칸에 들어갈 알맞은 문법을 찾고 같은 내용 고르기 |

選出適合填入空格的文法，以及與文章內容相符的選項

**유형소개**
題型介紹

選出適合填入空格的文法。

**유형소개 TIP**
題型破解

這類題目要求選擇適合填入空格的文法，因此需要具備初級程度的文法知識。
建議熟讀本書第180頁的初級文法內容。

**49~50** 다음을 읽고 물음에 답하십시오. 제52회 읽기 49~50번

저는 혼자 여행하는 것을 좋아합니다. 보통 여행 기간이나 장소를 정하지 않고 여행을 떠납니다. 유명한 관광지보다는 작은 마을을 다닙니다. 저는 운전을 하면서 여행하는데 예쁜 경치가 보이면 내려서 구경합니다. 여행하는 곳이 ( ㉠ ) 오랫동안 지낼 때도 있습니다.

**49.** ㉠에 들어갈 말로 가장 알맞은 것을 고르십시오.
① 좋으면　　　　　　　　　② 좋지만
③ 좋아도　　　　　　　　　④ 좋은데

**50.** 윗글의 내용과 같은 것을 고르십시오.
① 저는 여행할 때 직접 운전을 합니다.
② 저는 여러 사람과 함께 여행을 합니다.
③ 저는 여행 기간을 정한 후에 여행합니다.
④ 저는 여행할 때마다 유명한 관광지에 갑니다.

**해설** 解析

» 第49題的答案是 ①：「-으면(如果…的話)」表示條件、假設或情況。該段話表示「如果旅行的地方不錯，有時也會停留許久」。
» 第50題的答案是 ①：文中提到作者喜歡獨旅，且旅行時自己開車。

## 연습문제 | 다음을 읽고 물음에 답하십시오.

### 1~2

한국에는 산이 많습니다. 도시에도 산이 있고 시골에도 산이 있습니다. 그래서 등산하는 사람도 많습니다. 우리 고향에서는 등산하는 것이 쉽지 않습니다. ( ㉠ ) 차를 타고 멀리 가야 합니다. 그래서 등산을 자주 할 수 없습니다.

1. ㉠에 들어갈 말로 가장 알맞은 것을 고르십시오.
   ① 등산을 하려면
   ② 등산을 한 후에
   ③ 등산을 했을 때
   ④ 등산하기 때문에

2. 윗글의 내용과 같은 것을 고르십시오.
   ① 우리 고향에는 산이 많습니다.
   ② 한국에는 도시에도 산이 있습니다.
   ③ 우리 고향 사람들은 등산을 좋아합니다.
   ④ 한국 사람들은 차를 타고 등산하러 갑니다.

### 3~4

저는 날마다 케이팝(K-POP)을 듣습니다. 케이팝 가수들은 노래도 잘 부르고 춤도 잘 춰서 정말 멋있습니다. 저는 케이팝 가사가 ( ㉠ ) 무슨 뜻인지 잘 모릅니다. 그렇지만 케이팝을 들으면 기분이 좋아지고 스트레스가 풀립니다. 시간이 있을 때는 동영상을 보면서 춤을 따라하기도 합니다.

3. ㉠에 들어갈 말로 가장 알맞은 것을 고르십시오.
   ① 한국말 대신에
   ② 한국말이라서
   ③ 한국말일까 봐
   ④ 한국말 때문에

4. 윗글의 내용과 같은 것을 고르십시오.
   ① 저는 케이팝을 좋아합니다.
   ② 케이팝은 부르기 쉽습니다.
   ③ 케이팝 가수는 영어로 노래합니다.
   ④ 저는 춤을 추면 기분이 좋아집니다.

## 題型 05-3　빈칸에 들어갈 알맞은 것을 찾고 같은 내용 고르기

選出適合填入空格的內容，以及與文章內容相符的選項

**유형소개**
題型介紹

選出適合填入空格的內容。

**유형소개 TIP**
題型破解

這類題目要求選擇適合填入空格的內容，因此需要理解整篇文章的意思。此外，空格所在的位置也非常關鍵。

1) 當空格置於文章的前段時：該句子可能是主題句或核心句，後方內容可能是對該句子的補充說明。
2) 當空格置於文章的中間時：
   ① 空格的內容可能與上下文的句子或指示詞有關，請特別注意像「이(這個)」「그(那個)」「저(那個)」這類指示詞。
   ② 空格的內容可能是整篇文章或上下句中反覆提及的內容，因此需要找出重複的內容。
   ③ 根據連接詞可判斷出適合填入空格的句子。請特別留意「그러나(但是)」、「하지만(然而)」、「그런데(可是)」等用於表達轉折的連接詞，還有「그래서(所以)」用於表示因果關係的連接詞。
3) 當空格置於文章的後段時：適用以上第1和第2點的判斷方式。

**55~56** 다음을 읽고 물음에 답하십시오. 제47회 읽기 55~56번

> 우리 집 고양이 이름은 미미입니다. 6개월 전에 제가 퇴근해서 집에 돌아올 때 길에서 만났습니다. 그때 미미는 다리를 다쳐서 힘들어 보였습니다. 그리고 배도 고픈 것 같았습니다. 저는 미미를 집으로 데려와서 밥을 주고 약도 발라 주었습니다. 처음에 미미는 저한테 가까이 오지 않았습니다. 하지만 이제는 (　　㉠　　).

**55.** ㉠에 들어갈 말로 가장 알맞은 것을 고르십시오. (2점)
① 밥을 잘 먹습니다
② 새 이름이 생겼습니다
③ 집으로 돌아갔습니다
④ 저와 있는 것을 좋아합니다

**56.** 윗글의 내용과 같은 것을 고르십시오. (3점)
① 저는 다친 고양이를 도와주었습니다.
② 저는 여섯 달 전에 고양이를 샀습니다.
③ 저는 길에서 고양이를 잃어버렸습니다.
④ 저는 처음부터 고양이와 친하게 지냈습니다.

### 해설 解析

›› 第55題的答案是 ④：因為「하지만(但是)」用來連接前後對比的內容。剛開始咪咪不願意靠近我，但是現在牠喜歡和我待在一起。

›› 第56題的答案是 ①：文中提到「我把咪咪帶回家，給牠飯吃，還幫牠擦藥」，表示我幫助了這隻貓咪。

### 연습문제 : 다음을 읽고 물음에 답하십시오.

**1~2**

저는 한국어를 5개월 정도 배웠습니다. 저는 저의 한국어 실력이 궁금해서 지난달에 한국어능력시험을 봤습니다. 시험은 조금 어려운 것 같았습니다. 내일은 (  ㉠  ) 날입니다. 시험에 떨어졌을까 봐 잠이 오지 않습니다. 시험에 꼭 합격했으면 좋겠습니다.

1. ㉠에 들어갈 말로 가장 알맞은 것을 고르십시오.
   ① 시험을 보는
   ② 한국어를 배우는
   ③ 시험에 떨어지는
   ④ 시험 결과가 나오는

2. 윗글의 내용과 같은 것을 고르십시오.
   ① 저의 한국어 실력이 궁금합니다.
   ② 한국어 시험이 조금 쉬웠습니다.
   ③ 걱정했지만 시험에 합격했습니다.
   ④ 저는 5개월 전에 시험을 봤습니다.

**3~4**

한국 사람들은 이사를 한 후 새 집에 친구들을 초대해서 함께 식사를 합니다. 이것이 바로 집들이입니다. 집들이에 초대받은 사람은 세제나 화장지를 선물합니다. 세제는 빨래할 때 거품이 점점 많아지는 것처럼 (  ㉠  ) 부자가 되라는 의미이고 화장지는 일이 잘 풀리라는 의미입니다.

3. ㉠에 들어갈 말로 가장 알맞은 것을 고르십시오.
   ① 일을 많이 해서
   ② 돈을 많이 벌어서
   ③ 집을 깨끗이 해서
   ④ 좋은 집에 이사해서

4. 윗글의 내용과 같은 것을 고르십시오.
   ① 한국 사람들이 이사를 하면 친구들이 도와줍니다.
   ② 한국 사람들은 이사를 하는 날 친구를 초대합니다.
   ③ 집들이를 하는 날 사람들은 세제로 빨래를 합니다.
   ④ 집들이는 이사한 집에 친구들을 초대하는 것입니다.

## 題型 06　找出適合填入空格的內容＋掌握中心思想

> 빈칸에 들어갈 알맞은 것과 무엇에 대한 내용인지 고르기

> 選出適合填入空格的內容以及判斷文章的主要內容

**유형소개 題型介紹**

這類題目要求閱讀文章後，選擇最適合填入空格的內容，以及文章的主要內容。

**유형소개 TIP 題型破解**

判斷文章主要內容的題目，應找出<u>包含整篇文章核心內容的選項。</u>這類句子通常會<u>出現在文章的開頭、結尾，或位於連接詞後方。</u>

如果文章中找不到包含全文內容的句子，則需根據各段落內容進行歸納，選出一個綜合全文的選項作為答案。

**51~52** 다음을 읽고 물음에 답하십시오. 제60회 읽기 51~52번

> 한국음악 박물관으로 오십시오. 한국음악 박물관에서는 한국의 옛날 악기를 보고 악기 소리를 들을 수 있습니다. ( ㉠ ) 사진을 보면서 한국음악의 역사에 대해서 알 수 있습니다. 주말에는 다양한 음악 공연을 볼 수 있습니다. 기념품을 살 수 있는 가게도 있습니다.

**51.** ㉠에 들어갈 말로 가장 알맞은 것을 고르십시오.
① 그리고　　　　　　　　　② 그래서
③ 그러면　　　　　　　　　④ 그러나

**52.** 무엇에 대한 내용인지 맞는 것을 고르십시오.
① 박물관의 역사
② 박물관을 만든 이유
③ 박물관에서 할 수 있는 일
④ 박물관에서 살 수 있는 악기

---

**해설** 解析

» 第51題的答案是 ①：根據㉠前後內容，皆提到可在博物館做的事，因此答案要選「그리고(而且)」，用於連接內容相關的句子。

» 第52題的答案是 ③：文中提到「聆聽樂器聲音、了解關於韓國音樂的歷史、觀賞音樂表演、購買紀念品」，這些都是可以在博物館做的事情。

> **연습문제** 다음을 읽고 물음에 답하십시오.

### 1~2

　한국에서 지하철을 타면 지하철 안에서 영어 안내 방송이 나옵니다. 그리고 지하철 노선도에 한글과 영어가 함께 있으니까 (　㉠　) 가고 싶은 곳을 찾아갈 수 있습니다. 그리고 지하철을 갈아탈 때마다 돈을 내지 않아도 됩니다. 버스로 갈아탈 때도 가까운 거리는 돈을 내지 않아도 됩니다.

1. ㉠에 들어갈 말로 가장 알맞은 것을 고르십시오.
   ① 돈을 내면　　　　　　　　　　② 한국어를 배우면
   ③ 돈을 안 내도　　　　　　　　　④ 한국어를 몰라도

2. 무엇에 대한 내용인지 맞는 것을 고르십시오.
   ① 지하철의 좋은 점　　　　　　　② 지하철을 이용하는 방법
   ③ 지하철에서 할 수 있는 것　　　④ 지하철에서 하면 안 되는 것

### 3~4

　한국의 유명한 도시에는 시티투어 버스가 있습니다. 이 버스를 타면 그 도시의 유명한 곳을 쉽게 (　㉠　). 시티투어 버스를 이용하는 방법은 아주 쉽습니다. 1일 이용권이나 1회 이용권을 구매하고 버스를 타면 됩니다. 버스를 타고 가다가 내리고 싶은 곳에서 내리고 타고 싶은 곳에서 탈 수 있습니다. 1일 이용권을 이용하면 여러 번 타고 내릴 수 있습니다.

3. ㉠에 들어갈 말로 가장 알맞은 것을 고르십시오.
   ① 탈 수 있습니다　　　　　　　　② 찾아갈 수 있습니다
   ③ 이용할 수 있습니다　　　　　　④ 구매할 수 있습니다

4. 무엇에 대한 내용인지 맞는 것을 고르십시오.
   ① 시티투어 버스 이용권의 차이　　② 시티투어 버스를 타는 곳
   ③ 시티투어 버스를 예약하는 방법　④ 시티투어 버스를 이용하는 방법

# 題型 07 句子插入＋掌握細節

> 문장이 들어갈 알맞은 곳과 같은 내용 고르기

> 選出適合插入句子的位置以及與文章內容相符的選項

**유형소개**
題型介紹

這類題目要求找出適合插入所給句子的位置，以及選出與文章內容相符的選項。

**유형소개 TIP**
題型破解

首先，在整篇文章中找出與所給句子相關或內容重複的句子。接著，判斷從文章中找出的句子與題目所給句子之間的關係。在此過程中，需要考慮因果關係或時間順序，以正確判斷句子應插入的位置。

**59~60** 다음을 읽고 물음에 답하십시오. 제83회 읽기 59~60번

> 저는 요즘 자전거를 타고 학교에 갑니다. ( ㉠ ) 전에는 지하철을 타고 다녔습니다. ( ㉡ ) 그때는 학교까지 삼십 분이 걸렸지만 지금은 한 시간쯤 걸립니다. ( ㉢ ) 아침에 일찍 일어나는 것은 싫지만 운동을 할 수 있어서 좋습니다. ( ㉣ )

**59.** 다음 문장이 들어갈 곳으로 가장 알맞은 것을 고르십시오. (2점)

> 그래서 지하철을 탈 때보다 집에서 일찍 나와야 합니다.

① ㉠　　　② ㉡　　　③ ㉢　　　④ ㉣

**60.** 윗글의 내용과 같은 것을 고르십시오. (3점)
① 저는 운동하는 것을 싫어합니다.
② 저는 요즘 아침에 늦게 일어납니다.
③ 저는 자전거를 타고 학교에 다닙니다.
④ 저는 매일 한 시간 동안 지하철을 탑니다.

**해설** 解析

» 第59題的答案是 ③：因為㉢前句提到「現在需要大約一個小時」，表示需要更早出門；而㉢後句提到「雖然早上我不喜歡早起」，正好符合得提早出門的情況。
» 第60題的答案是 ③：文章開頭便提到「我最近騎腳踏車去學校」。

> **연습문제** 다음을 읽고 물음에 답하십시오.

**1~2**

저는 베트남에서 왔습니다. 우리 회사에는 여러 나라에서 온 사람들이 많습니다. ( ㉠ ) 중국 사람, 인도 사람이 있고 러시아 사람도 있습니다. ( ㉡ ) 우리는 회사 기숙사에서 삽니다. ( ㉢ ) 우리는 기숙사에서 직접 저녁을 만들어 먹습니다. ( ㉣ ) 먹고 싶은 고향 음식을 만들 수 있어서 좋습니다.

1. 다음 문장이 들어갈 곳으로 가장 알맞은 것을 고르십시오.

   그래서 일이 끝나면 기숙사에 갑니다.

   ① ㉠　　② ㉡　　③ ㉢　　④ ㉣

2. 윗글의 내용과 같은 것을 고르십시오.
   ① 우리 회사에는 외국 사람만 있습니다.
   ② 우리 회사 사람들은 요리를 잘합니다.
   ③ 우리 회사 사람들은 모두 기숙사에서 삽니다.
   ④ 우리 회사 기숙사에서 음식을 만들 수 있습니다.

**3~4**

오랜만에 친구 생각이 나서 친구에게 전화를 했습니다. ( ㉠ ) 그런데 친구 목소리가 힘이 없고 이상했습니다. ( ㉡ ) 저는 친구가 힘들 것 같아서 전화를 빨리 끊었습니다. ( ㉢ ) 저는 친구가 너무 걱정이 됩니다. ( ㉣ ) 내일 친구가 있는 병원에 가 봐야겠습니다.

3. 다음 문장이 들어갈 곳으로 가장 알맞은 것을 고르십시오.

   친구는 운전을 하다가 사고가 나서 병원에 있었습니다.

   ① ㉠　　② ㉡　　③ ㉢　　④ ㉣

4. 윗글의 내용과 같은 것을 고르십시오.
   ① 친구는 목감기에 걸렸습니다.
   ② 친구는 힘들어서 전화를 끊었습니다.
   ③ 저는 친구와 오랜만에 전화를 했습니다.
   ④ 저는 친구를 병원에 데려다 주었습니다.

## 題型 08　選擇文章的撰寫目的＋掌握細節

> 글을 쓴 목적을 고르고 같은 내용 찾기

選出文章的撰寫目的以及與文章內容相符的選項

**유형소개** 題型介紹
這類題目要求閱讀電子郵件或線上留言板的文章，文章內容通常會提供資訊或詢問問題，請確認該文章的撰寫目的，並找出與文章內容相符的選項。

**유형소개 TIP** 題型破解
首先，查看標題有助於提前掌握文章主旨，因此確認標題非常重要。

另外，這類文章通常包含提供資訊或詢問問題的語句，常見表達方式包含：「－(기) 바랍니다 (希望……)」、「－(아/어) 주십시오 (請您……)」、「－(으)면 됩니다 (……即可)」、「－겠습니다 (將會……)」、「－(으)ㄹ 수 있을까요? (是否可以……？)」，建議特別注意這些語句，以便掌握文章內容和意圖。

**63~64** 다음을 읽고 물음에 답하십시오. 제64회 읽기 63~64번

---

http://hkAPT.com

× 한국 아파트 게시판 안내

| 행사 안내 | **지하 주차장 청소 안내** |
| 공지 사항 | 우리 아파트 지하 주차장 물청소를 다음 주 월요일과 화요일에 할 예정입니다. 청소를 하는 날에는 주차를 할 수 없습니다. 아파트의 다른 주차장을 이용하시기 바랍니다. |

• 청소 일정
　· 301동, 302동: 7월 29일(월)
　· 303동, 304동: 7월 30일(화)

• 청소 시간
　· 09:00~18:00

2019년 7월 22일(월)
한국 아파트 관리실

---

**63.** 왜 윗글을 썼는지 맞는 것을 고르십시오.
① 청소 장소를 바꾸려고
② 청소 계획을 물어보려고
③ 청소 이유를 설명하려고
④ 청소 날짜와 시간을 알리려고

**64.** 윗글의 내용과 같은 것을 고르십시오.
① 이틀 동안 주차장 청소를 할 겁니다.
② 주차장 청소는 화요일에 시작할 겁니다.
③ 지하 주차장 물청소는 아홉 시까지 합니다.
④ 7월 22일까지 다른 주차장을 이용해야 합니다.

---

**해설** 解析

» 第63題的答案是 ④：在清潔期間無法停車，因此本文目的是告知停車場清潔的日期和時間。

» 第64題的答案是 ①：清潔日為29日至30日，為期兩天。

**연습문제** 다음을 읽고 물음에 답하십시오.

**1~2**

http://www.visitjeju.net

**Jeju 제주특별자치도**

축제·행사

**행사**

### 탐라 문화 축제

제2회 '탐라 문화 축제'가 4월 20일부터 5월 25일까지 매주 토요일 오후 4시부터 9시까지 산지천 광장에서 열립니다. 인기 가수들의 공연도 볼 수 있고 산지천부터 바다까지 산책길도 걸을 수 있습니다. 사랑하는 가족들, 친구들과 함께 놀러 오십시오.

- 일시: 2024년 4월 20일 ~ 5월 25일
  매주 토요일 오후 4시~9시
- 장소: 산지천 광장

1. 왜 윗글을 썼는지 맞는 것을 고르십시오.
   ① 축제 장소를 찾으려고
   ② 축제 가수를 초대하려고
   ③ 축제 시간을 결정하려고
   ④ 축제 내용을 알려 주려고

2. 윗글의 내용과 같은 것을 고르십시오.
   ① 축제는 두 달 동안 열립니다.
   ② 축제는 올해 처음 열렸습니다.
   ③ 축제는 평일에도 즐길 수 있습니다.
   ④ 축제에서 가수들을 볼 수 있습니다.

## 3~4

| 받는 사람 | cutebag@hankuk.net |
|---|---|
| 보내는 사람 | lmj@mium.com |
| 제목 | 갈색 가방이 너무 어두워요! |

안녕하세요? 인터넷 게시판에 글을 썼는데 답장이 없어서 이메일을 보냅니다. 저는 지난주 금요일에 '귀여운 가방' 사이트에서 갈색 가방을 주문했습니다. 어제 가방을 받았는데 색깔이 제 생각보다 너무 어두웠습니다. 그래서 색깔을 노란색으로 바꾸고 싶습니다. 빠른 답장 부탁드립니다.

이민정 드림

3. 왜 윗글을 썼는지 맞는 것을 고르십시오.
   ① 게시판에 쓴 글을 찾으려고
   ② 가방 주문 방법을 물어보려고
   ③ 다른 색깔 가방으로 교환하려고
   ④ '귀여운 가방'에서 일하고 싶어서

4. 윗글의 내용과 같은 것을 고르십시오.
   ① 인터넷 게시판으로 답장을 받았습니다.
   ② 인터넷으로 노란색 가방을 주문했습니다.
   ③ 어제와 오늘 두 번 이메일을 보냈습니다.
   ④ 지난주 금요일에 인터넷에서 가방을 샀습니다.

## 題型 09 — 找出適合填入空格的內容＋推論答案

빈칸에 들어갈 알맞은 말을 고르고 지문을 통해 알 수 있는 것 찾기

選出適合填入空格的內容以及從文章中可推論出的資訊

**유형소개 題型介紹**

這類題目要求閱讀文章後，選出適合填入空格的內容，並透過文章找出可推論出的資訊。

**유형소개 TIP 題型破解**

填空題可能考單字或文法，亦可能詢問與文章相關的內容。建議再次複習題型06和題型07的解題技巧。

在此類題型中，需要根據文章內容推論答案。答案通常會將文章內容使用不同的表達方式，例如替換同義詞、或是將文中出現的相關內容彙整成一句話。

**69~70** 다음을 읽고 물음에 답하십시오. 제83회 읽기 69~70번

> 제가 초등학생이었을 때의 일입니다. 그날은 아버지의 생일이었고 저는 아버지를 기쁘게 해 드리고 싶었습니다. 그래서 제가 아기 때부터 매일 안고 잔 고양이 인형을 선물로 드리기로 했습니다. 저는 아버지가 기뻐할 것 같았습니다. 그런데 ( ㉠ ) 아버지는 아무 말도 하지 않았습니다. 잠시 후 아버지는 웃으면서 저를 꼭 안아 주셨습니다. 시간이 흘러 저는 결혼을 하고 딸을 낳았습니다. 제 딸의 첫 번째 생일에 아버지는 예쁘게 포장한 그 고양이 인형을 제 딸에게 주셨습니다.

**69.** ㉠에 들어갈 말로 가장 알맞은 것을 고르십시오.
① 선물을 본
② 인형을 준
③ 인형을 산
④ 선물을 포장한

**70.** 윗글의 내용으로 알 수 있는 것을 고르십시오.
① 아버지는 제 선물을 받고 슬퍼하셨습니다.
② 제 딸은 새로 산 인형을 선물로 받았습니다.
③ 저는 아버지의 생일에 선물을 사 드렸습니다.
④ 아버지는 오랫동안 제 선물을 가지고 계셨습니다.

**해설** 解析

» 第69題的答案是 ①：文中提到女兒決定把貓咪娃娃當作禮物送給父親，而父親收下禮物後，看著禮物什麼話都沒有說。

» 第70題的答案是 ④：文中提到父親曾收下女兒小學時送他的禮物。隨著時間流逝，女兒結婚生子後，父親將當年收到的禮物再次送給女兒的孩子。

## 연습문제 | 다음을 읽고 물음에 답하십시오.

### 1~2

저는 취미가 없었습니다. 매일 같은 생활을 하니까 재미가 없었습니다. 그런데 제 생일 날에 친구한테서 기타를 선물 받았습니다. 매일 혼자서 기타 치는 연습을 하기 시작했는데 생각보다 기타 치는 것이 ( ㉠ ). 그래서 기타 학원에도 다니기 시작했습니다. 기타 학원에 다니면서 새 친구도 생겼습니다. 저는 요즘 아주 즐겁습니다.

1. ㉠에 들어갈 말로 가장 알맞은 것을 고르십시오.
   ① 무서웠습니다
   ② 시끄러웠습니다
   ③ 재미있었습니다
   ④ 재미없었습니다

2. 윗글의 내용으로 알 수 있는 것은 무엇입니까?
   ① 기타를 선물 받아서 기뻤습니다.
   ② 기타를 치면 친구를 사귈 수 있습니다.
   ③ 기타를 치는 것은 제 취미가 되었습니다.
   ④ 친구가 생겨서 기타를 칠 시간이 없습니다.

### 3~4

오늘은 회사에서 저와 같은 신입사원들을 환영하기 위해 회식을 합니다. 한국 사람들은 회식을 할 때 보통 술집에 갑니다. 그런데 저는 ( ㉠ ) 걱정입니다. 회식을 할 때 술집에 가지 말고 다른 곳에서 회식을 했으면 좋겠습니다. 영화를 다 같이 본 후에 커피숍을 가거나 다 같이 볼링을 치러 가는 것도 좋을 것 같습니다.

3. ㉠에 들어갈 말로 가장 알맞은 것을 고르십시오.
   ① 회식을 싫어해서
   ② 술을 잘 못 마셔서
   ③ 영화를 못 볼까 봐
   ④ 볼링을 잘 못 칠까 봐

4. 윗글의 내용으로 알 수 있는 것은 무엇입니까?
   ① 저는 신입 사원을 위해 회식을 준비했습니다.
   ② 저는 회식을 할 때 술 마시는 것을 좋아합니다.
   ③ 회식을 할 때에는 술집에서 했으면 좋겠습니다.
   ④ 회식할 때 영화를 보거나 볼링을 치러 가고 싶습니다.

# Part

# 主題篇

2

## 主題 01　人物

**1~4**　이 글의 내용과 같은 것 고르십시오.

**1.**

> 저의 삼촌은 외국에서 삽니다. 아버지는 삼촌이 너무 먼 곳에서 살아서 무척 보고 싶어 하셨습니다. 그런데 이틀 전에 삼촌이 한국에 들어오셨습니다. 삼촌은 우리 가족에게 줄 선물을 많이 사 오셨습니다. 그날 아버지와 삼촌은 밤늦게까지 이야기했습니다.

① 아버지는 외국에서 삽니다.
② 이틀 전에 아버지께서 오셨습니다.
③ 우리 가족은 삼촌에게 선물을 드렸습니다.
④ 삼촌은 아버지와 오랫동안 대화를 했습니다.

**2.**

> 저는 외국인 친구와 기숙사에서 함께 살고 있습니다. 처음에는 인상이 무서워서 친하지 않았습니다. 하지만 그 친구는 재미있고 저와 취미가 같았습니다. 저와 친구는 쇼핑하러 마트도 같이 가고 농구도 같이 합니다. 이제는 아주 친한 친구가 되었습니다.

① 저는 친구와 삽니다.
② 저는 혼자 농구를 합니다.
③ 저는 친한 친구가 없습니다.
④ 외국인 친구의 인상은 참 좋습니다.

---

**1. 삼촌 叔叔**

(解析) 文末提到「爸爸和叔叔聊到深夜」，因此答案要選④。

(單字) 삼촌 叔叔　외국 國外　살다 居住　너무 太　멀다 遙遠　곳 地方　무척 非常　보고 싶다 想念　그런데 但是　이틀 전 兩天前　들어오다 回來　가족 家人　주다 給　선물 禮物　사다 買　밤늦게 深夜　이야기하다 聊天

**2. 외국인 친구 外國朋友**

(解析) 文章開頭提到「和外國朋友一起住在宿舍」，因此答案要選①。

(單字) 외국인 外國人　친구 朋友　기숙사 宿舍　함께 一起　처음 一開始　인상 印象　무섭다 可怕　친하다 親近　취미 興趣　같다 相同　재미있다 有趣　쇼핑하다 購物　마트 超市　같이 一起　농구 籃球　이제 如今　아주 非常

**3.**

　　우리 언니는 저보다 나이가 한 살 많습니다. 우리는 평소에는 친하게 지냈습니다. 그런데 언니가 가끔 나에게 말을 안 하고 내 옷을 입고 밖으로 나갑니다. 그래서 우리는 자주 싸웁니다. 하지만 우리는 오늘부터 싸우지 않기로 했습니다.

① 언니와 저는 사이가 나빴습니다.
② 저는 언니한테 옷을 주었습니다.
③ 언니는 저에게 말을 하지 않습니다.
④ 언니와 저는 사이좋게 지내려고 합니다.

**4.**

　　우리 집 김치는 외할머니께서 만들어 주셨습니다. 외할머니께서는 시골에서 사십니다. 외할머니께서 김치나 반찬을 만들면 우리 집으로 보내주십니다. 이제는 외할머니께서 연세가 많으셔서 반찬을 만들기 힘들어하십니다. 저는 외할머니께서 건강하게 오래 사셨으면 좋겠습니다.

① 저는 시골에서 삽니다.
② 외할머니께서는 건강하십니다.
③ 우리 집 김치는 외할머니께서 만들었습니다.
④ 저는 외할머니의 음식이 너무 먹고 싶습니다.

---

**3. 언니 姊姊**

**解析** 文末提到「決定從今天開始不再吵架了」，因此答案要選④。

**單字** -보다 比起　나이 年紀　살(나이) 歲(年齡)　평소 平常　지내다 相處　가끔 有時　말(언어) 話(言語)　옷 衣服　입다 穿　밖 外面　나가다 出去　그래서 所以　자주 經常　싸우다 吵架　하지만 但是　부터 從　사이좋다 和睦

**4. 외할머니 外婆**

**解析** 文章開頭提到「我們家的辛奇是外婆做的」，因此答案要選③。

**單字** 집 家　김치 辛奇　외할머니 外婆　만들다 做、製作　시골 鄉下　반찬 小菜　보내주다 送到、送給　연세 年紀　힘들다 吃力　건강하다 健康　오래 很久

**5~8** ( ㉠ )에 들어갈 가장 알맞은 것을 고르십시오.

**5.**

　우리 오빠는 태권도 선수였습니다. 올림픽에 나간 적도 있습니다. 여러 대회에 나가서 성적도 좋았습니다. ( ㉠ ) 작년에 연습을 하다가 다쳐서 운동을 할 수 없게 되었습니다. 그래서 지금은 학원에서 아이들에게 태권도를 가르치고 있습니다.

① 그리고
② 그래서
③ 그런데
④ 그러면

**6.**

　저는 지난달에 신입 사원으로 회사에 들어갔습니다. ( ㉠ ) 자주 실수를 했습니다. 직장인들은 회사에 다닐 때 직장 선배 때문에 스트레스를 많이 받습니다. 하지만 저는 좋은 직장 선배를 만나서 스트레스를 받지 않고 잘 지내고 있습니다. 나중에 저도 신입 사원을 잘 도와주는 좋은 선배가 되고 싶습니다.

① 회사 생활이 좋아서
② 회사 생활을 잘해서
③ 회사 생활이 재미있어서
④ 회사 생활이 처음이라서

---

**5. 오빠** 哥哥

**解析** 文中提到哥哥曾是跆拳道選手，卻因為受傷無法繼續運動，空格適合填入「但是」來表示轉折，因此答案要選③。

**單字** 태권도 跆拳道 선수 選手 올림픽 奧運 여러 各種 대회 比賽 성적 成績、分數 작년 去年 연습 練習 다치다 受傷 운동 運動 지금 現在 학원 補習班 아이들 孩子們 가르치다 教 그리고 而且 그래서 所以 그런데 但是 그러면 那麼

**6. 직장 선배** 職場前輩

**解析** 根據文章內容，經常出錯的原因為初次踏入職場，因此答案要選④。

**單字** 지난달 上個月 신입 사원 新進員工 회사 公司 들어가다 進入 실수 失誤 직장인 上班族 다니다 上(班、學) 때 (시간) 時候 직장 職場 선배 前輩 때문에 因為 스트레스를 받다 感到壓力 만나다 遇見 나중에 以後 잘 好好地 도와주다 幫助

58

**7.**

　　저와 남편은 대학교에서 처음 만났습니다. 그때는 남편의 집과 우리 집이 가까워서 자주 볼 수 있었습니다. 하지만 대학교 졸업 후 제가 이사를 가서 우리는 자주 보지 못 했습니다. (　　㉠　　) 우리는 계속 연락을 하면서 지냈고 작년에 결혼을 했습니다. 결혼을 하니까 매일 볼 수 있어서 행복합니다.

① 그래서
② 그러면
③ 그러니까
④ 그렇지만

**8.**

　　저의 동생은 성격이 아주 밝습니다. 제 동생은 기분이 좋으면 부모님 앞에서 노래를 부르면서 춤을 춥니다. 그러면 부모님께서도 기분이 좋아서 크게 웃으십니다. 저는 조용한 성격이라서 동생의 성격이 부럽습니다. 저도 동생처럼 (　　㉠　　)

① 춤을 추면 좋겠습니다.
② 노래를 부르면 좋겠습니다.
③ 성격이 밝았으면 좋겠습니다.
④ 조용한 성격이면 좋겠습니다.

---

**7. 남편 丈夫**

**解析** 根據文章內容，雖然搬家後無法經常見面，但因為持續保持聯絡，最終結婚，因此答案要選④。

**單字** 남편 丈夫　대학교 大學　그때 當時　가깝다 近　졸업 畢業　후(뒤) 後　이사 搬家　못하다 無法　계속 一直　연락 聯絡　결혼 結婚　매일 每天　행복하다 幸福　그러니까 因此　그렇지만 然而、可是

**8. 동생 妹妹**

**解析** 根據文章內容，因為羨慕妹妹開朗的個性，所以答案要選③。

**單字** 동생 妹妹、弟弟　성격이 밝다 個性開朗　기분 心情　부모님 父母　앞 前面　노래를 부르다 唱歌　춤을 추다 跳舞　크다 大　웃다 笑　조용하다 安靜　부럽다 羨慕　-처럼 像……一樣

**9~10** 다음을 읽고 중심 내용을 고르십시오.

9.

> 오늘은 조카가 중학교를 졸업하는 날입니다. 제가 어렸을 때는 졸업식 날 항상 자장면을 먹었습니다. 그래서 오늘 조카에게 자장면과 탕수육을 사 줄 겁니다. 제가 사 주는 음식을 조카가 좋아했으면 좋겠습니다.

① 저는 자장면을 좋아합니다.
② 저는 자장면을 먹고 싶습니다.
③ 저는 조카의 졸업식에 가고 싶습니다.
④ 저는 조카에게 자장면을 사 주고 싶습니다.

10.

> 저는 퇴근하고 학원에서 한국어를 배우고 있습니다. 낮에는 일을 하니까 퇴근하면 피곤합니다. 하지만 한국어 선생님이 재미있어서 매일 학원에 가게 됩니다. 한국어 선생님 때문에 웃으니까 스트레스가 풀립니다. 저도 나중에 재미있는 한국어 선생님이 되고 싶습니다.

① 저는 매일 공부합니다.
② 일과 공부를 같이 하면 피곤합니다.
③ 재미있는 한국 사람이 되는 것이 꿈입니다.
④ 제 꿈은 재미있는 한국어 선생님이 되는 것입니다.

---

**9. 조카** 姪子

**解析** 文中提到小時候自己在畢業典禮那天總會吃炸醬麵，所以想在姪子畢業典禮時也請他吃炸醬麵，因此答案要選④。

**單字** 조카 姪子、姪女 중학교 國中 날 日子 어리다 小、年幼 항상 總是 자장면 炸醬麵 탕수육 糖醋肉

**10. 한국어 선생님** 韓文老師

**解析** 文中提到「希望能成為一名有趣的韓文老師」，因此答案應選④。

**單字** 퇴근하다 下班 학원 補習班 배우다 學習 낮 白天 피곤하다 疲憊、累人 선생님 老師 스트레스가 풀리다 緩解壓力 나중에 以後

60

**11.** 다음 문장이 들어갈 곳을 고르십시오.

> 우리 아버지는 한국 사람이고 어머니는 일본 사람입니다. ( ㉠ ) 오래전에 어머니는 한국으로 유학을 왔고 아버지를 만나서 결혼했습니다. ( ㉡ ) 두 분 다 한식을 좋아하고 성격도 잘 맞습니다. ( ㉢ ) 가끔 한국과 일본이 하는 축구 경기를 볼 때는 각자 자기 나라의 말로 싸울 때도 있습니다. ( ㉣ )

> 하지만 저는 그 모습이 좋아 보입니다.

① ㉠　　　② ㉡　　　③ ㉢　　　④ ㉣

**12.** 다음을 순서대로 맞게 나열한 것을 고르십시오.

> (가) 제 딸은 몸이 약하고 건강이 안 좋습니다.
> (나) 그래서 우리는 시골로 이사했습니다.
> (다) 저는 딸이 하나 있습니다.
> (라) 이사한 후 딸의 건강이 좋아졌습니다.

① (가)-(나)-(다)-(라)　　② (가)-(다)-(나)-(라)
③ (다)-(가)-(나)-(라)　　④ (다)-(가)-(라)-(나)

---

**11. 부모님 父母**

**解析** 根據文章內容，雖然父母看足球比賽時會鬥嘴，但筆者覺得這樣的畫面看起來很美好，因此答案要選④。

**單字** 일본 日本　오래전 很久以前　유학 留學　다(모두) 都　한식 韓式料理　성격이 맞다 個性合得來　가끔 有時候、偶爾　축구 경기 足球比賽　각자 各自　자기 自己　모습 樣子

**12. 딸 女兒**

**解析** 根據文章內容，筆者有一個女兒，但是由於女兒的健康狀況不佳，因此決定搬到鄉下居住，而搬家後女兒的健康逐漸好轉，因此答案要選③。

**單字** 제 我的　딸 女兒　몸 身體　약하다 虛弱　좋아지다 好轉　건강 健康　이사 搬家

# 主題 01 人物

| 單字 | 中文 | 單字 | 中文 |
|---|---|---|---|
| 삼촌 | 叔叔 | 살(나이) | 歲(年齡) |
| 외국 | 國外 | 평소 | 平常 |
| 살다 | 居住 | 지내다 | 相處 |
| 너무 | 太 | 가끔 | 有時 |
| 멀다 | 遙遠 | 말(언어) | 話(言語) |
| 곳 | 地方 | 옷 | 衣服 |
| 무척 | 非常 | 입다 | 穿 |
| 보고 싶다 | 想念 | 밖 | 外面 |
| 그런데 | 但是 | 나가다 | 出去 |
| 이틀 전 | 兩天前 | 그래서 | 所以 |
| 들어오다 | 回來 | 자주 | 經常 |
| 가족 | 家人 | 싸우다 | 吵架 |
| 주다 | 給 | 하지만 | 但是 |
| 선물 | 禮物 | 부터 | 從 |
| 사다 | 買 | 사이좋다 | 和睦 |
| 밤늦게 | 深夜 | 집 | 家 |
| 이야기하다 | 聊天 | 김치 | 辛奇 |
| 외국인 | 外國人 | 외할머니 | 外婆 |
| 친구 | 朋友 | 만들다 | 做、製作 |
| 기숙사 | 宿舍 | 시골 | 鄉下 |
| 함께 | 一起 | 반찬 | 小菜 |
| 처음 | 一開始 | 보내주다 | 送到、送給 |
| 인상 | 印象 | 연세 | 年紀 |
| 무섭다 | 可怕 | 힘들다 | 吃力 |
| 친하다 | 親近 | 건강하다 | 健康 |
| 취미 | 興趣 | 오래 | 很久 |
| 같다 | 相同 | 태권도 | 跆拳道 |
| 재미있다 | 有趣 | 선수 | 選手 |
| 쇼핑하다 | 購物 | 올림픽 | 奧運 |
| 마트 | 超市 | 여러 | 各種 |
| 같이 | 一起 | 대회 | 比賽 |
| 농구 | 籃球 | 성적 | 成績、分數 |
| 이제 | 如今 | 작년 | 去年 |
| 아주 | 非常 | 연습 | 練習 |
| -보다 | 比起 | 다치다 | 受傷 |
| 나이 | 年紀 | 운동 | 運動 |

# 人物　主題 01

| 單字 | 中文 | 單字 | 中文 |
|---|---|---|---|
| 지금 | 現在 | 행복하다 | 幸福 |
| 학원 | 補習班 | 그러니까 | 因此 |
| 아이들 | 孩子們 | 그렇지만 | 然而、可是 |
| 가르치다 | 教 | 동생 | 妹妹、弟弟 |
| 그리고 | 而且 | 성격이 밝다 | 個性開朗 |
| 그래서 | 所以 | 기분 | 心情 |
| 그런데 | 但是 | 부모님 | 父母 |
| 그러면 | 那麼 | 앞 | 前面 |
| 지난달 | 上個月 | 노래를 부르다 | 唱歌 |
| 신입 사원 | 新進員工 | 춤을 추다 | 跳舞 |
| 회사 | 公司 | 크다 | 大 |
| 들어가다 | 進入 | 웃다 | 笑 |
| 실수 | 失誤 | 조용하다 | 安靜 |
| 직장인 | 上班族 | 부럽다 | 羨慕 |
| 다니다 | 上(班、學) | -처럼 | 像……一樣 |
| 때(시간) | 時候 | 조카 | 姪子、姪女 |
| 직장 | 職場 | 중학교 | 國中 |
| 선배 | 前輩 | 날 | 日子 |
| 때문에 | 因為 | 어리다 | 小、年幼 |
| 스트레스를 받다 | 感到壓力 | 항상 | 總是 |
| 만나다 | 遇見 | 자장면 | 炸醬麵 |
| 나중에 | 以後 | 탕수육 | 糖醋肉 |
| 잘 | 好好地 | 퇴근하다 | 下班 |
| 도와주다 | 幫助 | 학원 | 補習班 |
| 남편 | 丈夫 | 배우다 | 學習 |
| 대학교 | 大學 | 낮 | 白天 |
| 그때 | 當時 | 피곤하다 | 疲憊、累人 |
| 가깝다 | 近 | 선생님 | 老師 |
| 졸업 | 畢業 | 스트레스가 풀리다 | 緩解壓力 |
| 후(뒤) | 後 | 나중에 | 以後 |
| 이사 | 搬家 | 일본 | 日本 |
| 못하다 | 無法 | 오래전 | 很久以前 |
| 계속 | 一直 | 유학 | 留學 |
| 연락 | 聯絡 | 다(모두) | 都 |
| 결혼 | 結婚 | 한식 | 韓式料理 |
| 매일 | 每天 | 성격이 맞다 | 個性合得來 |

## 主題 01 人物

| 單字 | 中文 |
| --- | --- |
| 가끔 | 有時候、偶爾 |
| 축구 경기 | 足球比賽 |
| 각자 | 各自 |
| 자기 | 自己 |
| 모습 | 樣子 |
| 제 | 我的 |
| 딸 | 女兒 |
| 몸 | 身體 |
| 약하다 | 虛弱 |
| 좋아지다 | 好轉 |
| 건강 | 健康 |
| 이사 | 搬家 |

*memo*

## 主題 02 職業

**1~4** 이 글의 내용과 같은 것 고르십시오.

**1.**

> 저는 작은 식당을 하고 있습니다. 우리 가게는 점심시간이 제일 바쁩니다. 근처의 회사원들이 찌개를 먹으러 오기 때문입니다. 김치찌개, 된장찌개는 우리 가게에서 제일 인기가 많은 메뉴입니다. 우리 가게에 오시는 손님들이 음식을 맛있게 먹는 것을 보면 행복합니다.

① 우리 가게는 항상 바쁩니다.
② 저는 김치찌개를 제일 잘 만듭니다.
③ 우리 가게에는 메뉴가 아주 많습니다.
④ 저는 손님들이 음식을 맛있게 먹을 때 행복합니다.

**2.**

> 제가 어릴 때 우리 집에 불이 난 적이 있습니다. 그때 소방관 아저씨들이 와서 불을 끄고 우리 가족을 도와주었습니다. 그 후 저는 소방관이 되려고 공부와 운동을 열심히 했습니다. 얼마 전에 소방관 시험을 봤고 합격을 했습니다. 이제 소방관이 되었으니까 많은 사람들을 도와줄 것입니다.

① 얼마 전에 우리 집에 불이 났습니다.
② 이웃들이 우리 가족을 도와주었습니다.
③ 소방관이 되고 싶어서 시험을 봤습니다.
④ 소방관이 된 후 사람들을 도와주었습니다.

---

**1. 식당 사장님** 餐廳老闆

**解析** 文末提到「看到來店裡的客人津津有味地享用著餐點，讓我感到很幸福」，因此答案要選④。

**單字** 식당 餐廳 가게 店家 점심시간 午餐時間 제일 最 바쁘다 忙碌 근처 附近 회사원 上班族 김치찌개 辛奇鍋 된장찌개 大醬鍋 인기가 많다 受歡迎 메뉴 菜單 손님 客人 맛있다 好吃

**2. 소방관** 消防員

**解析** 文章中間提到「我立志成為一名消防員，努力唸書和運動」以及「不久前，我參加了消防員考試」，因此答案要選③。

**單字** 불이 나다 失火 소방관 消防員 아저씨 大叔 불을 끄다 滅火 공부 唸書 열심히 認真地 얼마 전 不久前 시험 考試 합격 通過

66

3.

　　저는 사람들 집에 찾아가서 냉장고를 고치는 일을 합니다. 처음 이 일을 시작했을 때는 힘들었습니다. 사람들과 이야기하는 것이 부끄러웠기 때문입니다. 하지만 냉장고를 고쳐줘서 고맙다는 말을 들으면 기분이 좋아집니다. 그래서 지금은 이 일이 아주 마음에 듭니다.

① 저의 직업은 힘든 직업입니다.
② 냉장고를 고치면 기분이 좋아집니다.
③ 제가 찾아가면 사람들이 부끄러워합니다.
④ 처음에는 힘들었지만 지금은 제 일이 좋습니다.


4.

　　제가 어렸을 때 비행기를 탔는데 예쁜 승무원 언니가 있었습니다. 승무원 언니가 너무 예뻐서 저도 승무원 언니처럼 되고 싶었습니다. 그래서 운동하면서 체중 관리도 하고 외국어 공부도 열심히 했습니다. 그리고 저는 비행기 승무원이 되었습니다. 가끔 일을 할 때 어린 여자아이가 나를 보면 저의 어렸을 때가 생각나서 재미있습니다.

① 저는 승무원입니다.
② 저는 언니가 되고 싶었습니다.
③ 저는 어린 여자아이가 좋습니다.
④ 저는 외국어를 잘하고 싶습니다.

---

**3. 냉장고 A/S 기사** 冰箱修理技師

**解析** 根據文章內容,筆者起初因為要與人交談而害羞,所以覺得辛苦,但現在他很滿意這份工作,因此答案要選④。

**單字** 찾아가다 上門 냉장고 冰箱 고치다(수리하다) 修理 시작하다 開始 부끄럽다 害羞 고맙다 謝謝 듣다 聽 마음에 들다 滿意

**4. 승무원** 空服員

**解析** 文中提到「我成為一名飛機空服員」,因此答案要選①。

**單字** 비행기 飛機 타다 搭乘 예쁘다 漂亮 승무원 空服員 체중 體重 관리 控管 외국어 外語 여자아이 小女孩 생각나다 想起

**5~8** ( ㉠ )에 들어갈 가장 알맞은 것을 고르십시오.

**5.**

　프로게이머는 세계의 여러 나라 사람들과 컴퓨터 게임으로 경기하는 선수입니다. 컴퓨터 게임으로 경기하는 시장이 커지면서 프로게이머의 인기도 많아지고 있습니다. 그래서 프로게이머는 요즘 아이들이 ( ㉠ ) 직업이 되었습니다.

① 좋아한
② 좋아할
③ 좋아하는
④ 좋아하던

**6.**

　저는 날씨를 사람들에게 미리 말해주는 사람입니다. 날씨는 계속 변하기 때문에 일기예보를 ( ㉠ ) 날씨를 미리 알면 편리하기 때문입니다. 날씨를 항상 정확하게 알 수는 없지만 저는 사람들에게 도움이 되는 저의 직업이 참 좋습니다.

① 봐야 합니다.
② 볼 줄 압니다.
③ 볼 수 있습니다.
④ 보면 안 됩니다.

---

**5. 프로게이머** 電競選手

**解析** 根據文章內容，近期電競選手的知名度逐漸提升，因此答案要選③。

**單字** 프로게이머 電競選手 세계 世界 컴퓨터 電腦 게임 遊戲 경기하다 競賽 선수 選手 시장 市場 커지다 擴大 요즘 最近 직업 職業

**6. 기상예보사** 氣象主播

**解析** 根據文章內容，「由於天氣隨時在變化，所以應該要看天氣預報」，因此答案要選①。

**單字** 날씨 天氣 미리 提前 변하다 變化 일기예보 天氣預報 알다 知道 편리하다 方便 정확하다 準確 도움 幫助 참 相當 항상 總是

68

7.

　　우리 약국은 병원 앞에 있습니다. 사람들은 보통 의사 선생님을 만난 후 우리 약국으로 옵니다. (　　㉠　　) 저는 약을 줍니다. 그런데 어떤 사람들은 아플 때 병원에 가지 않고 저에게 병을 고치는 방법을 물어 봅니다. 아플 때는 병원에 가야 합니다.

① 그러나
② 그러면
③ 그래도
④ 그렇지만

8.

　　계절이 바뀌면 많은 사람들이 감기에 걸려서 병원에 옵니다. 저는 병원에서 일하면서 사람들이 오랫동안 기다리는 것을 자주 봅니다. 어떤 사람들은 시간이 없어서 그냥 가기도 합니다. 그런데 감기에 걸리기 전에 주사를 맞으면 병원에 오지 않아도 됩니다. 사람들이 미리 주사를 맞으러 (　　㉠　　)

① 오면 좋겠습니다.
② 오기로 했습니다.
③ 온 적이 있습니다.
④ 오고 싶어 합니다.

---

**7. 약사** 藥師

**解析** 根據文章內容，雖然偶爾會有人詢問藥師治病的方法，但藥師並非醫生。因此答案要選②。

**單字** 약사 藥師　보통 通常　아프다 生病　의사 醫生　약국 藥局　그러면 那麼　병을 고치다 治病　방법 方法　물어보다 詢問　병원 醫院

**8. 간호사** 護理師

**解析** 根據文章內容，很多人在季節交替時感冒。如果提前接種疫苗，就不用來醫院，因此答案要選①。

**單字** 간호사 護理師　계절 季節　바뀌다 變化　감기에 걸리다 感冒　오랫동안 長時間　기다리다 等待　어떤 사람 有些人　시간이 없다 沒有時間　그냥 就那樣　주사를 맞다 接種疫苗

Part 2 主題篇 69

**9~10** 다음을 읽고 중심 내용을 고르십시오.

**9.**

저는 쓰레기를 치우는 환경미화원입니다. 쓰레기에서 냄새가 나고 더럽기 때문에 사람들은 저의 직업을 싫어합니다. 하지만 가끔 고맙다고 말하는 사람들이 있습니다. 사람들이 싫어하는 직업이지만 누군가는 꼭 해야 하는 직업입니다. 그래서 저는 계속 이 일을 하려고 합니다.

① 사람들은 더러운 쓰레기를 싫어합니다.
② 저에게 고맙다고 말하는 사람도 있습니다.
③ 저는 쓰레기를 치우는 환경미화원이 되고 싶습니다.
④ 저의 직업을 사람들이 싫어해도 이 일을 계속할 겁니다.

**10.**

피자는 이탈리아 음식이지만 한국의 피자는 조금 다릅니다. 한국에는 이탈리아에 없는 갈비피자, 불고기피자, 김치피자가 있습니다. 저도 가끔 새로운 맛의 피자를 만들기도 합니다. 모든 사람들이 좋아하는 맛있고 건강한 피자를 만드는 것이 저의 꿈입니다.

① 피자는 이탈리아 음식입니다.
② 이탈리아 피자는 인기가 좋습니다.
③ 한국의 피자보다 이탈리아 피자가 맛있습니다.
④ 사람들이 좋아하는 새로운 피자를 만들고 싶습니다.

---

**9. 환경미화원 清潔人員**

**解析** 文中提到「雖然這是不受人們喜歡的工作，卻是有人一定得去做的工作」，因此答案要選④。

**單字** 쓰레기 垃圾 치우다 清理 환경미화원 清潔人員 냄새가 나다 有味道 더럽다 骯髒 싫어하다 討厭 누군가 有人 꼭 一定

**10. 피자집 주방장 披薩主廚**

**解析** 文末提到「做出大家都喜歡的、美味且健康的披薩是我的夢想」，因此答案要選④。

**單字** 피자 披薩 주방장 主廚 이탈리아 義大利 조금 有些 다르다 不同 갈비피자 排骨披薩 불고기피자 韓式烤肉披薩 새롭다 新的 맛 口味 꿈 夢想

**11.** 다음 문장이 들어갈 곳을 고르십시오.

기자는 사람들에게 정보나 소식을 전해 주는 사람입니다. ( ㉠ ) 정보나 소식을 전할 때는 빨리 전하는 것보다 맞는 정보나 소식을 전하는 것이 중요합니다. ( ㉡ ) 이렇게 틀린 정보가 있는 뉴스는 안 좋은 사회 문제를 만듭니다. ( ㉢ ) 그래서 인터넷에서 뉴스나 기사를 볼 때에는 맞는 정보인지 꼭 확인해야 합니다. ( ㉣ )

하지만 요즘은 인터넷에 틀린 정보가 너무 많습니다.

① ㉠　　　② ㉡　　　③ ㉢　　　④ ㉣

**12.** 다음을 순서대로 맞게 나열한 것을 고르십시오.

(가) 오징어는 밤에 나가야 잡을 수 있습니다.
(나) 그래서 오징어 배는 불빛이 밝습니다.
(다) 오징어가 빛을 좋아하기 때문입니다.
(라) 저는 배를 타고 오징어를 잡는 어부입니다.

① (가)-(나)-(다)-(라)　　　② (가)-(다)-(나)-(라)
③ (라)-(가)-(나)-(다)　　　④ (라)-(가)-(다)-(나)

---

**11.** 기자 記者

**解析** 根據文章內容,「重要的是傳遞正確的資訊或消息 → 錯誤資訊太多 → 錯誤資訊引發不良的社會問題」,因此答案要選②。

**單字** 정보 資訊 소식 消息 전하다 傳遞 기자 記者 빨리 迅速 맞다(틀리다) 正確(錯誤) 중요하다 重要 가짜 假的 사회 社會 문제 問題 인터넷 網路 기사 報導 확인하다 確認

**12.** 어부 漁夫

**解析** 因為魷魚喜歡光源,所以魷釣船的燈光很亮。因此答案要選④。

**單字** 오징어 魷魚 밤 夜間 잡다 抓 불빛/빛 燈光、光 배를 타다 乘船 어부 漁夫

## 主題 02 職業

| 單字 | 中文 | 單字 | 中文 |
|---|---|---|---|
| 식당 | 餐廳 | 관리 | 控管 |
| 가게 | 店家 | 외국어 | 外語 |
| 점심시간 | 午餐時間 | 여자아이 | 小女孩 |
| 제일 | 最 | 생각나다 | 想起 |
| 바쁘다 | 忙碌 | 프로게이머 | 電競選手 |
| 근처 | 附近 | 세계 | 世界 |
| 회사원 | 上班族 | 컴퓨터 | 電腦 |
| 김치찌개 | 辛奇鍋 | 게임 | 遊戲 |
| 된장찌개 | 大醬鍋 | 경기하다 | 競賽 |
| 인기가 많다 | 受歡迎 | 선수 | 選手 |
| 메뉴 | 菜單 | 시장 | 市場 |
| 손님 | 客人 | 커지다 | 擴大 |
| 맛있다 | 好吃 | 요즘 | 最近 |
| 불이 나다 | 失火 | 직업 | 職業 |
| 소방관 | 消防員 | 날씨 | 天氣 |
| 아저씨 | 大叔 | 미리 | 提前 |
| 불을 끄다 | 滅火 | 변하다 | 變化 |
| 공부 | 唸書 | 일기예보 | 天氣預報 |
| 열심히 | 認真地 | 알다 | 知道 |
| 얼마 전 | 不久前 | 편리하다 | 方便 |
| 시험 | 考試 | 정확하다 | 準確 |
| 합격 | 通過 | 도움 | 幫助 |
| 찾아가다 | 上門 | 참 | 相當 |
| 냉장고 | 冰箱 | 항상 | 總是 |
| 고치다(수리하다) | 修理 | 약사 | 藥師 |
| 시작하다 | 開始 | 보통 | 通常 |
| 부끄럽다 | 害羞 | 아프다 | 生病 |
| 고맙다 | 謝謝 | 의사 | 醫生 |
| 듣다 | 聽 | 약국 | 藥局 |
| 마음에 들다 | 滿意 | 그러면 | 那麼 |
| 비행기 | 飛機 | 병을 고치다 | 治病 |
| 타다 | 搭乘 | 방법 | 方法 |
| 예쁘다 | 漂亮 | 물어보다 | 詢問 |
| 승무원 | 空服員 | 병원 | 醫院 |
| 체중 | 體重 | 간호사 | 護理師 |

# 職業 主題02

| 單字 | 中文 | 單字 | 中文 |
| --- | --- | --- | --- |
| 계절 | 季節 | 불고기피자 | 韓式烤肉披薩 |
| 바뀌다 | 變化 | 새롭다 | 新的 |
| 감기에 걸리다 | 感冒 | 맛 | 口味 |
| 오랫동안 | 長時間 | 꿈 | 夢想 |
| 기다리다 | 等待 | 정보 | 資訊 |
| 어떤 사람 | 有些人 | 소식 | 消息 |
| 시간이 없다 | 沒有時間 | 전하다 | 傳遞 |
| 그냥 | 就那樣 | 기자 | 記者 |
| 주사를 맞다 | 接種疫苗 | 빨리 | 迅速 |
| 쓰레기 | 垃圾 | 맞다(틀리다) | 正確(錯誤) |
| 치우다 | 清理 | 중요하다 | 重要 |
| 환경미화원 | 清潔人員 | 가짜 | 假的 |
| 냄새가 나다 | 有味道 | 사회 | 社會 |
| 더럽다 | 骯髒 | 문제 | 問題 |
| 싫어하다 | 討厭 | 인터넷 | 網路 |
| 누군가 | 有人 | 기사 | 報導 |
| 꼭 | 一定 | 확인하다 | 確認 |
| 피자 | 披薩 | 오징어 | 魷魚 |
| 주방장 | 主廚 | 밤 | 夜間 |
| 이탈리아 | 義大利 | 잡다 | 抓 |
| 조금 | 有些 | 불빛/빛 | 燈光、光 |
| 다르다 | 不同 | 배를 타다 | 乘船 |
| 갈비피자 | 排骨披薩 | 어부 | 漁夫 |

## 主題 03　興趣

**1~4**　이 글의 내용과 같은 것 고르십시오.

### 1.

저는 한국 드라마를 보는 것을 좋아합니다. 한국 드라마는 배우들이 멋있고 내용이 재미있습니다. 그래서 거의 매일 보고 있습니다. 예전의 저의 부모님은 한국 드라마에 관심이 없었습니다. 하지만 요즘 저 때문에 한국 드라마를 좋아하게 되었습니다.

① 저는 한국 드라마를 가끔 봅니다.
② 저는 한국 드라마를 본 적이 없습니다.
③ 부모님께서는 한국 드라마를 좋아합니다.
④ 부모님 때문에 한국 드라마가 좋아졌습니다.

### 2.

저의 취미는 만화를 그리는 것입니다. 어릴 때부터 만화를 좋아했습니다. 만화를 그리면 만화 속 세상에서 사는 것 같습니다. 요즘은 컴퓨터로 만화를 그리는데 예전보다 쉽게 그릴 수가 있어서 좋습니다. 재미있는 만화를 그려서 친구들에게 보여줄 겁니다.

① 저는 만화 속 세상에서 삽니다.
② 예전부터 컴퓨터로 그림을 그렸습니다.
③ 컴퓨터로 만화 그리는 것을 좋아합니다.
④ 만화를 그리고 싶어서 컴퓨터를 배웁니다.

---

**1. 한국 드라마 보기** 看韓劇

**解析** 文末提到父母因為筆者的關係而喜歡上韓國電視劇，因此答案要選③。

**單字** 드라마 電視劇　배우 演員　멋있다 帥氣、酷　내용 劇情、內容　거의 幾乎　예전 以前　관심 興趣　매일 每天

**2. 만화 그리기** 畫漫畫

**解析** 文中提到最近筆者用電腦來畫漫畫，比以前更容易繪製，覺得很棒，因此答案要選③。

**單字** 취미 興趣　만화 漫畫　그리다 畫畫　속 裡面　세상 世界　쉽다 簡單　보여주다 給人看

3.

> 저는 일 년에 한 번은 꼭 해외여행을 갑니다. 해외여행을 가기 위해서 보통 일 년 전부터 돈을 모으기 시작합니다. 그리고 돈이 모이면 회사에 휴가를 내고 여행을 갑니다. 그곳에서 사람들과 사진을 찍고 엽서를 삽니다. 제가 모은 엽서와 사진을 보면 그때 추억이 생각나서 좋습니다.

① 회사에서 해외여행을 갑니다.
② 저는 1년에 한 번 여행을 갑니다.
③ 회사에서 추억이 쌓여서 좋습니다.
④ 돈을 모으기 위해 회사에 휴가를 냅니다.

4.

> 저의 취미는 쇼핑입니다. 특히 옷을 사는 것을 좋아합니다. 주로 계절이 바뀔 때 옷을 많이 삽니다. 저는 올해 유행하는 패션을 알기 위해서 잡지나 TV를 자주 봅니다. 그래서 제 친구는 옷을 사러 갈 때 항상 저와 같이 가려고 합니다.

① 저는 유행을 잘 알고 있습니다.
② 제 친구는 옷을 잘 못 입습니다.
③ 저는 계절이 바뀌면 잡지를 삽니다.
④ 제 친구는 잡지나 TV를 보는 것을 좋아합니다.

---

**3. 해외여행 出國旅行**

**解析** 文章開頭提到「我一年一定會出國旅行一次」，因此答案要選②。

**單字** 년(해) 年 번(횟수) 次(次數) 해외여행 出國旅行 보통 通常 돈 錢 모으다 存 휴가를 내다 請假 그곳 那個地方 사진을 찍다 拍照 엽서 明信片 추억 回憶 모이다 收集

**4. 쇼핑 購物**

**解析** 文中提到「為了知道今年的流行時尚，我經常看雜誌或電視」，因此答案要選①。

**單字** 특히 尤其 주로 主要 올해 今年 유행하다 流行 패션 時尚 잡지 雜誌

**5~8** ( ㉠ )에 들어갈 가장 알맞은 것을 고르십시오.

**5.**

> 저는 집에서 요리할 때가 제일 즐겁습니다. 제가 만든 요리를 가족들이 맛있게 먹는 것을 보면 행복합니다. 하지만 요즘 사람들은 스마트폰으로 음식을 배달시켜서 먹습니다. 음식을 배달시켜서 먹으면 ( ㉠ ) 건강에 좋지 않습니다. 사랑하는 가족들을 위해서 음식은 만들어 먹는 것이 좋겠습니다.

① 편하고
② 편해서
③ 편하면서
④ 편하지만

**6.**

> 저는 어렸을 때부터 춤을 잘 추지 못했습니다. 하지만 춤을 추는 것을 좋아해서 학원에서 춤을 배웠습니다. 춤은 ( ㉠ ) 건강에 좋습니다. 처음에는 춤을 잘 추지 못했지만 지금은 잘 추게 되었습니다. 저는 춤을 좋아하는 사람들과 함께 댄스 모임을 만들 겁니다.

① 잘 추어야
② 잘 추는 사람만
③ 운동이 아니니까
④ 운동이 되기 때문에

---

**5. 요리하기 做料理**

**解析** 根據文章內容，雖然叫外送食物吃很方便，但對健康不好，因此答案要選④。

**單字** 요리하다 料理 즐겁다 愉快 스마트폰 智慧型手機 배달 시키다 叫外送 편하다 方便 사랑하다 愛

**6. 춤추기 跳舞**

**解析** 根據文章內容，跳舞有益健康的原因，為跳舞是一種運動，因此答案要選④。

**單字** 댄스 舞蹈 모임 同好會、聚會 어리다 小、年幼 학원 補習班 못하다 不擅長

**7.**

저는 혼자 영화 보는 것을 좋아합니다. 영화를 혼자 보면 좋은 점이 많습니다. 슬픈 영화를 볼 때 마음대로 울 수 있고, 재미있는 영화를 볼 때는 크게 웃을 수 있습니다. (   ㉠   ) 영화 볼 때 말하지 않아도 되니까 영화를 더 잘 볼 수 있습니다. 저는 이렇게 영화 속으로 들어가는 느낌이 좋습니다.

① 그러면
② 그래서
③ 그리고
④ 그런데

**8.**

저는 50대 후반 주부입니다. 어렸을 때부터 피아노를 배우고 싶었지만 배울 수 없었습니다. 나이가 더 많아지기 전에 피아노를 배우려고 합니다. 그래서 저는 피아노 학원에서 매일 2시간 연습하고 있습니다. 열심히 연습해서 가족들을 위해 피아노 음악 한 곡을 다 (   ㉠   )

① 연주해도 됩니다.
② 연주하고 싶습니다.
③ 연주하지 않습니다.
④ 연주할 수 없습니다.

---

**7. 영화 보기 看電影**

**解析** 根據文章內容，一個人看電影時，可以開懷大笑，還不用說話，能更專心看電影，因此答案要選③。

**單字** 혼자 獨自 영화 電影 점(장점) 點(好處) 슬프다 悲傷 마음대로 盡情 울다 哭泣 이렇게 這樣 더 更 들어가다 進入 느낌 感覺

**8. 피아노 연주 彈鋼琴**

**解析** 根據文章內容，雖然只學了一段時間的鋼琴，仍想要為家人彈奏鋼琴曲，因此答案要選②。

**單字** 대(나이) ……多歲(年紀) 후반 後半(文中指55~60歲之間) 주부 家庭主婦 피아노 鋼琴 나이 年紀 음악 音樂 곡(음악) 曲子(音樂) 연주하다 彈奏(樂器) 연습하다 練習

**9~10** 다음을 읽고 중심 내용을 고르십시오.

**9.**

> 저는 일요일마다 산에 갑니다. 산에서 깨끗한 공기를 마시면 기분이 좋아집니다. 그리고 산에 올라갈 때 땀이 나면 스트레스가 풀립니다. 그래서 지금은 예전보다 몸이 좋아졌습니다. 다음 주에는 가족과 같이 산에 가려고 합니다.

① 저는 산에서 삽니다.
② 저는 등산을 좋아합니다.
③ 저는 산에서 운동을 합니다.
④ 저는 땀이 나면 기분이 좋아집니다.

**10.**

> 저는 주말 저녁에 친구들과 만나면 언제나 노래방에 갑니다. 우리는 노래방에서 다 같이 춤을 추면서 노래를 크게 부릅니다. 그러면 우리는 서로를 보면서 크게 웃습니다. 노래를 못 불러도 그냥 재미있게 놀면 스트레스가 풀립니다.

① 제 친구는 재미있습니다.
② 노래를 못 부르면 재미가 없습니다.
③ 저는 춤을 추려고 노래방에 갑니다.
④ 놀 때는 재미있게 놀아야 스트레스가 풀립니다.

---

**9. 등산 登山**

**解析** 根據文章內容，在山裡呼吸乾淨的空氣，心情會變好。而且爬山時流汗能夠舒緩壓力。因此答案要選②。

**單字** 일요일 星期日 마다 每 산 山 깨끗하다 乾淨 공기를 마시다 呼吸空氣 올라가다 爬上去 땀이 나다 流汗 다음 주 下週

**10. 노래방 가기 唱KTV**

**解析** 根據文章內容，只要盡情玩樂，就能紓解壓力。因此答案要選④。

**單字** 주말 週末 저녁 晚上 언제나 無論何時 노래방 KTV 못 不能 놀다 玩樂 서로 彼此

11. 다음 문장이 들어갈 곳을 고르십시오.

사물놀이는 한국의 전통 놀이입니다. ( ㉠ ) 네 가지 악기로 연주하면서 놀기 때문에 사물놀이라고 합니다. ( ㉡ ) 악기를 연주하는 네 사람은 각자의 자리에 앉아서 신나게 연주를 합니다. ( ㉢ ) 그래서 요즘 외국인들도 사물놀이를 많이 배웁니다. ( ㉣ )

이렇게 신나게 연주하는 사람들을 보면 구경하는 사람들도 같이 즐거워집니다.

① ㉠  ② ㉡  ③ ㉢  ④ ㉣

12. 다음을 순서대로 맞게 나열한 것을 고르십시오.

(가) 종이로 만든 책은 눈이 아프지 않기 때문입니다.
(나) 눈이 안 아프니까 항상 종이책을 가지고 다닙니다.
(다) 요즘은 스마트폰으로 책을 보는 사람이 많습니다.
(라) 그렇지만 저는 종이책이 더 좋습니다.

① (나)-(라)-(가)-(다)
② (나)-(가)-(다)-(라)
③ (다)-(라)-(나)-(가)
④ (다)-(라)-(가)-(나)

---

**11. 사물놀이 四物遊戲**

**解析** 根據文章內容,「四人坐在自己的位子上盡情演奏 → 看著這些賣力演奏的人」的順序最為通順,因此答案要選③。

**單字** 사물놀이 四物遊戲(韓國傳統打擊樂) 전통놀이 傳統遊戲 가지(종류) 種(種類) 악기 樂器 자리 位置、座位 앉다 坐 신나다 盡情、賣力 구경하다 觀賞

**12. 종이로 된 책 보기 讀紙本書**

**解析** 雖然最近用智慧型手機看書的人很多,但因為紙本書不會讓眼睛不舒服,筆者總是隨身攜帶紙本書。因此答案要選④。

**單字** 종이 紙 책 書 눈 眼睛 가지다 攜帶 그렇지만 然而、可是

## 主題 03 興趣

| 單字 | 中文 | 單字 | 中文 |
|---|---|---|---|
| 드라마 | 電視劇 | 스마트폰 | 智慧型手機 |
| 배우 | 演員 | 배달 시키다 | 叫外送 |
| 멋있다 | 帥氣、酷 | 편하다 | 方便 |
| 내용 | 劇情、內容 | 사랑하다 | 愛 |
| 거의 | 幾乎 | 댄스 | 舞蹈 |
| 예전 | 以前 | 모임 | 同好會、聚會 |
| 관심 | 興趣 | 어리다 | 小、年幼 |
| 매일 | 每天 | 학원 | 補習班 |
| 취미 | 興趣 | 못하다 | 不擅長 |
| 만화 | 漫畫 | 혼자 | 獨自 |
| 그리다 | 畫畫 | 영화 | 電影 |
| 속 | 裡面 | 점(장점) | 點(好處) |
| 세상 | 世界 | 슬프다 | 悲傷 |
| 쉽다 | 簡單 | 마음대로 | 盡情 |
| 보여주다 | 給人看 | 울다 | 哭泣 |
| 년(해) | 年 | 이렇게 | 這樣 |
| 번(횟수) | 次(次數) | 더 | 更 |
| 해외여행 | 出國旅行 | 들어가다 | 進入 |
| 보통 | 通常 | 느낌 | 感覺 |
| 돈 | 錢 | 대(나이) | ……多歲(年紀) |
| 모으다 | 存 | 후반 | 後半 |
| 휴가를 내다 | 請假 | 주부 | 家庭主婦 |
| 그곳 | 那個地方 | 피아노 | 鋼琴 |
| 사진을 찍다 | 拍照 | 나이 | 年紀 |
| 엽서 | 明信片 | 음악 | 音樂 |
| 추억 | 回憶 | 곡(음악) | 曲子(音樂) |
| 모이다 | 收集 | 연주하다 | 彈奏(樂器) |
| 특히 | 尤其 | 연습하다 | 練習 |
| 주로 | 主要 | 일요일 | 星期日 |
| 올해 | 今年 | 마다 | 每 |
| 유행하다 | 流行 | 산 | 山 |
| 패션 | 時尚 | 깨끗하다 | 乾淨 |
| 잡지 | 雜誌 | 공기를 마시다 | 呼吸空氣 |
| 요리하다 | 料理 | 올라가다 | 爬上去 |
| 즐겁다 | 愉快 | 땀이 나다 | 流汗 |

# 興趣 主題03

| 單字 | 中文 | 單字 | 中文 |
| --- | --- | --- | --- |
| 다음 주 | 下週 | 가지(종류) | 種(種類) |
| 주말 | 週末 | 악기 | 樂器 |
| 저녁 | 晚上 | 자리 | 位置、座位 |
| 언제나 | 無論何時 | 앉다 | 坐 |
| 노래방 | KTV | 신나다 | 盡情、賣力 |
| 못 | 不能 | 구경하다 | 觀賞 |
| 놀다 | 玩樂 | 종이 | 紙 |
| 서로 | 彼此 | 책 | 書 |
| 사물놀이 | 四物遊戲<br>(韓國傳統打擊樂) | 눈 | 眼睛 |
|  |  | 가지다 | 攜帶 |
| 전통놀이 | 傳統遊戲 | 그렇지만 | 然而、可是 |

# 主題 04　日常生活

**1~4** 다음을 읽고 내용이 같은 것을 고르십시오.

**1.**

> 　한국에 유학 온 후 아침을 잘 먹지 못합니다. 한국어 수업은 9시에 시작하는데 저는 8시 30분쯤에 일어납니다. 학교에 갈 준비를 해야 해서 아침을 먹을 시간이 없습니다. 아침을 안 먹으니까 점심을 빨리 먹고 많이 먹습니다. 그래서 소화가 잘 안 되고 배가 자주 아픕니다.

① 저는 아침 먹는 것을 안 좋아합니다.
② 한국어 수업은 8시 30분에 시작합니다.
③ 학교 갈 준비 때문에 아침을 못 먹습니다.
④ 저는 아침과 점심을 안 먹어서 배가 아픕니다.

**2.**

> 　요즘 공원이나 거리에서 개를 데리고 산책하는 사람들을 자주 볼 수 있습니다. 저는 개를 좋아하기 때문에 여기저기에서 개를 볼 수 있어서 좋습니다. 하지만 개를 싫어하거나 무서워하는 사람들도 있습니다. 그러니까 개를 데리고 나올 때는 조심해야 합니다.

① 저는 개하고 산책하는 것을 좋아합니다.
② 요즘 개와 함께 산책하는 사람들이 많습니다.
③ 개를 데리고 산책하는 것은 건강에 좋습니다.
④ 산책은 공원이나 거리에서 하는 것이 좋습니다.

---

**1. 아침 식사와 건강** 早餐與健康

**解析** 文中提到「因為要準備上學，所以沒時間吃早餐」，因此答案要選③。

**單字** 유학 留學　아침 早餐　수업 課程　쯤 大約、左右　일어나다 起床　준비 準備　소화 消化

**2. 개와 함께 하는 산책** 帶狗散步

**解析** 文中提到「最近經常能看到帶狗散步的人」，因此答案要選②。

**單字** 공원 公園　이나 或　거리 街道　개 狗　데리다 帶、牽著　산책하다 散步　여기저기 到處　무서워하다 害怕　나오다 出來　조심하다 小心

3.

> 한 달에 한 번 우리 집에서는 특별한 모임을 합니다. 그 모임에서는 여러 나라 음식을 먹어 볼 수 있습니다. 여러 나라 친구들이 고향 음식을 만들어서 가지고 오기 때문입니다. 저는 그 모임에서 처음 먹어 본 음식이 많습니다. 내일 그 모임이 있는데 친구들이 가지고 올 음식이 아주 궁금합니다.

① 한 달에 한 번 우리 집에서 여러 나라 음식을 팝니다.
② 친구들이 내일 모임에서 먹을 음식을 알고 싶어 합니다.
③ 우리 집에 여러 나라 사람들이 모여서 고향 음식을 만듭니다.
④ 저는 우리 집에서 하는 모임에서 처음 먹은 음식이 있습니다.

4.

> 어제 인터넷에서 운동화를 한 켤레 샀습니다. 평소 사고 싶은 운동화였는데 비싸서 할인하기를 기다리고 있었습니다. 그런데 어제 인터넷에서 그 운동화를 60% 할인하고 있었습니다. 사고 싶은 운동화를 싸게 살 수 있어서 기분이 좋았습니다. 운동화가 빨리 왔으면 좋겠습니다.

① 운동화가 너무 싸서 안 샀습니다.
② 어제 백화점에서 운동화를 구경했습니다.
③ 어제 운동화를 신어 보니까 잘 맞았습니다.
④ 인터넷에서 운동화를 할인해서 팔고 있었습니다.

---

**3. 특별한 모임** 特別的聚會

**解析** 文中提到「我在聚會上品嚐很多第一次吃的美食」，因此答案要選④。

**單字** 달 月 특별하다 特別 고향 家鄉 모임 聚會、集會 내일 明天 궁금하다 好奇

**4. 인터넷 쇼핑** 網路購物

**解析** 文中提到「昨天在網路上發現這雙運動鞋打四折」，因此答案要選④。

**單字** 어제 昨天 운동화 運動鞋 켤레 雙 비싸다 貴 할인하다 打折 기다리다 等待 싸다 便宜 신다 穿(鞋子) 맞다(사이즈) (尺寸)合適 팔다 販售

**5~8** ( ㉠ )에 들어갈 말로 가장 알맞은 것을 고르십시오.

5.

> 오랜만에 집 청소를 했습니다. 그동안 비가 내려서 창문을 열 수 없었습니다. 오늘은 날씨가 아주 맑아서 창문을 모두 열고 청소를 할 수 있었습니다. 2시에 청소하기 시작했는데 청소가 끝나니까 4시 반이었습니다. 혼자 청소하는 것이 좀 힘들기는 했지만 청소가 끝난 후 ( ㉠ ) 집을 보니까 기분이 정말 좋았습니다.

① 맑은
② 흐린
③ 깨끗한
④ 차가운

6.

> 이번 주 일요일은 같은 반 친구의 생일입니다. ( ㉠ ) 그날 반 친구들과 함께 학교 근처 식당에서 저녁을 먹으려고 합니다. 학교 근처에 갈비찜이 유명한 식당이 있습니다. 다른 음식도 맛있고 값도 비싸지 않습니다. 그 식당은 주말에 항상 손님이 많으니까 미리 예약을 해야겠습니다.

① 그리고
② 그래서
③ 그러면
④ 그러나

---

**5. 집 청소** 打掃家裡

**解析** 根據文章內容，談及很久沒打掃，打掃完後家裡變乾淨，因此答案要選③。

**單字** 오랜만에 隔了很久 청소 打掃 동안 期間 비가 내리다 下雨 창문 窗戶 열다 打開 맑다 晴朗 모두 所有 시 點 반 半 좀 稍微 끝나다 結束 정말 真的 흐리다 陰天 차갑다 冰冷的

**6. 식당 예약** 餐廳訂位

**解析** 根據文章內容，與同學一起去餐廳吃晚餐，為的是幫朋友慶生，因此答案要選②。

**單字** 이번 這次 반 班、半 생일 生日 그날 那天 근처 附近 갈비찜 燉排骨 유명하다 有名 값 價格 미리 提前 예약 訂位 그러나 但是

**7.**

　　저는 한국 음식을 좋아합니다. 특히 김치를 좋아해서 김치로 만든 음식은 다 좋아합니다. 그래서 저는 한국에서 김치 만드는 방법을 배우려고 합니다. (　　㉠　　) 그것으로 여러 음식을 만들고 싶습니다. 빨리 김치 만드는 방법을 배우고 싶습니다.

① 김치를 만들어서
② 김치를 만드니까
③ 김치를 만들려고
④ 김치를 만드는데

**8.**

　　다음 주 금요일은 동생의 생일입니다. 오늘 동생에게 줄 (　　㉠　　) 우체국에 갔습니다. 동생에게 줄 선물은 운동화입니다. 동생은 운동을 좋아하고 운동화를 모으는 것도 좋아합니다. 제 선물이 동생의 마음에 들었으면 좋겠습니다.

① 선물을 받는데
② 선물을 부치러
③ 선물을 사다가
④ 선물을 포장하면

---

**7. 김치 만들기** 製作辛奇

**解析** 根據文章內容，學會如何製作辛奇後，想用辛奇製作各種菜餚。製作玩辛奇後，才能製作其他菜餚，因此答案要選①。

**單字** 한국 韓國　특히 尤其　방법 方法　그것 它、那

**8. 동생 생일 선물** 弟弟的生日禮物

**解析** 根據文章內容，買好運動鞋，要寄給弟弟當作生日禮物，因此答案要選②。

**單字** 금요일 星期五　우체국 郵局　모으다 收集　마음에 들다 喜歡、滿意　부치다 郵寄　포장하다 包裝

Part 2　主題篇　85

**9~10** 다음을 읽고 중심 내용을 고르십시오.

**9.**

> 우리 집에는 화분이 많습니다. 화분이 많으니까 집 안의 공기가 항상 좋은 것 같습니다. 화분의 꽃과 나무들을 보면 기분도 좋아집니다. 저는 주말마다 화분에 물을 줍니다. 음악을 들으면서 화분에 물을 줄 때 일주일 동안의 스트레스가 풀립니다.

① 집에 화분이 많으니까 참 좋습니다.
② 주말마다 화분에 물을 줘야 합니다.
③ 집 안의 공기가 좋으면 기분이 좋습니다.
④ 스트레스를 풀려면 꽃과 나무들을 봐야 합니다.

**10.**

> 오늘은 친구와 함께 초콜릿 박물관에 갔습니다. 나는 초콜릿에 별로 관심이 없었는데 친구가 초콜릿을 좋아해서 거기에 갔습니다. 거기에 가니까 초콜릿의 역사도 알 수 있고 초콜릿도 만들어 볼 수 있었습니다. 초콜릿 박물관은 생각보다 아주 재미있었습니다. 다음에 또 가 보고 싶습니다.

① 초콜릿을 좋아하면 초콜릿 박물관에 가야 합니다.
② 초콜릿 박물관은 가 보니까 아주 재미있었습니다.
③ 초콜릿을 만들기 위해서 초콜릿 박물관에 갑니다.
④ 초콜릿의 역사를 배우려면 초콜릿 박물관에 가야 합니다.

---

**9. 화분 키우기 照顧盆栽**

**解析** 根據文章內容，家裡有很多盆栽，伴隨很多好處，因此答案要選①。

**單字** 화분 盆栽　공기 空氣　꽃 花　나무 樹木　마다 每個　물 水　일주일 一個星期　스트레스가 풀리다 釋放壓力

**10. 초콜릿 박물관 巧克力博物館**

**解析** 根據文章內容，去了巧克力博物館後，發現比想像中還有趣，想要再造訪，因此答案要選②。

**單字** 초콜릿 巧克力　박물관 博物館　별로 不太、不怎麼　관심 關注　거기 那裡　역사 歷史　생각 想法　보다 比起　또 再

86

**11.** 다음 문장이 들어갈 곳으로 가장 알맞은 것을 고르십시오.

> 요즘 어깨와 목이 너무 아픕니다. ( ㉠ ) 회사에서 컴퓨터를 오래 해서 그런 것 같습니다. ( ㉡ ) 그래서 어제부터 요가를 배우기 시작했습니다. ( ㉢ ) 처음 배워서 어렵지만 요가를 하고 나면 기분도 좋고 어깨와 목도 덜 아픕니다. ( ㉣ )

> 친구에게 이야기하니까 요가 학원을 소개해 주었습니다.

① ㉠   ② ㉡   ③ ㉢   ④ ㉣

**12.** 다음을 순서에 맞게 배열한 것을 고르십시오.

> (가) 그래서 오늘 인터넷으로 표를 예매했습니다.
> (나) 이번 주말에 극장에 가려고 합니다.
> (다) 보고 싶은 영화가 있기 때문입니다.
> (라) 주말에는 극장에 사람이 많으니까 미리 표를 사는 게 좋습니다.

① (나)-(다)-(라)-(가)    ② (나)-(라)-(가)-(다)
③ (라)-(가)-(다)-(나)    ④ (라)-(나)-(다)-(가)

---

**11.** 요가 瑜伽

**解析** 根據文章內容，朋友介紹瑜伽教室後，才去瑜伽教室學瑜伽，因此答案要選②。

**單字** 어깨 肩膀　목 脖子　오래 長時間　그렇다 那樣　요가 瑜伽　어렵다 困難　덜 不太　이야기하다 說話、告訴　학원 補習班、私人教室　소개하다 介紹

**12.** 영화표 예매 預訂電影票

**解析** 文章內容主要描述提前預訂週末的電影票。首先表達週末要去電影院的計畫，接著說明提前購買電影票的原因，因此答案要選①。

**單字** 표 票　예매하다 預訂　극장 電影院

## 主題 04 日常生活

| 單字 | 中文 | 單字 | 中文 |
|---|---|---|---|
| 유학 | 留學 | 비가 내리다 | 下雨 |
| 아침 | 早餐 | 창문 | 窗戶 |
| 수업 | 課程 | 열다 | 打開 |
| 쯤 | 大約、左右 | 맑다 | 晴朗 |
| 일어나다 | 起床 | 모두 | 所有 |
| 준비 | 準備 | 시 | 點 |
| 소화 | 消化 | 반 | 半 |
| 공원 | 公園 | 좀 | 稍微 |
| 이나 | 或 | 끝나다 | 結束 |
| 거리 | 街道 | 정말 | 真的 |
| 개 | 狗 | 흐리다 | 陰天的 |
| 데리다 | 帶、牽著 | 차갑다 | 冰冷的 |
| 산책하다 | 散步 | 이번 | 這次 |
| 여기저기 | 到處 | 반 | 班、半 |
| 무서워하다 | 害怕 | 생일 | 生日 |
| 나오다 | 出來 | 그날 | 那天 |
| 조심하다 | 小心 | 근처 | 附近 |
| 달 | 月 | 갈비찜 | 燉排骨 |
| 특별하다 | 特別 | 유명하다 | 有名 |
| 고향 | 家鄉 | 값 | 價格 |
| 모임 | 聚會、集會 | 미리 | 提前 |
| 내일 | 明天 | 예약 | 訂位 |
| 궁금하다 | 好奇 | 그러나 | 但是 |
| 어제 | 昨天 | 한국 | 韓國 |
| 운동화 | 運動鞋 | 특히 | 尤其 |
| 켤레 | 雙 | 방법 | 方法 |
| 비싸다 | 貴 | 그것 | 它、那 |
| 할인하다 | 打折 | 금요일 | 星期五 |
| 기다리다 | 等待 | 우체국 | 郵局 |
| 싸다 | 便宜 | 모으다 | 收集 |
| 신다 | 穿(鞋子) | 마음에 들다 | 喜歡、滿意 |
| 맞다(사이즈) | (尺寸)合適 | 부치다 | 郵寄 |
| 팔다 | 販售 | 포장하다 | 包裝 |
| 오랜만에 | 隔了很久 | 화분 | 盆栽 |
| 청소 | 打掃 | 공기 | 空氣 |
| 동안 | 期間 | 꽃 | 花 |

# 日常生活 主題04

| 單字 | 中文 | 單字 | 中文 |
| --- | --- | --- | --- |
| 나무 | 樹木 | 어깨 | 肩膀 |
| 마다 | 每個 | 목 | 脖子 |
| 물 | 水 | 오래 | 長時間 |
| 일주일 | 一個星期 | 그렇다 | 那樣 |
| 스트레스가 풀리다 | 釋放壓力 | 요가 | 瑜伽 |
| 초콜릿 | 巧克力 | 어렵다 | 困難 |
| 박물관 | 博物館 | 덜 | 不太 |
| 별로 | 不太、不怎麼 | 이야기하다 | 說話、告訴 |
| 관심 | 關注 | 학원 | 補習班、私人教室 |
| 거기 | 那裡 | 소개하다 | 介紹 |
| 역사 | 歷史 | 표 | 票 |
| 생각 | 想法 | 예매하다 | 預訂 |
| 보다 | 比起 | 극장 | 電影院 |
| 또 | 再 | | |

# 主題 05　飲食

**1~4** 이 글의 내용과 같은 것을 고르십시오.

### 1.

> 　　한국 사람들은 날씨가 더운 여름에 뜨거운 삼계탕을 먹습니다. 삼계탕에는 작은 닭이 한 마리 들어있습니다. 그리고 인삼과 대추처럼 몸에 좋은 것들도 들어있습니다. 그래서 한국 사람들은 여름에 힘이 없을 때 삼계탕을 먹는 것 같습니다.

① 삼계탕은 맵지만 맛있습니다.
② 인삼과 대추는 몸에 좋습니다.
③ 삼계탕은 추울 때 먹는 음식입니다.
④ 삼계탕을 먹으면 병을 고칠 수 있습니다.

### 2.

> 　　저는 김치볶음밥을 좋아해서 자주 김치볶음밥을 만들어 먹습니다. 김치볶음밥은 만드는 방법이 아주 간단합니다. 김치를 썰어서 기름을 넣고 볶다가 밥을 넣어서 같이 볶기만 하면 됩니다. 고기나 햄을 넣으면 더 맛있는 김치볶음밥이 됩니다.

① 저는 요리사입니다.
② 김치볶음밥은 만들기 쉽습니다.
③ 밥을 볶은 후 김치를 넣어야 합니다.
④ 저는 날마다 김치볶음밥을 먹습니다.

---

**1. 삼계탕 蔘雞湯**

**解析** 根據文章內容，蔘雞湯裡加入人蔘和棗子等對身體有益的食材，因此答案要選②。

**單字** 덥다 炎熱　여름 夏天　뜨겁다 熱騰騰　삼계탕 蔘雞湯　닭 雞　마리 隻　들어있다 裡頭有、包含　인삼 人蔘　대추 紅棗　힘이 없다 疲憊、無力　맵다 辣　춥다 寒冷

**2. 김치볶음밥 辛奇炒飯**

**解析** 根據文章內容，辛奇炒飯的做法非常簡單，因此答案要選②。

**單字** 볶음밥 炒飯　간단하다 簡單、容易　썰다 切　기름 油　넣다 放入、加入　볶다 炒　햄 火腿

90

3.

> 국수는 많은 사람들이 좋아하는 음식입니다. 그래서 국수는 옛날부터 거의 모든 나라 사람들이 먹었습니다. 한국 사람들은 여름에는 국수를 차갑게 먹고 겨울에는 뜨겁게 해서 자주 먹습니다. 국물이 있는 것도 있고 국물이 없는 것도 있습니다.

① 국수를 먹는 나라가 많습니다.
② 국물이 없는 국수는 없습니다.
③ 국수를 안 먹는 사람은 없습니다.
④ 여름에는 뜨거운 국수를 먹습니다.

4.

> 한국 사람들은 설날에 떡국을 먹습니다. 떡국은 하얀 떡을 넣고 끓인 국입니다. 떡국 한 그릇을 먹으면 나이 한 살을 더 먹는다고 합니다. 그래서 아이들에게 "떡국 몇 그릇 먹었어요?"라고 물어보면 "몇 살이에요?"라고 묻는 것과 같습니다.

① 명절에는 떡국을 먹습니다.
② 떡국의 떡은 하얀색입니다.
③ 나이가 많으면 떡국을 많이 먹습니다.
④ 떡국은 아이들이 좋아하는 음식입니다.

---

**3. 국수 麵條**

**解析** 文中提到「幾乎所有國家的人都會吃麵條」，因此答案要選①。

**單字** 국수 麵條 겨울 冬天 국물 湯

**4. 떡국 年糕湯**

**解析** 文中提到「年糕湯是放入白色年糕煮成的湯」，表示年糕湯裡使用的是白色年糕，因此答案要選②。

**單字** 설날 農曆新年 떡국 年糕湯 하얗다 白色 떡 年糕 끓이다 煮熟 그릇 碗 명절 傳統節日、佳節

**5~8** ( ㉠ )에 들어갈 알맞은 말을 고르십시오.

**5.**

> 우리 나라에서는 김을 먹지 않습니다. ( ㉠ ) 저는 한국에 와서 김을 처음 봤습니다. 김은 색깔도 검은색이고 먹어봤을 때 바다 냄새가 나서 별로 좋아하지 않습니다. 그런데 며칠 전 친구가 만든 김밥을 먹어봤는데 바다 냄새도 나지 않고 아주 맛있었습니다. 김은 몸에 좋고 특히 눈에 좋다고 하니까 자주 먹어야겠습니다.

① 그리고
② 그래도
③ 그래서
④ 그렇지만

**6.**

> 제가 가장 좋아하는 한국 음식은 삼겹살입니다. 저는 예전에 ( ㉠ ) 쇠고기를 좋아했습니다. 그런데 삼겹살을 먹어 본 후에 생각이 달라졌습니다. 삼겹살을 구워서 채소와 함께 싸서 먹으면 너무 맛있어서 행복합니다. 저는 이제 삼겹살이 없으면 못 살 것 같습니다.

① 돼지고기처럼
② 돼지고기하고
③ 돼지고기보다
④ 돼지고기같이

---

**5. 김 海苔**

**解析** 根據文章內容，在我們國家是不吃海苔的。所以筆者來到韓國後才第一次看到海苔。答案要選③。

**單字** 김 海苔 색깔 顏色 검은색 黑色 바다 大海 며칠 전 幾天前 김밥 海苔飯捲

**6. 삼겹살 五花肉**

**解析** 根據文章內容，筆者提到之前在豬肉和牛肉當中，更偏愛牛肉。兩者比較時，應使用「보다(比起)」，因此答案要選③。

**單字** 가장 最 삼겹살 五花肉 쇠고기 牛肉 달라지다 改變 굽다 烤 채소 蔬菜 싸다 包 돼지고기 豬肉

**7.**

　　한국 사람들은 생일 아침에 미역국을 먹습니다. 그래서 한국 사람들은 생일인 사람에게 '미역국 먹었어요?'라고 물어봅니다. 그런데 생일과 시험이 같은 날이면 미역국을 (　　㉠　　). 미역이 미끄러워서 미역국을 먹으면 시험에 떨어진다고 생각하기 때문입니다.

① 먹지 않습니다
② 먹어야 합니다
③ 만들어 먹습니다
④ 먹고 싶어 합니다

**8.**

　　비빔밥은 외국인이 가장 좋아하는 한국 음식입니다. 비빔밥은 여러 가지 색깔의 채소와 고기를 밥 위에 올린 후 비벼 먹는 음식입니다. 고추장이나 간장을 먹고 싶은 만큼 넣어서 비비기 때문에 매운 음식을 못 먹는 사람도 먹을 수 있습니다. (　　㉠　　) 사람은 채소만 넣고 비벼 먹으면 됩니다. 비빔밥은 건강에 좋고 맛도 좋아서 외국인과 한국인 모두 좋아합니다.

① 고기를 안 먹는
② 고기를 좋아하는
③ 비빔밥을 안 먹는
④ 비빔밥을 좋아하는

---

**7. 미역국 海帶湯**

解析 根據文章內容，人們認為喝了海帶湯會在考試中失利，因此生日時不會喝海帶湯，答案要選①。

單字 아침 早晨 미역국 海帶湯 미끄럽다 滑溜 떨어지다 掉落

**8. 비빔밥 韓式拌飯**

解析 根據文章內容，不吃肉的人只需要加入蔬菜攪拌後食用即可，因此答案要選①。

單字 비빔밥 拌飯 여러 가지 各種 위 上面 올리다 放上、加入 비비다 攪拌 고추장 辣椒醬

**9~10** 다음을 읽고 중심 내용을 고르십시오.

**9.**

> 저는 추운 겨울을 좋아합니다. 맛있는 군고구마를 먹을 수 있기 때문입니다. 군고구마는 고구마를 불에 구운 것입니다. 따뜻한 고구마를 호호 불면서 먹으면 정말 꿀맛입니다. 빨리 추운 겨울이 왔으면 좋겠습니다.

① 군고구마는 꿀과 함께 먹으면 좋습니다.
② 군고구마는 겨울에만 먹을 수 있는 음식입니다.
③ 군고구마를 먹을 수 있어서 겨울을 좋아합니다.
④ 군고구마는 뜨거우니까 먹을 때 조심해야 합니다.

**10.**

> 떡은 한국 사람들이 좋아하는 전통음식입니다. 떡은 주로 쌀을 이용해서 만들고 다른 곡식으로 만든 것도 있습니다. 한국 사람들은 떡을 좋아해서 떡의 종류가 아주 많습니다. 명절이나 생일처럼 특별한 날에는 꼭 떡을 먹었습니다. 요즘에는 떡볶이, 떡라면, 떡꼬치 등 떡을 다양한 방법으로 요리하기도 합니다.

① 떡은 한국의 전통음식입니다.
② 떡은 특별한 날에만 먹는 음식입니다.
③ 떡으로 만들 수 있는 음식이 많습니다.
④ 떡은 한국 사람들이 좋아하는 음식입니다.

---

**9. 군고구마 烤地瓜**

**解析** 根據文章內容，作者之所以喜歡寒冷的冬天，是因為在冬天才吃得到烤地瓜，因此答案要選③。

**單字** 춥다 寒冷　군고구마 烤地瓜　호호 吹氣聲　불다 吹　꿀맛 美好滋味　꿀 蜂蜜

**10. 떡 年糕**

**解析** 根據文章內容，韓國人喜愛年糕，種類非常豐富。因此答案要選④。

**單字** 주로 主要　쌀 米　이용하다 使用、利用　곡식 穀物　종류 種類、類型　떡볶이 辣炒年糕　떡라면 年糕泡麵　떡꼬치 年糕串　다양하다 各式各樣

**11.** 다음 문장이 들어갈 곳을 고르십시오.

> 레몬은 신맛이 나는 노란 과일입니다. ( ㉠ ) 레몬은 차가운 음료수나 따뜻한 차로 만들어서 먹기도 하고 요리할 때 사용하기도 합니다. ( ㉡ ) 음식 냄새가 나는 반찬통을 레몬으로 닦으면 음식 냄새가 안 납니다. ( ㉢ ) 그리고 레몬을 빨래에 사용하면 색깔이 변한 하얀색 옷을 다시 하얗게 만들 수 있습니다. ( ㉣ )

> 레몬은 과일이지만 먹지 않고 생활에 사용할 수도 있습니다.

① ㉠   ② ㉡   ③ ㉢   ④ ㉣

**12.** 다음을 순서대로 맞게 나열한 것을 고르십시오.

> (가) 떡볶이를 만드는 방법은 아주 쉽습니다.
> (나) 물이 끓으면 야채와 어묵을 넣고 조금 더 끓입니다.
> (다) 마지막으로 떡볶이 떡을 넣고 끓이면 됩니다.
> (라) 먼저 물에 고추장, 간장, 설탕, 마늘을 넣고 끓입니다.

① (가)-(나)-(다)-(라)
② (가)-(라)-(나)-(다)
③ (나)-(다)-(가)-(라)
④ (나)-(라)-(다)-(가)

---

**11. 레몬 檸檬**

**解析** 根據文章內容，㉡後方為食用之外，用於日常生活的方法，因此答案要選②。

**單字** 레몬 檸檬 신맛 酸味 노랗다 黃色 과일 水果 음료수 飲料 차 茶 사용하다 使用 반찬통 小菜盒 닦다 擦拭、清潔 빨래 洗衣服

**12. 떡볶이 辣炒年糕**

**解析** 文章內容為辣炒年糕的烹調順序。(라) 先煮材料後、(나)再放入其他材料一起煮、(다)最後加入年糕，因此答案要選②。

**單字** 끓다 煮沸 야채 蔬菜 어묵 魚板 마지막 最後 설탕 砂糖 마늘 大蒜

# 主題 05 飲食

| 單字 | 中文 | 單字 | 中文 |
|---|---|---|---|
| 덥다 | 炎熱 | 며칠 전 | 幾天前 |
| 여름 | 夏天 | 김밥 | 海苔飯捲 |
| 뜨겁다 | 熱騰騰 | 가장 | 最 |
| 삼계탕 | 蔘雞湯 | 삼겹살 | 五花肉 |
| 닭 | 雞 | 쇠고기 | 牛肉 |
| 마리 | 隻 | 달라지다 | 改變 |
| 들어있다 | 裡頭有、包含 | 굽다 | 烤 |
| 인삼 | 人蔘 | 채소 | 蔬菜 |
| 대추 | 紅棗 | 싸다 | 包 |
| 힘이 없다 | 疲憊、無力 | 돼지고기 | 豬肉 |
| 맵다 | 辣 | 아침 | 早晨 |
| 춥다 | 寒冷 | 미역국 | 海帶湯 |
| 볶음밥 | 炒飯 | 미끄럽다 | 滑溜 |
| 간단하다 | 簡單、容易 | 떨어지다 | 考試失利、落榜 |
| 썰다 | 切 | 비빔밥 | 拌飯 |
| 기름 | 油 | 여러 가지 | 各種 |
| 넣다 | 放入、加入 | 위 | 上面 |
| 볶다 | 炒 | 올리다 | 放上、加入 |
| 햄 | 火腿 | 비비다 | 攪拌 |
| 국수 | 麵條 | 고추장 | 辣椒醬 |
| 겨울 | 冬天 | 춥다 | 寒冷 |
| 국물 | 湯 | 군고구마 | 烤地瓜 |
| 설날 | 農曆新年 | 호호 | 吹氣聲 |
| 떡국 | 年糕湯 | 불다 | 吹 |
| 하얗다 | 白色 | 꿀맛 | 美好滋味 |
| 떡 | 年糕 | 꿀 | 蜂蜜 |
| 끓이다 | 煮熟 | 주로 | 主要 |
| 그릇 | 碗 | 쌀 | 米 |
| 명절 | 傳統節日、佳節 | 이용하다 | 使用、利用 |
| 김 | 海苔 | 곡식 | 穀物 |
| 색깔 | 顏色 | 종류 | 種類、類型 |
| 검은색 | 黑色 | 떡볶이 | 辣炒年糕 |
| 바다 | 大海 | 떡라면 | 年糕泡麵 |

## 飲食　主題05

| 單字 | 中文 | 單字 | 中文 |
| --- | --- | --- | --- |
| 떡꼬치 | 年糕串 | 반찬통 | 小菜盒 |
| 다양하다 | 各式各樣 | 닦다 | 擦拭、清潔 |
| 레몬 | 檸檬 | 빨래 | 洗衣服 |
| 신맛 | 酸味 | 끓다 | 煮沸 |
| 노랗다 | 黃色 | 야채 | 蔬菜 |
| 과일 | 水果 | 어묵 | 魚板 |
| 음료수 | 飲料 | 마지막 | 最後 |
| 차 | 茶 | 설탕 | 砂糖 |
| 사용하다 | 使用 | 마늘 | 大蒜 |

## 主題 06　地點

**1~4** 이 글의 내용과 같은 것을 고르십시오.

**1.**

> 통장을 만들려면 은행에 가야 합니다. 은행에 가면 번호표 뽑는 곳이 있습니다. 번호표를 뽑고 기다렸다가 자기 번호가 나오면 창구에 갑니다. 창구에서 신청서를 쓰고 신분증과 필요한 서류를 내면 통장을 만들어 줍니다.

① 번호표는 창구에서 뽑습니다.
② 신청서는 은행 직원이 써 줍니다.
③ 번호표에 자기 번호를 써야 합니다.
④ 통장을 만들려면 신분증이 필요합니다.

**2.**

> 우리 집 앞에는 중랑천이 있습니다. 중랑천은 물이 깨끗해서 물고기도 많이 삽니다. 중랑천 옆에는 산책로가 있습니다. 사람들은 아침, 저녁에 중랑천 옆에 있는 산책로에서 운동을 하거나 산책을 합니다. 강아지와 함께 산책하는 사람들도 많습니다.

① 중랑천에서 수영을 해도 됩니다.
② 중랑천하고 우리 집은 가깝습니다.
③ 중랑천에 강아지를 데리고 오면 안 됩니다.
④ 중랑천에서 물고기를 잡는 사람이 있습니다.

---

**1. 은행 銀行**

**解析** 文章最後提到「在櫃檯填寫申請書，並繳交身分證與所需文件後，即可完成開戶」，因此答案要選④。

**單字** 통장 帳戶、存摺　은행 銀行　번호표 號碼牌　뽑다 抽、領取　번호 號碼　창구 窗口、櫃檯　신분증 身分證　내다 繳交　신청서 申請書　필요하다 需要

**2. 중랑천 中浪川**

**解析** 文章開頭提到「我家前面有一條中浪川」，表示中浪川離我家很近，因此答案要選②。

**單字** 중랑천 中浪川(位在韓國的河川)　물고기 魚　옆 旁邊　산책로 散步道　강아지 小狗　수영하다 游泳　잡다 抓

3.

경복궁은 서울에 있는 궁입니다. 궁은 옛날 왕이 살았던 곳입니다. 저는 지난 주말에 가족들과 함께 경복궁에 갔습니다. 경복궁 근처에서 한복을 빌려 입었는데 한복을 입은 사람은 무료로 들어갈 수 있었습니다. 경복궁은 건물도 아름답고 꽃과 나무도 많았습니다. 한복을 입고 경복궁을 걸으니까 옛날 왕이 된 것 같았습니다.

① 경복궁에는 왕이 살고 있습니다.
② 경복궁에 가면 한복을 빌려줍니다.
③ 경복궁은 건물이 많아서 복잡합니다.
④ 경복궁에 들어갈 때 돈을 내지 않았습니다.

4.

오일장은 5일에 한 번씩 열리는 시장입니다. 시장이 열리는 날은 지역마다 다릅니다. 우리 동네 오일장은 매달 2일과 7일, 12일과 17일 22일과 27일에 열립니다. 오일장이 열리는 날에는 친구들과 함께 시장을 구경하러 갑니다. 꽃구경도 하고 옷 구경도 합니다. 구경하다가 배가 고프면 시장에서 파는 음식을 사 먹습니다. 시장 음식은 싸고 맛있어서 좋습니다.

① 친구는 오일장에서 음식을 팝니다.
② 오일장은 한 달에 다섯 번 열립니다.
③ 매월 5일은 오일장이 열리는 날입니다.
④ 오일장에서 꽃하고 옷을 살 수 있습니다.

---

### 3. 경복궁 景福宮

**解析** 文中提到「穿著韓服的人可以免費入場」，因此答案要選④。

**單字** 경복궁 景福宮 서울 首爾 궁 宮殿、宮闕 옛날 以前、古代 왕 君王 한복 韓服(韓國傳統服飾) 빌리다 租借 무료 免費 건물 建築 아름답다 美麗 걷다 走路

### 4. 오일장 五日市場

**解析** 文中提到「我會和朋友一起去逛市場、欣賞花卉、挑選服飾」，表示五日市場買得到花和衣服，因此答案要選④。

**單字** 오일장 五日市場 열리다 打開 지역 地方、區域 동네 鄰里、社區 매달 每個月 구경 逛、參觀 배가 고프다 肚子餓

**5~8** ( ㉠ )에 들어갈 알맞은 말을 고르십시오.

**5.**

> 어제 축구를 하다가 넘어지면서 다리를 다쳤습니다. 병원에 갔는데 뼈에는 문제가 없다고 했습니다. ( ㉠ ) 저는 너무 아파서 걸을 수 없었습니다. 친구는 저에게 한의원에 가 보라고 했습니다. 한의원은 한국의 전통 치료 방법으로 치료해 주는 곳입니다. 내일은 한의원에 가 봐야겠습니다.

① 그런데
② 그리고
③ 그래서
④ 그러면

**6.**

> 저는 날씨가 덥고 심심할 때 도서관에 갑니다. 도서관에 가면 시원한 열람실에서 책을 읽을 수 있습니다. 열람실에서는 음식을 먹을 수 없지만 음식을 먹고 싶으면 매점이나 식당에 ( ㉠ ). 도서관에 있는 식당은 음식값이 싸고 맛도 좋아서 아주 좋습니다.

① 가면 됩니다
② 갈 줄 압니다
③ 가고 싶습니다
④ 갈 수 없습니다

---

**5. 한의원 韓醫院**

**解析** 「醫生說沒有問題」和「我痛得無法走路」為相反的內容，因此答案要選①。

**單字** 넘어지다 跌倒　다리 腿　다치다 受傷　뼈 骨頭　한의원 韓醫院　치료 治療

**6. 도서관 圖書館**

**解析** 表達想吃東西時的方法，可使用「-으면 되다(可以)」，因此答案要選①。

**單字** 심심하다 無聊　도서관 圖書館　시원하다 涼爽　열람실 閱覽室　읽다 閱讀　매점 販賣部

100

**7.**

　　한국에는 바비큐를 먹으면서 야구를 구경할 수 있는 야구장이 있습니다. 바비큐에 필요한 것들을 싸게 빌려주니까 따로 (　　㉠　　) 됩니다. 고기와 채소도 먹고 싶은 만큼 사서 먹을 수 있습니다. 치킨이나 피자를 먹으면서 야구를 구경하는 사람들도 많습니다. 맛있는 음식을 먹으면서 야구를 구경하면 야구가 더 재미있을 겁니다.

① 포장해 가야
② 만들어 놓아야
③ 빌리지 않아도
④ 준비하지 않아도

**8.**

　　한국의 피시방은 시설도 좋고 아주 편리합니다. 피시방에 있는 컴퓨터는 아주 빠르고 화면도 크니까 게임을 재미있게 할 수 있습니다. 게임을 하다가 배가 고프면 컴퓨터로 음식을 (　　㉠　　). 음료수와 과자처럼 간단한 음식도 있고 햄버거, 떡볶이, 라면, 볶음밥처럼 식사를 할 수 있는 음식도 있습니다. 그리고 2인석 3인석처럼 여러 사람이 함께 앉을 수 있는 자리도 있어서 친구와 함께 가면 더 좋습니다.

① 빌릴 수 있습니다
② 만들 수 있습니다
③ 주문할 수 있습니다
④ 요리할 수 있습니다

---

**7. 야구장** 棒球場

**解析** 文中提到「球場內便宜可以租借燒烤所需的器具」，表示不需要額外準備東西，因此答案要選④。

**單字** 바비큐 烤肉　야구 棒球　야구장 棒球場　필요하다 需要　채소 蔬菜　따로 額外　치킨 炸雞

**8. 피시방** 網咖

**解析** 根據文章內容，在網咖可以透過電腦點餐，因此答案要選③。

**單字** 피시방 網咖　시설 設備　편리하다 方便　빠르다 快速　화면 螢幕　게임 遊戲　과자 餅乾　햄버거 漢堡　2인석 雙人座位　주문하다 點餐

**9~10** 다음을 읽고 중심 내용을 고르십시오.

**9.**

> 박물관에 가면 그 나라의 역사와 문화를 알 수 있습니다. 그래서 저는 다른 나라에 가면 꼭 박물관에 가 봅니다. 다음 주에는 서울에 있는 박물관에 갈 겁니다. 서울은 역사가 오래된 도시니까 아주 기대가 됩니다.

① 다른 나라에 가면 박물관에 가야 합니다.
② 박물관에 가면 역사와 문화를 알 수 있습니다.
③ 서울은 역사가 오래된 도시니까 박물관이 큽니다.
④ 서울의 역사를 알고 싶으면 박물관에 가는 것이 좋습니다.

**10.**

> 저는 어제 친구를 만나러 커피숍에 갔습니다. 저는 친구가 올 때까지 먼저 커피를 시키고 자리에 앉아 있었습니다. 그런데 옆자리에 앉아 있는 여자가 노트북과 가방을 자리에 놓고 밖으로 나갔습니다. 커피숍에는 사람이 많았지만 아무도 그 여자의 물건에 관심이 없었습니다. 우리 나라에서 이렇게 하면 물건이 없어집니다. 한국에는 좋은 사람이 많은 것 같습니다.

① 커피숍에 물건을 놓고 밖에 나가면 안 됩니다.
② 한국 사람들은 다른 사람에게 관심이 없습니다.
③ 커피숍에서 물건이 없어질 수 있으니까 조심해야 합니다.
④ 한국에는 좋은 사람이 많아서 물건이 잘 없어지지 않습니다.

---

**9. 박물관 博物館**

**解析** 文章開頭提到「去博物館可以了解該國的歷史與文化」，因此答案要選②。

**單字** 박물관 博物館 역사 歷史 문화 文化 오래되다 悠久 도시 城市 기대되다 期待

**10. 커피숍 咖啡廳**

**解析** 文章最後提到「在我們國家，如果這樣做，東西可能會不見。但在韓國似乎有很多好心人」，因此答案要選④。

**單字** 커피숍 咖啡廳 먼저 先、首先 시키다 點餐 노트북 筆電 가방 包包 놓다 放下 아무도 任何人都 물건 物品

**11.** 다음 문장이 들어갈 곳을 고르십시오.

> 우리 동네에 누워서 보는 영화관이 생겼습니다. ( ㉠ ) 영화관이 생기자마자 저는 친구와 함께 가 봤습니다. ( ㉡ ) 의자에 있는 버튼을 누르면 의자가 펴지면서 누울 수 있었습니다. ( ㉢ ) 누워서 영화를 보니까 정말 편했습니다. ( ㉣ ) 가격은 조금 비싸지만 저는 앞으로도 자주 이용할 것 같습니다.

---
영화관에는 보통 극장보다 조금 더 큰 의자가 있었습니다.

---

① ㉠　　　　② ㉡　　　　③ ㉢　　　　④ ㉣

**12.** 다음을 순서대로 맞게 나열한 것을 고르십시오.

> (가) 그런데 저는 시골을 좋아합니다.
> (나) 보통 젊은 사람들은 도시를 좋아합니다.
> (다) 시골에 살면 자연과 함께할 수 있기 때문입니다.
> (라) 저는 앞으로도 계속 시골에 살 겁니다.

① (나)-(가)-(다)-(라)　　　② (나)-(가)-(라)-(다)
③ (다)-(나)-(가)-(라)　　　④ (다)-(라)-(나)-(가)

---

**11.** 영화관 電影院

**解析** ㉡後方描述了座椅的功能，因此答案要選②。

**單字** 눕다 躺　영화관 電影院　생기다 出現、有　버튼 按鈕　누르다 按下　펴지다 展開、伸直　가격 價格　극장 電影院、劇場

**12.** 시골 鄉下

**解析** (나)和(가) 表達「我與大多數年輕人不同，比較喜歡鄉下」。(다)和(라) 則說明「因為這個原因，所以我往後也會繼續住在鄉下」。因此答案要選①。

**單字** 시골 鄉下　도시 城市　젊다 年輕　자연 自然　함께하다 一起　앞으로 往後、未來　계속 繼續、一直

## 主題 06 地點

| 單字 | 中文 | 單字 | 中文 |
|---|---|---|---|
| 통장 | 帳戶、存摺 | 넘어지다 | 跌倒 |
| 은행 | 銀行 | 다리 | 腿 |
| 번호표 | 號碼牌 | 다치다 | 受傷 |
| 뽑다 | 抽、領取 | 뼈 | 骨頭 |
| 번호 | 號碼 | 한의원 | 韓醫院 |
| 창구 | 窗口、櫃檯 | 치료 | 治療 |
| 신분증 | 身分證 | 심심하다 | 無聊 |
| 내다 | 繳交 | 도서관 | 圖書館 |
| 신청서 | 申請書 | 시원하다 | 涼爽 |
| 필요하다 | 需要 | 열람실 | 閱覽室 |
| 중랑천 | 中浪川(位在韓國的河川) | 읽다 | 閱讀 |
| 물고기 | 魚 | 매점 | 販賣部 |
| 옆 | 旁邊 | 바비큐 | 烤肉 |
| 산책로 | 散步道 | 야구 | 棒球 |
| 강아지 | 小狗 | 야구장 | 棒球場 |
| 수영하다 | 游泳 | 필요하다 | 需要 |
| 잡다 | 抓 | 채소 | 蔬菜 |
| 경복궁 | 景福宮 | 따로 | 額外 |
| 서울 | 首爾 | 치킨 | 炸雞 |
| 궁 | 宮殿、宮闕 | 피시방 | 網咖 |
| 옛날 | 以前、古代 | 시설 | 設備 |
| 왕 | 君王 | 편리하다 | 方便 |
| 한복 | 韓服(韓國傳統服飾) | 빠르다 | 快速 |
| 빌리다 | 租借 | 화면 | 螢幕 |
| 무료 | 免費 | 게임 | 遊戲 |
| 건물 | 建築 | 과자 | 餅乾 |
| 아름답다 | 美麗 | 햄버거 | 漢堡 |
| 걷다 | 走路 | 2인석 | 雙人座位 |
| 오일장 | 五日市場 | 주문하다 | 點餐 |
| 열리다 | 打開 | 박물관 | 博物館 |
| 지역 | 地方、區域 | 역사 | 歷史 |
| 동네 | 鄰里、社區 | 문화 | 文化 |
| 매달 | 每個月 | 오래되다 | 悠久 |
| 구경 | 逛、參觀 | 도시 | 城市 |
| 배가 고프다 | 肚子餓 | 기대되다 | 期待 |

# 地點　主題 06

| 單字 | 中文 | 單字 | 中文 |
|---|---|---|---|
| 커피숍 | 咖啡廳 | 누르다 | 按下 |
| 먼저 | 先、首先 | 펴지다 | 展開、伸直 |
| 시키다 | 點餐 | 가격 | 價格 |
| 노트북 | 筆電 | 극장 | 電影院、劇場 |
| 가방 | 包包 | 시골 | 鄉下 |
| 놓다 | 放下 | 도시 | 城市 |
| 아무도 | 任何人都 | 젊다 | 年輕 |
| 물건 | 物品 | 자연 | 自然 |
| 눕다 | 躺 | 함께하다 | 一起 |
| 영화관 | 電影院 | 앞으로 | 往後、未來 |
| 생기다 | 出現、有 | 계속 | 繼續、一直 |
| 버튼 | 按鈕 | | |

## 主題 07 生活用品

**1~4** 이 글의 내용과 같은 것을 고르십시오.

**1.**

> 지난주 수요일은 친구의 생일이었습니다. 그 친구는 다른 사람들보다 땀도 많고 항상 덥다고 합니다. 그래서 저는 작은 선풍기를 친구에게 선물로 주었습니다. 선풍기가 가볍고 시원해서 친구가 아주 좋아했습니다. 친구가 좋아하니까 저도 기분이 좋았습니다.

① 친구는 더운 날씨를 좋아합니다.
② 친구는 생일에 땀이 많이 났습니다.
③ 친구는 저에게 선풍기를 주었습니다.
④ 친구는 선풍기를 받고 좋아했습니다.

**2.**

> 동전에는 여러 가지 그림들이 있습니다. 사람, 동물, 식물, 건물 등 다양한 그림들이 있습니다. 한국의 동전은 500원, 100원, 50원, 10원, 5원, 1원이 있습니다. 500원에는 새, 100원에는 사람, 50원에는 쌀, 10원에는 건물이 있습니다. 5원에는 배가 있고 1원에는 꽃이 있지만 5원과 1원짜리 동전은 한국에서 잘 쓰지 않습니다.

① 사람들은 동전에 그림을 그립니다.
② 한국에는 다섯 종류의 동전이 있습니다.
③ 한국의 모든 동전에는 그림이 있습니다.
④ 동전의 그림은 사람들이 좋아하는 그림입니다.

---

**1. 선풍기 電風扇**

**解析** 根據文章內容，我送給朋友一台電風扇當作禮物，朋友非常喜歡，因此答案要選④。

**單字** 수요일 星期三 땀 汗 선풍기 電風扇 가볍다 輕巧 시원하다 涼爽

**2. 동전 硬幣**

**解析** 據文章內容，韓國共有六種面額的硬幣，每個硬幣上都有圖案，因此答案要選③。

**單字** 동전 硬幣 여러 가지 各種 동물 動物 식물 植物 건물 建築 새 鳥 쌀 米 배(타다) (搭)船 종류 種類

3.

저는 스마트폰 보는 것을 좋아합니다. 심심할 때 스마트폰이 있으면 음악도 들을 수 있고 게임도 할 수 있습니다. 텔레비전은 크고 무거워서 들고 다닐 수 없습니다. 그렇지만 스마트폰은 작고 가벼워서 언제 어디서나 뉴스도 보고 영화나 드라마도 볼 수 있습니다.

① 스마트폰이 커서 게임할 때 좋습니다.
② 스마트폰으로 뉴스를 볼 수 있습니다.
③ 스마트폰이 작으면 영화 보는 것이 불편합니다.
④ 스마트폰은 무거워서 가지고 다닐 수 없습니다.

4.

오늘 집을 정리하다가 어릴 때 쓴 일기장을 찾았습니다. 글씨도 못 쓰고 그림도 잘 못 그렸지만 일기장을 찾아서 아주 기뻤습니다. 일기장에는 어릴 때 제가 무엇을 했는지 무슨 생각을 했는지 다 있었습니다. 일기장을 읽으니까 옛날 일도 생각이 났습니다. 어른이 된 후로 일기를 안 썼는데 다시 일기를 써야겠습니다.

① 일기장을 옷장 안에서 찾았습니다.
② 어릴 때 일기 쓰는 것을 싫어했습니다.
③ 나이가 어릴 때는 일기를 쓰는 것이 좋습니다.
④ 지금은 안 쓰지만 어릴 때는 일기를 썼습니다.

---

**3. 스마트폰 智慧型手機**

**解析** 文章最後提到可以用智慧型手機觀看新聞、電影或電視劇，因此答案要選②。

**單字** 스마트폰 智慧型手機 심심하다 無聊 무겁다 沉重 들고 다니다 隨身攜帶 가볍다 輕便 뉴스 新聞 드라마 電視劇 불편하다 不方便

**4. 일기장 日記本**

**解析** 文中提到小時候曾寫日記，但長大後就沒再寫了，因此答案要選④。

**單字** 정리 整理 어리다 小、年幼 일기장 日記本 찾다 找 글씨 字跡 기쁘다 高興 옛날 以前 생각이 나다 想起 어른 大人 옷장 衣櫃 안 裡面

**5~8** ( ㉠ )에 들어갈 알맞은 말을 고르십시오.

**5.**

저는 작년에 중고시장에서 노트북을 샀습니다. 그런데 얼마 전부터 노트북이 느려졌습니다. 갑자기 노트북이 멈추거나 꺼지기도 합니다. 고장이 난 것 같습니다. 수리를 ( ㉠ ) 수리비가 많이 나올 것 같아서 걱정입니다.

① 맡길까 봐
② 맡기기 전에
③ 맡기기 위해서
④ 맡겨야 하는데

**6.**

어제 대학로에서 기타를 잘 치는 사람을 봤습니다. 사람들은 길을 가다가 서서 그 사람의 기타 소리를 들었습니다. 기타 연주가 끝난 후 모두 박수를 쳤습니다. 그 사람은 얼굴이 잘생긴 것은 아니지만 아주 ( ㉠ ). 갑자기 저도 기타를 배우고 싶었습니다. 그래서 악기를 파는 가게에 가서 기타를 사고 기타 책도 샀습니다. 빨리 그 사람처럼 기타를 잘 쳤으면 좋겠습니다.

① 친절해 보였습니다
② 멋있어 보였습니다
③ 힘들어 보였습니다
④ 재미있어 보였습니다

---

**5. 노트북 筆記型電腦**

**解析** 根據文章內容，筆電壞了，應該要送修，因此答案要選④。

**單字** 중고시장 二手市場 노트북 筆電 얼마 전 不久前 갑자기 突然 느려지다 變慢 멈추다 停止 꺼지다 關掉 고장이 나다 壞掉 수리를 맡기다 送修 수리비 維修費 걱정 擔心

**6. 기타 吉他**

**解析** 根據文章內容，因為那個人吉他彈得很好，還獲得大家的掌聲，應該是看起來非常帥氣，因此答案要選②。

**單字** 대학로 大學路(路名) 치다 彈奏、打 길 路 서다 站 소리 聲音 연주 演奏 박수를 치다 鼓掌 잘생기다 好看 악기 樂器 친절하다 親切

108

7.

　　우리 나라에서는 포크를 사용해서 음식을 먹는데 한국 사람들은 음식을 먹을 때 젓가락을 사용합니다. 그리고 한국 식당에 가면 숟가락과 젓가락만 있습니다. (　　㉠　　) 저는 젓가락 사용하는 방법을 배우고 있습니다. 처음에는 젓가락도 자꾸 손에서 떨어지고 음식을 잘 잡지 못했지만 이제는 김치처럼 큰 음식은 잡을 수 있습니다.

① 그러나
② 그래서
③ 그런데
④ 그렇지만

8.

　　아침에 일어났는데 목이 너무 아팠습니다. 머리를 조금만 움직여도 목이 아파서 움직일 수 없었습니다. 저는 바로 병원에 갔습니다. 의사 선생님은 (　㉠　) 목 건강에 나쁘다고 말했습니다. 그리고 컴퓨터도 너무 오래 보면 안 된다고 했습니다. 목 건강을 위해서 낮은 베개로 바꿔야겠습니다. 그리고 컴퓨터를 본 후에는 목 운동을 해야겠습니다.

① 높은 베개는
② 낮은 베개는
③ 가벼운 베개는
④ 부드러운 베개는

---

**7. 젓가락** 筷子

**解析** 根據文章內容，韓國餐廳只有湯匙和筷子，而自己不會使用筷子，所以正在學習使用筷子的方法。因此答案要選②。

**單字** 포크 叉子　사용하다 使用　젓가락 筷子　숟가락 湯匙　자꾸 老是　손 手　떨어지다 掉落　잡다 夾、抓

**8. 베개** 枕頭

**解析** 根據文章內容，打算換成低的枕頭，表示是「高的枕頭」對脖子健康不好，因此答案要選①。

**單字** 머리 頭　움직이다 移動　바로 立刻　높다 高　베개 枕頭　나쁘다 不好　낮다 低　바꾸다 更換

**9~10** 다음을 읽고 중심 내용을 고르십시오.

**9.**

> 지난 주말에 친구들과 함께 도자기 만드는 곳으로 문화체험을 갔습니다. 우리는 거기에서 컵을 만들었습니다. 그리고 컵에 그림을 그렸습니다. 친구는 별도 그리고 비행기도 그렸습니다. 나무나 꽃을 그린 친구도 있었습니다. 저는 지금 한국어를 배우고 있으니까 한글의 자음과 모음을 예쁘게 썼습니다. 다음 주에 제가 만든 컵이 택배로 올 겁니다. 컵이 빨리 왔으면 좋겠습니다.

① 제가 만든 컵을 빨리 받고 싶습니다.
② 도자기를 만드는 것은 어렵지 않습니다.
③ 문화체험을 친구와 함께 해서 즐거웠습니다.
④ 저도 친구처럼 그림을 잘 그렸으면 좋겠습니다.

**10.**

> 운동을 하고 싶은데 시간이 없으면 실내 자전거를 타 보세요. 실내 자전거는 집 안에서 타니까 운동하러 나갔다가 다시 집에 돌아오는 시간을 아낄 수 있습니다. 비가 오거나 눈이 오는 날, 바람이 심하게 부는 날에도 탈 수 있습니다. 그리고 텔레비전을 보거나 음악을 들으면서 탈 수 있기 때문에 심심하지도 않습니다.

① 날씨가 좋지 않을 때는 실내 자전거를 타야 합니다.
② 텔레비전을 보면서 실내 자전거를 타면 위험합니다.
③ 실내 자전거는 집 안에서 타니까 좋은 점이 많습니다.
④ 시간이 없을 때 실내 자전거를 타면 빨리 도착합니다.

---

**9. 컵 杯子**

**解析** 根據文章內容，上週末做了杯子，希望能快點送來，因此答案要選①。

**單字** 도자기 陶器 문화체험 文化體驗 컵 杯子 별 星星 자음 子音 모음 母音 택배 宅配

**10. 실내 자전거 飛輪**

**解析** 根據文章內容，騎飛輪的好處包含節省時間、天氣不好的日子也能騎，還能邊看電視或聽音樂邊騎，不會感到無聊，因此答案要選③。

**單字** 실내 자전거 飛輪 타다 騎 돌아오다 回來 시간을 아끼다 節省時間 눈(내리다) (下)雪 바람 風 심하다 嚴重 불다 吹(風) 심심하다 無聊

**11.** 다음 문장이 들어갈 곳을 고르십시오.

지난 주말에 인터넷으로 주문한 구두가 오늘 왔습니다. ( ㉠ ) 구두는 아주 예뻤습니다. ( ㉡ ) 그런데 신어 보니까 조금 작았습니다. ( ㉢ ) 발이 아파서 걸을 수 없었습니다. ( ㉣ ) 바꿀 수 없을까 봐 걱정했는데 큰 구두로 다시 보내 준다고 했습니다. 같은 구두를 여러 색깔로 더 주문해야겠습니다.

구두를 큰 것으로 바꾸고 싶어서 구두를 판 회사에 전화를 했습니다.

① ㉠   ② ㉡   ③ ㉢   ④ ㉣

**12.** 다음을 순서대로 맞게 나열한 것을 고르십시오.

(가) 아파서 머리를 기를 수 없는 아이들이 있습니다.
(나) 저는 그 아이들을 위해서 3년 동안 머리를 자르지 않았습니다.
(다) 그런데 오늘은 머리를 잘랐습니다.
(라) 자른 머리로 가발을 만들어서 그 아이들에게 줄 겁니다.

① (가)-(나)-(다)-(라)    ② (가)-(라)-(나)-(다)
③ (다)-(나)-(가)-(라)    ④ (다)-(라)-(나)-(다)

---

**11. 구두 皮鞋**

**解析** 根據文章內容，鞋子有點小，導致腳會痛，所以打電話給賣鞋的公司，因此答案要選 ④。

**單字** 주문하다 訂購 구두 皮鞋 발 腳 바꾸다 換 걱정하다 擔心 다시 重新 보내다 寄送 여러 색깔 各種顏色

**12. 가발 假髮**

**解析** 因為想幫助生病的孩子，所以三年沒有剪頭髮。然後今天剪了頭髮，打算做成假髮送給孩子們。因此答案要選①。

**單字** 머리(카락) 頭髮 기르다 留長 동안 期間 자르다 剪 가발 假髮

## 主題 07 生活用品

| 單字 | 中文 | 單字 | 中文 |
|---|---|---|---|
| 수요일 | 星期三 | 갑자기 | 突然 |
| 땀 | 汗 | 느려지다 | 變慢 |
| 선풍기 | 電風扇 | 멈추다 | 停止 |
| 가볍다 | 輕巧 | 꺼지다 | 關掉 |
| 시원하다 | 涼爽 | 고장이 나다 | 壞掉 |
| 동전 | 硬幣 | 수리를 맡기다 | 送修 |
| 여러 가지 | 各種 | 수리비 | 維修費 |
| 동물 | 動物 | 걱정 | 擔心 |
| 식물 | 植物 | 대학로 | 大學路(路名) |
| 건물 | 建築 | 치다 | 彈奏、打 |
| 새 | 鳥 | 길 | 路 |
| 쌀 | 米 | 서다 | 站 |
| 배(타다) | (搭)船 | 소리 | 聲音 |
| 종류 | 種類 | 연주 | 演奏 |
| 스마트폰 | 智慧型手機 | 박수를 치다 | 鼓掌 |
| 심심하다 | 無聊 | 잘생기다 | 好看 |
| 무겁다 | 沉重 | 악기 | 樂器 |
| 들고 다니다 | 隨身攜帶 | 친절하다 | 親切 |
| 가볍다 | 輕便 | 포크 | 叉子 |
| 뉴스 | 新聞 | 사용하다 | 使用 |
| 드라마 | 電視劇 | 젓가락 | 筷子 |
| 불편하다 | 不方便 | 숟가락 | 湯匙 |
| 정리 | 整理 | 자꾸 | 老是 |
| 어리다 | 小、年幼 | 손 | 手 |
| 일기장 | 日記本 | 떨어지다 | 掉落 |
| 찾다 | 找 | 잡다 | 夾、抓 |
| 글씨 | 字跡 | 머리 | 頭 |
| 기쁘다 | 高興 | 움직이다 | 移動 |
| 옛날 | 以前 | 바로 | 立刻 |
| 생각이 나다 | 想起 | 높다 | 高 |
| 어른 | 大人 | 베개 | 枕頭 |
| 옷장 | 衣櫃 | 나쁘다 | 不好 |
| 안 | 裡面 | 낮다 | 低 |
| 중고시장 | 二手市場 | 바꾸다 | 更換 |
| 노트북 | 筆電 | 도자기 | 陶器 |
| 얼마 전 | 不久前 | 문화체험 | 文化體驗 |

# 生活用品　主題 07

| 單字 | 中文 | 單字 | 中文 |
|---|---|---|---|
| 컵 | 杯子 | 주문하다 | 訂購 |
| 별 | 星星 | 구두 | 皮鞋 |
| 자음 | 子音 | 발 | 腳 |
| 모음 | 母音 | 바꾸다 | 更換 |
| 택배 | 宅配 | 걱정하다 | 擔心 |
| 실내 자전거 | 飛輪 | 다시 | 重新 |
| 타다 | 騎 | 보내다 | 寄送 |
| 돌아오다 | 回來 | 여러 색깔 | 各種顏色 |
| 시간을 아끼다 | 節省時間 | 머리(카락) | 頭髮 |
| 눈(내리다) | (下)雪 | 기르다 | 留長 |
| 바람 | 風 | 동안 | 期間 |
| 심하다 | 嚴重 | 자르다 | 剪 |
| 불다 | 吹(風) | 가발 | 假髮 |
| 심심하다 | 無聊 | | |

# 主題 08 特殊日子

**1~4** 다음을 읽고 내용이 같은 것을 고르십시오.

**1.**

> 오늘은 여자친구를 만난 지 100일이 되는 날입니다. 저는 여자친구를 위해서 여러 가지를 준비했습니다. 먼저 인터넷으로 유명한 식당을 알아보고 예약했습니다. 여자친구에게 줄 선물도 사고 편지도 썼습니다. 제가 준비한 것이 여자친구의 마음에 들었으면 좋겠습니다.

① 저는 친구에게 식당을 소개 받았습니다.
② 여자친구는 저의 선물을 마음에 들어합니다.
③ 저는 백 일 전부터 여자친구를 사귀었습니다.
④ 여자친구는 저에게 줄 선물과 편지를 준비했습니다.

**2.**

> 내일은 저의 대학교 입학식입니다. 내일 입학식이 끝나면 저는 대학생이 됩니다. 대학생이 되면 하고 싶은 일이 많습니다. 전공 공부도 열심히 하고 아르바이트를 하면서 스스로 생활비를 벌고 싶습니다. 그리고 동아리에 들어가서 다양한 경험도 쌓고 선배와 친구도 많이 사귀고 싶습니다.

① 내일은 대학교에 들어가는 날입니다.
② 동아리에서 생활비를 벌 수 있습니다.
③ 대학생은 전공 공부가 가장 중요합니다.
④ 대학생은 아르바이트를 하면 안 됩니다.

---

**1. 여자친구와의 100일 기념일**
**與女友交往百日紀念日**

**解析** 文章開頭提到「今天是我和女朋友交往滿一百天的日子」，因此答案要選③。

**單字** 여자친구 女朋友 위하다 為了 준비하다 準備 먼저 先、首先 인터넷 網路 알아보다 查詢、打聽 예약하다 預訂 편지 信件 쓰다 寫 마음에 들다 喜歡、滿意 백 一百 사귀다 交往

**2. 대학교 입학식 大學開學典禮**

**解析** 文章開頭提到「明天是我的大學開學典禮」，因此答案要選①。

**單字** 입학식 開學典禮 대학생 大學生 전공 主修課程、專攻 아르바이트 打工 스스로 自己 생활비를 벌다 賺生活費 동아리 社團 다양하다 各式各樣 경험을 쌓다 累積經驗 선배 前輩

3.

> 다음 주 토요일에 우리 기타 동아리의 연주회가 있습니다. 이번 연주회를 위해서 우리는 두 달 전부터 매일 세 시간 동안 기타 연습을 했습니다. 연습을 할수록 기타 연주 실력이 점점 좋아졌습니다. 빨리 다음 주 토요일이 돼서 우리의 기타 연주를 많은 사람들에게 보여 주고 싶습니다.

① 토요일마다 기타 동아리 연주회가 있습니다.
② 연주회를 준비하려고 두 달 동안 매일 연습했습니다.
③ 연습을 많이 해도 기타 연주가 좋아지지 않았습니다.
④ 하루에 세 시간 동안 기타 연습을 하는 것은 힘듭니다.

4.

> 오늘 부모님과 함께 봄꽃 축제에 다녀왔습니다. 축제 장소에는 여러 가지 봄꽃이 활짝 피어서 정말 아름다웠습니다. 거기에서는 맛있는 음식과 꽃으로 만든 차를 팔고 있었습니다. 우리는 예쁜 사진도 찍고 맛있는 음식도 먹었습니다. 축제를 구경하러 온 사람이 많아서 좀 복잡하기는 했지만 참 재미있는 축제였습니다.

① 부모님은 꽃을 아주 좋아하십니다.
② 봄꽃 축제는 정말 재미있었습니다.
③ 축제를 구경하는 사람이 좀 적었습니다.
④ 우리는 축제에서 꽃으로 차를 만들었습니다.

---

**3. 기타 동아리 연주회 吉他社演奏會**

**解析** 文中提到「為了演奏會，我們從兩個月前開始每天練習」，因此答案要選②。

**單字** 토요일 星期六 기타 吉他 연주회 演奏會 실력 實力 점점 逐漸 보여 주다 給人看

**4. 봄꽃 축제 春天花卉慶典**

**解析** 文章最後提到「春天花卉慶典真是一場有趣的慶典」，因此答案要選②。

**單字** 봄꽃 春天花卉 축제 慶典 다녀오다 去了一趟回來 장소 地點 활짝 盛開地、展開地 피다 開(花) 차 茶 구경하다 參觀 복잡하다 擁擠、複雜 적다 少

**5~8** ( ㉠ )에 들어갈 말로 가장 알맞은 것을 고르십시오.

**5.**

> 5월 8일은 어버이날입니다. 부모님께 감사의 마음을 전하는 날입니다. 이 날 부모님께 꽃을 ( ㉠ ) 그 꽃의 이름은 카네이션입니다. 예전에는 카네이션 한 송이를 옷에 달아 드리거나 카네이션 꽃바구니를 드렸습니다. 요즘에는 비누로 만든 카네이션을 드리기도 하고 오래 키울 수 있는 카네이션 화분을 드리기도 합니다.

① 드려서
② 드리려고
③ 드리지만
④ 드리는데

**6.**

> 매년 10월 9일 한글날에 우리 학교에서는 '한국어 말하기대회'를 합니다. 저는 올해 이 대회에 참가하기로 했습니다. 저의 한국어 실력이 어느 정도인지 알고 싶었기 때문입니다. 저는 한국어를 배운 지 1년이 넘었습니다. 한국어를 배우면서 한글의 장점을 알게 되었고 이것에 대해서 발표하려고 합니다. 대회에서 ( ㉠ ) 열심히 연습하고 있습니다.

① 한국어를 알리려면
② 한글의 장점을 배우려고
③ 좋은 결과를 얻기 위해서
④ 발표할 내용을 알고 싶어서

---

**5. 어버이날 父母節**

**解析** 此句在介紹「康乃馨」這種花的名稱，所以應該說明贈送的行為，然後自然銜接花的名稱，因此答案要選④。

**單字** 어버이날 父母節 -께 給、向 감사 感謝 마음을 전하다 表達心意 이름 名字 카네이션 康乃馨 송이 朵 달다 戴、別上 바구니 籃 비누 肥皂 드리다 (恭敬地)獻上 키우다 栽培、培育

**6. 한글날 韓文節**

**解析** 此處應填入說明「努力練習」的目的，因此答案要選③。

**單字** 매년 每年 한글날 韓文節 말하기대회 演講比賽 참가하다 參加 실력 實力 어느 정도 什麼程度、等級 넘다 超過 장점 優點 발표하다 發表 알리다 推廣 결과 結果 얻다 取得、得到 내용 內容

7.

　　오늘은 김치를 만드는 날입니다. 매년 12월이 되면 우리 회사에서는 김치를 만들어서 가난한 이웃들에게 가져다줍니다. 제가 회사에 10년 전에 들어왔으니까 이 일을 한 지도 벌써 10년이 넘었습니다. 하루 종일 김치를 만들고 이웃들을 찾아서 여기저기 배달하는 것은 힘든 일입니다. ( ㉠ ) 맛있게 먹을 이웃들을 생각하면 기분이 좋아져서 웃음이 납니다.

① 그래서
② 그리고
③ 그렇지만
④ 왜냐하면

8.

　　추석은 설날과 함께 한국에서 제일 중요한 명절입니다. 추석에는 여러 가지 행사를 합니다. 아침에는 조상들에게 ( ㉠ ) 차례를 지내고 성묘를 합니다. 강강술래, 씨름 같은 놀이를 하는 곳도 있습니다. 저녁에는 달을 보면서 소원을 빕니다. 그리고 추석 음식인 송편을 만들어서 먹습니다.

① 인사를 드리려면
② 소식을 전하기 때문에
③ 감사하는 마음을 가지고
④ 줄 음식을 만들기 위해서

---

**7. 김치를 만드는 날** 辛奇製作日

**解析** 在(㉠)前方提到製作辛奇並送到鄰居家是一件辛苦的事,而(㉠)後方則表達想到鄰居們享用泡菜而感到開心,這兩句話為對比的內容,因此答案要選③。

**單字** 가난하다 貧困 이웃 鄰居 가져다주다 帶、送去給(某人) 벌써 已經 하루 종일 一整天 찾다 拜訪 배달하다 送貨、配送 힘들다 吃力、辛苦 웃음이 나다 露出笑容、笑出來

**8. 추석** 中秋節

**解析** 這句話描述人們在進行祭祀和掃墓時應該抱持的心態,因此答案要選③。

**單字** 추석 中秋節 명절 節日 행사 活動 조상 祖先 차례를 지내다 進行祭祀 성묘 掃墓 강강술래 強羌水越來(韓國傳統民俗歌舞) 씨름 韓國傳統摔跤 달 月亮 소원을 빌다 許願 송편 松餅(韓國傳統糕點) 인사 請安、問候

**9~10** 다음을 읽고 중심 내용을 고르십시오.

**9.**

> 오늘 월급날이어서 동생에게 저녁을 사 주고 영화도 보여줬습니다. 요즘 바빠서 동생의 얼굴을 볼 시간이 없었는데 같이 시간을 보내면서 이야기할 수 있어서 좋았습니다. 동생은 저녁 내내 웃으면서 많은 이야기를 했습니다. 아이처럼 좋아하는 동생을 보면서 이런 시간을 많이 가져야겠다고 생각했습니다.

① 동생과 자주 영화를 보는 것이 좋습니다.
② 월급날에는 동생에게 저녁을 사 줘야 합니다.
③ 동생의 웃는 얼굴을 보니 기분이 좋아졌습니다.
④ 동생과 같이 보내는 시간을 많이 가지기로 했습니다.

**10.**

> 3월 22일은 세계 물의 날입니다. 사람이 많아지고 기온이 높아지면서 물이 부족해지고 있습니다. 또 공장이나 집에서 더러운 물을 버리면서 물이 더러워지고 있습니다. 그래서 물의 날에는 이런 문제를 사람들에게 알리는 행사를 많이 합니다. 이런 행사를 많이 하는 것도 중요하지만 각각의 사람들이 평소에 물을 소중하게 생각하고 필요한 정도만 쓰는 습관을 기르는 것이 더욱 중요합니다.

① 물의 날에는 물을 쓰지 않는 것이 좋습니다.
② 공장이나 집에서 물을 쓰고 난 후에 버리면 안 됩니다.
③ 물의 소중함을 알리는 행사를 하는 것은 중요한 일이 아닙니다.
④ 우리 모두가 물을 소중하게 생각하고 아껴 쓰는 것이 아주 중요합니다.

---

**9.** 월급날 發薪日

**解析** 根據文章內容，因為發薪日請妹妹吃飯，並共度了美好時光。看到她很開心的樣子後，讓我決定要更常花時間和她相處。因此答案要選④。

**單字** 월급날 發薪日 얼굴 臉 시간을 보내다 度過時光 내내 整個、始終 웃다 笑 아이 孩子 -처럼 像是 가지다 擁有

**10.** 세계 물의 날 世界水資源日

**解析** 根據文章內容，世界水資源日的活動固然重要，但比起單純宣導用水問題，更重要的是養成節約用水的習慣。因此答案要選④。

**單字** 기온 氣溫 높아지다 升高、增加 부족하다 短缺 공장 工廠 버리다 排放 알리다 宣導 각각 各自 소중하다 珍貴 필요하다 需要 습관을 기르다 養成習慣 더욱 更多 아끼다 節約、珍惜

**11.** 다음 문장이 들어갈 곳으로 가장 알맞은 것을 고르십시오.

> 오늘 기숙사에서 학교 근처 원룸으로 이사했습니다. 짐이 많지 않아서 혼자 하려고 했는데 반 친구들이 와서 도와줬습니다. ( ㉠ ) 반 친구들이 이삿짐도 들어 주고 정리하는 것도 도와줬습니다. ( ㉡ ) 친구들이 도와준 덕분에 생각보다 이사가 빨리 끝났습니다. ( ㉢ ) 그래서 저는 이사가 끝나고 자장면을 주문했습니다. ( ㉣ ) 친구들과 같이 먹은 자장면은 정말 맛있었습니다.

> 한국에서는 이사하는 날에 자장면을 시켜서 먹는다고 들었습니다.

① ㉠　　② ㉡　　③ ㉢　　④ ㉣

**12.** 다음을 순서에 맞게 배열한 것을 고르십시오.

(가) 그렇지만 이번 설날에 세뱃돈을 받으면 다른 일을 해 보고 싶습니다.
(나) 저는 지금까지 세뱃돈으로 평소에 사고 싶었던 물건을 샀습니다.
(다) 설날에 어른들께 세배를 드리면 세뱃돈을 받습니다.
(라) 그것은 저의 세뱃돈을 어려운 사람들을 도와주는 곳에 보내는 것입니다.

① (나)-(가)-(다)-(라)
② (나)-(다)-(라)-(가)
③ (다)-(나)-(가)-(라)
④ (다)-(라)-(나)-(가)

---

**11. 이사하는 날** 搬家日

**解析** 句子為「在韓國，搬家的日子會點炸醬麵來吃」，後方適合連接點炸醬麵的內容，因此答案要選③。

**單字** 원룸 套房　이사하다 搬家　짐 行李　혼자 獨自　이삿짐 搬家行李　들다 拿、提　정리하다 整理　도와주다 幫忙　덕분 多虧　끝나다 結束　주문하다 點餐　시키다 點餐

**12. 설날** 農曆新年

**解析** 因為到目前為止，都是用壓歲錢買平常想買的東西。這次想做點不一樣的事情。這件事就是將壓歲錢捐出去給需要幫助的人。因此答案要選③。

**單字** 세뱃돈 壓歲錢　어른 長輩　세배를 드리다 拜年

# 主題 08 特殊日子

| 單字 | 中文 | 單字 | 中文 |
|---|---|---|---|
| 여자친구 | 女朋友 | 차 | 茶 |
| 위하다 | 為了 | 구경하다 | 參觀 |
| 준비하다 | 準備 | 복잡하다 | 擁擠、複雜 |
| 먼저 | 先、首先 | 적다 | 少 |
| 인터넷 | 網路 | 어버이날 | 父母節 |
| 알아보다 | 查詢、打聽 | -께 | 給、向(에게的敬語) |
| 예약하다 | 預訂 | 감사 | 感謝 |
| 편지 | 信件 | 마음을 전하다 | 表達心意 |
| 쓰다 | 寫 | 이름 | 名字 |
| 마음에 들다 | 喜歡、滿意 | 카네이션 | 康乃馨 |
| 백 | 一百 | 송이 | 朵 |
| 사귀다 | 交往 | 달다 | 戴、別上 |
| 입학식 | 開學典禮 | 바구니 | 籃 |
| 대학생 | 大學生 | 비누 | 肥皂 |
| 전공 | 主修課程、專攻 | 드리다 | (恭敬地)獻上(주다的敬語) |
| 아르바이트 | 打工 | 키우다 | 栽培、培育 |
| 스스로 | 自己 | 매년 | 每年 |
| 생활비를 벌다 | 賺生活費 | 한글날 | 韓文節 |
| 동아리 | 社團 | 말하기대회 | 演講比賽 |
| 다양하다 | 各式各樣 | 참가하다 | 參加 |
| 경험을 쌓다 | 累積經驗 | 실력 | 實力 |
| 선배 | 前輩 | 어느 정도 | 什麼程度、等級 |
| 토요일 | 星期六 | 넘다 | 超過 |
| 기타 | 吉他 | 장점 | 優點 |
| 연주회 | 演奏會 | 발표하다 | 發表 |
| 실력 | 實力 | 알리다 | 推廣 |
| 점점 | 逐漸 | 결과 | 結果 |
| 보여 주다 | 給人看 | 얻다 | 取得、得到 |
| 봄꽃 | 春天花卉 | 내용 | 內容 |
| 축제 | 慶典 | 가난하다 | 貧困 |
| 다녀오다 | 去了一趟回來 | 이웃 | 鄰居 |
| 장소 | 地點 | 가져다주다 | 帶、送去給(某人) |
| 활짝 | 盛開地、展開地 | 벌써 | 已經 |
| 피다 | 開(花) | 하루 종일 | 一整天 |

# 特殊日子 主題 08

| 單字 | 中文 | 單字 | 中文 |
|---|---|---|---|
| 찾다 | 拜訪 | 높아지다 | 升高、增加 |
| 배달하다 | 送貨、配送 | 부족하다 | 短缺 |
| 힘들다 | 吃力、辛苦 | 공장 | 工廠 |
| 웃음이 나다 | 露出笑容、笑出來 | 버리다 | 排放 |
| 추석 | 中秋節 | 알리다 | 宣導 |
| 명절 | 節日 | 각각 | 各自 |
| 행사 | 活動 | 소중하다 | 珍貴 |
| 조상 | 祖先 | 필요하다 | 需要 |
| 차례를 지내다 | 進行祭祀 | 습관을 기르다 | 養成習慣 |
| 성묘 | 掃墓 | 더욱 | 更多 |
| 강강술래 | 強羌水越來 (韓國傳統民俗歌舞) | 아끼다 | 節約、珍惜 |
| | | 원룸 | 套房 |
| 씨름 | 韓國傳統摔跤 | 이사하다 | 搬家 |
| 달 | 月亮 | 짐 | 行李 |
| 소원을 빌다 | 許願 | 혼자 | 獨自 |
| 송편 | 松餅(韓國傳統糕點) | 이삿짐 | 搬家行李 |
| 인사 | 請安、問候 | 들다 | 拿、提 |
| 월급날 | 發薪日 | 정리하다 | 整理 |
| 얼굴 | 臉 | 도와주다 | 幫忙 |
| 시간을 보내다 | 度過時光 | 덕분 | 多虧 |
| 내내 | 整個、始終 | 끝나다 | 結束 |
| 웃다 | 笑 | 주문하다 | 點餐 |
| 아이 | 孩子 | 시키다 | 點餐 |
| -처럼 | 像是 | 세뱃돈 | 壓歲錢 |
| 가지다 | 擁有 | 어른 | 長輩 |
| 기온 | 氣溫 | 세배를 드리다 | 拜年 |

## 主題 09 生活指南

**1~4** 다음을 읽고 내용이 같은 것을 고르십시오.

**1.**

> 한국에 오는 외국인들이 가장 불편해 하는 것 중 하나가 바로 언어 문제입니다. 한국어를 모르는 외국인이 한국에서 병원에 가거나 숙소를 예약해야 할 때 어떻게 말해야 하는지 몰라서 당황할 때가 많습니다. 이럴 때 1588-5644로 전화해 보십시오. 전화를 한 후 자기가 할 줄 아는 언어를 선택하면 그 언어로 도와줄 수 있는 사람과 통화할 수 있습니다.

① 한국의 병원에는 외국어를 할 줄 아는 의사가 있습니다.
② 외국어를 배우고 싶을 때 1588-5644로 전화하면 됩니다.
③ 한국의 숙소를 예약하려면 한국에 오기 전에 예약해야 합니다.
④ 한국에 오는 외국인들은 한국어를 몰라서 불편할 때가 많습니다.

**2.**

> 종이와 병을 클린하우스에 버리는 방법을 알려 드리겠습니다. 신문지, 책, 종이 상자 같은 종이와 유리로 된 병을 따로 분리해야 합니다. 종이는 같은 종류를 함께 묶어서 버리면 좋습니다. 유리병은 병 안을 깨끗하게 한 후 버려야 합니다. 병뚜껑은 병과 같이 버리지 말고 따로 버려야 합니다.

① 종이와 병은 같이 버려야 합니다.
② 병을 씻은 후 뚜껑을 닫고 버려야 합니다.
③ 유리로 된 병은 쓰레기봉투에 넣어서 버립니다.
④ 신문지와 책, 종이 상자 같은 종이는 같이 버려도 됩니다.

---

**1. 외국어 전화 서비스** 外語電話服務

**解析** 文章開頭提到「來韓國的外國人最感到不便的事情之一，就是語言問題」，因此答案要選④。

**單字** 바로 就是 언어 語言 숙소 住處 예약하다 預訂 당황하다 慌張 자기 自己 선택하다 選擇 통화하다 通話 서비스 服務

**2. 클린하우스에 종이와 병을 버리는 방법**
紙類和玻璃瓶的丟棄方法

**解析** 文章提到「報紙、書本、紙箱等紙類應與玻璃瓶分開丟棄」，說明相同類型的紙類可以綁在一起丟棄，因此答案要選④。

**單字** 병 瓶子 클린하우스 資源回收站 버리다 丟棄 신문지 報紙 상자 箱子 유리 玻璃 따로 另外 분리하다 分開 종류 種類、類型 묶다 綑綁 병뚜껑 瓶蓋 닫다 關 쓰레기봉투 垃圾袋

3.

　　고양이를 키우는 집을 위한 좋은 소식을 알려 드립니다. 여행이나 출장 때문에 집을 떠나야 할 때 집에 있는 고양이 때문에 걱정하셨지요? 그럴 때 그 집을 방문하여 고양이를 대신 돌봐 주는 회사가 있습니다. 그 회사에서 신청한 집을 방문하게 되면 들어갈 때부터 나올 때까지 집 주인과 영상 통화로 연락하니까 걱정 없이 고양이를 맡길 수 있습니다.

① 고양이를 키우면 기분이 좋아집니다.
② 여행이나 출장 갈 때 고양이를 데리고 가야 합니다.
③ 고양이가 있는 집을 방문하려면 그 집에 먼저 신청해야 합니다.
④ 집에 사람이 없을 때 그 집의 고양이를 돌봐 주는 회사가 있습니다.

4.

　　이번 주 저희 아파트의 새로운 소식을 알려 드립니다. 10월 21일 월요일부터 25일 금요일까지 엘리베이터를 수리할 예정입니다. 이 기간 동안 아파트 주민들께서는 불편하시겠지만 계단을 이용해 주시기 바랍니다. 자세한 수리 내용을 알고 싶으시면 아파트 사무실을 방문하시거나 전화로 연락 주십시오.

① 월요일부터 일요일까지 엘리베이터를 수리합니다.
② 5일 동안 엘리베이터 대신 계단으로 다녀야 합니다.
③ 엘리베이터는 수리하는 동안에도 이용할 수 있습니다.
④ 수리 내용이 궁금하면 엘리베이터 회사로 전화하면 됩니다.

---

**3. 고양이를 돌봐 주는 회사** 貓咪照顧公司

**解析** 文章提到「因為旅行或出差離開家時，有公司會拜訪該住家，代為照顧貓咪」，因此答案要選④。

**單字** 고양이 貓咪 소식 消息 출장 出差 떠나다 離開 걱정하다 擔心 방문하다 拜訪 대신 代替 돌보다 照顧 신청하다 申請 나오다 出來 주인 主人 영상 통화 視訊通話 맡기다 託付

**4. 아파트의 엘리베이터 수리 안내** 公寓大樓電梯維修公告

**解析** 文章提到「從星期一到星期五預計維修電梯，這段期間住戶會感到不便，還是請改用樓梯」，因此答案要選②。

**單字** 저희 我們 아파트 公寓大樓 새롭다 新的 월요일 星期一 금요일 星期五 엘리베이터 電梯 수리하다 維修 예정 預計、計畫 기간 期間 주민 住戶 계단 樓梯 이용하다 使用、利用 바라다 希望、敬請 자세하다 詳細 사무실 辦公室 궁금하다 好奇、想知道

**5~8** ( ㉠ )에 들어갈 말로 가장 알맞은 것을 고르십시오.

**5.**

오늘은 우리 동네의 특별한 시장을 소개하겠습니다. 이 시장은 매달 1일과 20일에 1시간 동안 열립니다. 여기에서는 자기가 만든 여러 가지 물건을 팝니다. 액세서리를 파는 사람도 있고 가방을 파는 사람도 있습니다. 그림을 그려 주는 사람도 있고 노래를 부르는 사람도 있습니다. 여기에 오면 한 시간 동안 정말 재미있는 경험을 ( ㉠ ) 꼭 한번 와 보십시오.

① 할 수 있지만
② 할 수 있으면
③ 할 수 있어서
④ 할 수 있으니까

**6.**

매달 네 번째 주 수요일은 버스나 지하철을 이용하는 날입니다. 이 날은 운전을 하는 사람들도 버스나 지하철을 타고 다닙니다. 운전하는 사람들에게는 ( ㉠ ) 우리가 사는 도시를 위한 일이기 때문에 함께 하는 사람들이 점점 많아지고 있습니다. 앞으로도 많은 사람들이 버스나 지하철을 이용해서 우리가 사는 도시가 깨끗해졌으면 좋겠습니다.

① 쉽기는 한데
② 새로운 일이라서
③ 불편할 수도 있지만
④ 좋은 소식이기 때문에

---

**5. 특별한 시장** 特別市集

**解析** 這句話的目的為說明為什麼應該來這個市集，最後以「請一定要來一次看看」作結，因此答案要選④，用於說明理由。

**單字** 동네 社區  특별하다 特別  시장 市場、市集  소개하다 介紹  매달 每個月  열리다 舉辦、開放  물건 物品  액세서리 飾品  경험 經歷、經驗  꼭 一定

**6. 버스나 지하철을 이용하는 날**
公車・地鐵搭乘日

**解析** 根據文章內容，開車的人改搭公車或地鐵，可能會不方便，因此答案要選③。

**單字** 번째 第(表示順序或次數)  수요일 星期三  버스 公車  지하철 地鐵  이용하다 使用、利用  다니다 往返  운전 開車  앞으로 往後、未來  새롭다 新的

**7.**

　　휴일에 약이 필요한데 약국이 문을 닫아서 힘들 때가 있습니까? 이럴 때 인터넷에서 '휴일지킴이 약국'을 찾으십시오. '휴일지킴이 약국' 인터넷 사이트에서는 전국의 약국 정보를 알려 줍니다. 여기에서는 약국의 위치와 문을 열고 닫는 시간, 그곳의 전화번호를 알 수 있습니다. (　　㉠　　) 약국에서 살 수 있는 약이 무엇인지 알 수 있고 약을 사용하는 방법도 볼 수 있습니다.

① 그리고
② 그러면
③ 그렇지만
④ 그러니까

**8.**

　　이동 도서관을 들어 본 적이 있습니까? 도서관이 (　　㉠　　) 이용하기 불편한 주민들을 위해서 차에 책을 넣고 다니면서 책을 빌려줍니다. 평일 10시부터 4시 30분까지 세 곳을 다닙니다. 한 곳에서 두 시간 정도 있습니다. 이동 도서관 주변에서 책을 읽을 수도 있고 집으로 책을 빌려 갈 수도 있습니다. 책은 한 번에 다섯 권을 일주일 동안 빌릴 수 있습니다.

① 너무 크지만
② 집에서 멀어서
③ 많이 있기 때문에
④ 학교하고 가까운데

---

**7. 휴일 지킴이 약국** 假日守護藥局

**解析** 根據文章內容，列舉了在「假日守護藥局」網站上可以查到的各種資訊，因此答案要選①。

**單字** 휴일 假日、休息日　약 藥　필요하다 需要　약국 藥局　지킴이 守護、守護者　찾다 搜尋　사이트 網站　전국 全國　정보 資訊　위치 位置　전화번호 電話號碼　무엇 什麼

**8. 이동 도서관** 移動圖書館

**解析** 根據文章內容，應說明居民不便利用一般圖書館的原因，因此答案要選②。

**單字** 이동 移動　도서관 圖書館　차 車子　넣다 放、裝　빌려주다 借給、借出　평일 平日　정도 大約、左右　주변 周邊、周圍　빌리다 借

Part 2　主題篇　125

**9~10** 다음을 읽고 중심 내용을 고르십시오.

**9.**

> 택시나 버스를 타고 불편한 적이 있었습니까? 그러면 120으로 전화하십시오. 120으로 전화해서 불편한 것을 알리면 빠르게 해결할 수 있습니다. 또한 버스 시간을 모를 때 여기로 전화하면 도착 시간을 알려 줍니다. 1년 365일 24시간 언제든지 전화할 수 있으니까 택시나 버스를 이용할 때 불편한 것이나 알고 싶은 것이 있으면 연락하시기 바랍니다.

① 버스 시간을 모르면 120으로 전화해서 물어봐야 합니다.
② 택시나 버스를 타기 전에 120으로 전화하는 것이 좋습니다.
③ 택시를 타고 싶을 때 120으로 전화하면 언제든지 탈 수 있습니다.
④ 택시나 버스를 이용할 때 불편하거나 궁금한 것이 있으면 120으로 전화하면 됩니다.

**10.**

> 운전하는 사람들의 고민 중 하나는 자동차 안에서 냄새가 나는 것입니다. 이 고민을 해결할 수 있는 쉽고 간단한 방법이 있습니다. 반으로 자른 사과를 자동차 안에다가 두는 것입니다. 하루 정도 지나면 차 안의 나쁜 냄새가 없어집니다. 사과 대신에 귤이나 레몬 껍질로도 냄새 문제를 해결할 수 있습니다.

① 사과를 먹고 차 안에 두면 냄새가 심해집니다.
② 귤이나 레몬 껍질을 차 안에 오래 두면 안 됩니다.
③ 사과나 귤, 레몬을 이용하면 차 안의 냄새가 없어집니다.
④ 차 안에서 냄새가 나는 것은 운전하는 사람들 때문입니다.

---

**9. 120 전화 서비스** 120服務專線

**解析** 根據文章內容，搭乘計程車或公車時，如遇不便或疑問，可撥打120服務專線，因此答案要選④。

**單字** 택시 計程車　해결하다 解決　또한 此外　도착 抵達　언제든지 隨時　물어보다 詢問

**10. 자동차 냄새 문제 해결 방법**
解決汽車異味的方法

**解析** 根據文章內容，車內有異味時，可以使用蘋果、橘子皮或檸檬皮去除車，因此答案要選③。

**單字** 고민 煩惱、困擾　중 當中　냄새가 나다 有味道　간단하다 簡單　해결 解決　반 一半　자르다 切、剪　두다 放置　없어지다 消失　귤 橘子　레몬 檸檬　껍질 外皮

126

**11. 다음 문장이 들어갈 곳으로 가장 알맞은 것을 고르십시오.**

우리 마을 주민 회관에 사진 수업이 생겼습니다. 사진작가 김기준 선생님이 주민들에게 무료로 사진 찍는 방법을 가르쳐 줍니다. ( ㉠ ) 1시부터 3시까지는 강의실에서 수업을 하고 3시부터 4시까지는 밖에 나가서 직접 사진을 찍어 봅니다. ( ㉡ ) 연말에는 주민 회관 1층 전시실에서 주민들이 찍은 사진으로 전시회도 할 계획입니다. ( ㉢ ) 주민 여러분의 많은 관심 부탁드립니다. ( ㉣ )

수업은 매주 토요일 1시부터 4시까지 합니다.

① ㉠  ② ㉡  ③ ㉢  ④ ㉣

**12. 다음을 순서에 맞게 배열한 것을 고르십시오.**

(가) 그래도 외출해야 한다면 마스크와 선글라스를 쓰는 것이 좋습니다.
(나) 외출 후 집에 돌아오면 반드시 손과 발을 깨끗하게 씻어야 합니다.
(다) 요즘 몸에 안 좋은 먼지가 많아져서 공기가 나쁜 날이 많습니다.
(라) 이런 날에는 외출하지 않는 게 좋습니다.

① (가)-(나)-(다)-(라)    ② (가)-(다)-(라)-(나)
③ (다)-(가)-(나)-(라)    ④ (다)-(라)-(가)-(나)

---

**11. 주민회관 무료 사진 수업 안내**
　　社福中心免費攝影課公告

**解析** 先介紹課程的日期與時間後，接下來應說明課程的具體內容，因此答案要選①。

**單字** 회관 會館、活動中心 수업 課程 생기다 發生、有 사진작가 攝影師 무료 免費 강의실 教室 직접 直接 연말 年末 전시실 展覽室 전시회 展覽會 계획 計畫 관심 關注 부탁드리다 拜託

**12. 공기가 나쁜 날에 조심해야 하는 것**
　　空氣品質不佳日注意事項

**解析** 首先說明空氣品質不佳的情況，接著建議避免外出，若必須得外出最好戴口罩和太陽眼鏡，最後提醒回家後要做好清潔，因此答案要選④。

**單字** 그래도 但還是 외출하다 外出 마스크 口罩 선글라스 太陽眼鏡、墨鏡 쓰다 配戴 반드시 一定 발 腳 씻다 洗 몸 身體 먼지 灰塵 공기 空氣

## 主題 09 生活指南

| 單字 | 中文 | 單字 | 中文 |
|---|---|---|---|
| 바로 | 就是 | 저희 | 我們(우리의 謙詞) |
| 언어 | 語言 | 아파트 | 公寓大樓 |
| 숙소 | 住處 | 새롭다 | 新的 |
| 예약하다 | 預訂 | 월요일 | 星期一 |
| 당황하다 | 慌張 | 금요일 | 星期五 |
| 자기 | 自己 | 엘리베이터 | 電梯 |
| 선택하다 | 選擇 | 수리하다 | 維修 |
| 통화하다 | 通話 | 예정 | 預計、計畫 |
| 서비스 | 服務 | 기간 | 期間 |
| 병 | 瓶子 | 주민 | 住戶 |
| 클린하우스 | 資源回收站 | 계단 | 樓梯 |
| 버리다 | 丟棄 | 이용하다 | 使用、利用 |
| 신문지 | 報紙 | 바라다 | 希望、敬請 |
| 상자 | 箱子 | 자세하다 | 詳細 |
| 유리 | 玻璃 | 사무실 | 辦公室 |
| 따로 | 另外 | 궁금하다 | 好奇、想知道 |
| 분리하다 | 分開 | 동네 | 社區 |
| 종류 | 種類、類型 | 특별하다 | 特別 |
| 묶다 | 綑綁 | 시장 | 市場、市集 |
| 병뚜껑 | 瓶蓋 | 소개하다 | 介紹 |
| 닫다 | 關 | 매달 | 每個月 |
| 쓰레기봉투 | 垃圾袋 | 열리다 | 舉辦、開放 |
| 고양이 | 貓咪 | 물건 | 物品 |
| 소식 | 消息 | 액세서리 | 飾品 |
| 출장 | 出差 | 경험 | 經歷、經驗 |
| 떠나다 | 離開 | 꼭 | 一定 |
| 걱정하다 | 擔心 | 번째 | 第(表示順序或次數) |
| 방문하다 | 拜訪 | 수요일 | 星期三 |
| 대신 | 代替 | 버스 | 公車 |
| 돌보다 | 照顧 | 지하철 | 地鐵 |
| 신청하다 | 申請 | 이용하다 | 使用、利用 |
| 나오다 | 出來 | 다니다 | 往返 |
| 주인 | 主人 | 운전 | 開車 |
| 영상 통화 | 視訊通話 | 앞으로 | 往後、未來 |
| 맡기다 | 託付 | 새롭다 | 新的 |

## 生活指南 主題09

| 單字 | 中文 | 單字 | 中文 |
|---|---|---|---|
| 휴일 | 假日、休息日 | 반 | 一半 |
| 약 | 藥 | 자르다 | 切、剪 |
| 필요하다 | 需要 | 두다 | 放置 |
| 약국 | 藥局 | 없어지다 | 消失 |
| 지킴이 | 守護、守護者 | 귤 | 橘子 |
| 찾다 | 搜尋 | 레몬 | 檸檬 |
| 사이트 | 網站 | 껍질 | 外皮 |
| 전국 | 全國 | 회관 | 會館、活動中心 |
| 정보 | 資訊 | 수업 | 課程 |
| 위치 | 位置 | 생기다 | 發生、有 |
| 전화번호 | 電話號碼 | 사진작가 | 攝影師 |
| 무엇 | 什麼 | 무료 | 免費 |
| 이동 | 移動 | 강의실 | 教室 |
| 도서관 | 圖書館 | 직접 | 直接 |
| 차 | 車子 | 연말 | 年末 |
| 넣다 | 放、裝 | 전시실 | 展覽室 |
| 빌려주다 | 借給、借出 | 전시회 | 展覽會 |
| 평일 | 平日 | 계획 | 計畫 |
| 정도 | 大約、左右 | 관심 | 關注 |
| 주변 | 周邊、周圍 | 부탁드리다 | 拜託 |
| 빌리다 | 借 | 그래도 | 但還是 |
| 택시 | 計程車 | 외출하다 | 外出 |
| 해결하다 | 解決 | 마스크 | 口罩 |
| 또한 | 此外 | 선글라스 | 太陽眼鏡、墨鏡 |
| 도착 | 抵達 | 쓰다 | 配戴 |
| 언제든지 | 隨時 | 반드시 | 一定 |
| 물어보다 | 詢問 | 발 | 腳 |
| 고민 | 煩惱、困擾 | 씻다 | 洗 |
| 중 | 當中 | 몸 | 身體 |
| 냄새가 나다 | 有味道 | 먼지 | 灰塵 |
| 간단하다 | 簡單 | 공기 | 空氣 |
| 해결 | 解決 | | |

## 主題 10　其他・常識

**1~4** 이 글의 내용과 같은 것 고르십시오.

**1.**

> 사람들은 꽃을 꽂아서 집에 두거나 선물을 합니다. 왜냐하면 사람들이 꽃을 보면 기분이 좋아지기 때문입니다. 하지만 꽃병의 꽃은 며칠 지나면 버려야 합니다. 그래서 요즘은 비누 꽃이 나왔습니다. 비누로 만든 비누 꽃은 향기도 좋고 오래가서 선물하기 좋습니다.

① 모든 사람들이 꽃을 좋아합니다.
② 비누 꽃은 향기가 좋고 오래갑니다.
③ 모든 사람들이 선물용으로 꽃을 삽니다.
④ 사람들은 비누꽃을 보면 기분이 좋아집니다.

**2.**

> 예전에는 컴퓨터를 이용한 인터넷 시대였습니다. 하지만 앞으로는 사물 인터넷 시대입니다. 사물 인터넷은 집에 있는 세탁기, 텔리비전, 냉장고 등 사물들이 인터넷으로 연결되어 사람들을 편리하게 해주는 서비스입니다. 우리는 이것을 'IoT'라고 합니다.

① 예전에는 사물 인터넷 시대였습니다.
② 지금은 컴퓨터를 이용한 인터넷 시대입니다.
③ 세탁기, 티비, 냉장고 등은 편리한 서비스입니다.
④ 사물들로 인터넷을 할 수 있는 것을 IoT라고 합니다.

---

**1. 비누 꽃** 香皂花

**解析** 文章最後提到「用香皂製作的香皂花香氣好又持久，用來送禮很好」，因此答案要選②。

**單字** 꽃다 插(花)　두다 放置、擺放　왜냐하면 因為　꽃병 花瓶　며칠 幾天　지나다 經過　버리다 丟棄　향기 香氣、香味　오래가다 持久

**2. 사물인터넷** 物聯網

**解析** 文章最後提到「物聯網(IoT)指的是家中的設備透過網路互相連結，為人們提供便利的服務」，因此答案要選④。

**單字** 시대 時代　사물 事物、物品　세탁기 洗衣機　텔레비전 電視　연결되다 連接　편리하다 便利、方便　서비스 服務　IoT 物聯網

3.

　　사람들은 보통 하루 24시간 중 7~8시간 잠을 잡니다. 이렇게 많이 자는 이유는 내일을 위해서 쉬어야 하기 때문입니다. 그래서 잠을 잘 자야 합니다. 많은 사람들은 잘 때 옷을 입고 자는데 사실 옷을 벗고 자는 것이 건강에 더 좋습니다. 옷을 벗고 자면 피가 잘 통하고 편하기 때문입니다.

① 사람들은 하루 24시간 잡니다.
② 잠을 잘 자면 피가 잘 통합니다.
③ 옷을 벗고 자야 건강에 좋습니다.
④ 열심히 일하면 잠을 많이 자야 합니다.

4.

　　한국에는 3가지 장이 있습니다. 바로 된장, 간장, 고추장입니다. 된장은 삶은 콩으로 만듭니다. 그리고 된장을 만들 때 삶은 콩과 소금물로 간장도 만듭니다. 고추장은 고춧가루와 찹쌀가루로 만듭니다. 이렇게 만든 된장, 간장, 고추장은 거의 모든 한국 음식에 들어갑니다.

① 한국에는 네 가지 장이 있습니다.
② 간장과 고추장은 소금물로 만듭니다.
③ 삶은 콩과 고춧가루로 고추장을 만듭니다.
④ 대부분의 한국 음식에는 세 가지 장이 들어갑니다.

---

**3. 잠 睡眠**

**解析** 文章中提到「其實脫衣服睡覺對健康更好」，因此答案要選③。

**單字** 하루 一天 잠 睡眠 자다 睡 이유 原因、理由 쉬다 休息 사실 其實、事實上 벗다 脫掉 건강 健康 피 血液 통하다 暢通

**4. 장 醬**

**解析** 文章最後提到「這樣製成的大醬、醬油和辣椒醬，幾乎會加進所有韓國料理」，因此答案要選④。

**單字** 장 醬 된장 大醬 삶다 煮 콩 黃豆、大豆 소금물 鹽水 고춧가루 辣椒粉 찹쌀가루 糯米粉 모든 所有

**5~8** ( ㉠ )에 들어갈 알맞은 말을 고르십시오.

**5.**

> '벽화 마을'을 들어 본 적이 있습니까? 벽화 마을은 오래된 마을 벽에 아름다운 그림을 그려서 유명해진 마을입니다. 전국에 열 곳이 넘는 마을이 벽화로 유명합니다. 벽화 마을은 벽마다 다양한 그림이 아름다워서 찾아오는 관광객이 많습니다. (    ㉠    ) 관광객이 많아지니까 마을이 시끄러워지고 더러워져서 불평하는 사람들도 점점 많아지고 있습니다.

① 그리고
② 그래도
③ 그렇지만
④ 그러니까

**6.**

> 바나나는 어디에서든지 쉽게 살 수 있는 과일입니다. 가격도 싸고 맛있어서 많은 사람들이 즐겨 먹습니다. 소화가 잘 안 될 때 바나나를 먹으면 소화를 도와줘서 속이 편해집니다. 또한 우울하거나 스트레스를 받을 때 바나나를 먹으면 기분이 좋아집니다. 밤에 (    ㉠    ) 힘들 때에도 도움이 되니까 바나나를 우유와 같이 드시면 좋습니다.

① 잠이 안 와서
② 잠이 안 오면
③ 잠이 안 오기가
④ 잠이 안 오다가

---

**5. 벽화 마을 壁畫村**

**解析** 前文提到壁畫村因為美麗的圖畫吸引許多觀光客，後文則說明觀光客變多導致的負面影響，前後內容相反，因此答案要選轉折詞③。

**單字** 벽화 壁畫 벽 牆壁 찾아오다 來訪 관광객 觀光客 시끄럽다 吵鬧、吵雜 불평하다 抱怨

**6. 바나나 香蕉**

**解析** 根據文章內容，應該選擇能表達「晚上覺得痛苦」的理由，因此答案要選①。

**單字** 바나나 香蕉 어디에서든지 隨處、任何地方 즐기다 喜愛、喜歡 소화 消化 속이 편해지다 腸胃變舒服 우울하다 憂鬱

**7.**

　　가을이 되면 나뭇잎의 색이 변하는 단풍을 볼 수 있습니다. 단풍의 색은 크게 빨간색, 노란색, 갈색 3가지로 나눌 수 있는데, 그중 한국은 빨간 단풍이 특히 아름답습니다. 사람들은 단풍을 보러 산과 들로 소풍을 가는 것을 좋아합니다. 단풍은 날씨가 아주 맑고 추워질 때 잘 만들어집니다. 그렇지만 (　　㉠　　) 따뜻한 날이 많으면 단풍은 잘 만들어지지 않습니다.

① 흐리고
② 습하고
③ 쌀쌀하고
④ 시원하고


**8.**

　　한국에는 "원숭이도 나무에서 떨어진다"라는 말이 있습니다. 아무리 익숙하게 잘하는 일도 가끔 실수할 때가 있다는 의미입니다. 누구나 시험, 운동 경기, 사업에서 (　　㉠　　). 하지만 이때 그만두지 말고 끝까지 노력해야 합니다. 노력하는 사람은 좋은 결과를 얻을 수 있습니다.

① 성공하기도 합니다
② 실수할 수 있습니다
③ 성적을 궁금해 합니다
④ 좋은 결과를 기대합니다

---

**7. 단풍 楓葉**

**解析** 根據文章內容，楓葉在「天氣非常晴朗又變冷時」長得很好，表示如果天氣「陰天且暖和」，楓葉就不容易形成，因此答案要選①。

**單字** 가을 秋天　나뭇잎 樹葉　단풍 楓葉　빨간색 紅色　노란색 黃色　갈색 棕色　나누다 分成　그중 當中　소풍 郊遊　추워지다 變冷　만들어지다 變成、形成　습하다 潮濕　쌀쌀하다 冷颼颼

**8. 속담 俗諺**

**解析** 前文提到「再怎麼熟練擅長的事情，偶爾也會有出錯的時候」，後方應與此相呼應，連接「任何人在考試、運動競賽、事業上有可能犯錯」表達相同的意思，因此答案要選②。

**單字** 원숭이 猴子　아무리 無論、不管　익숙하다 熟悉　잘하다 擅長　의미 意思、意義　누구나 任何人、無論是誰　사업 生意、事業　그만두다 放棄、停止　끝 最後　노력하다 努力　성공하다 成功　기대하다 期待

**9~10** 다음을 읽고 중심 내용을 고르십시오.

**9.**

> 혼자 여행하는 것을 좋아하는 사람들이 있습니다. 혼자 여행하면 버스나 기차를 타고 다닐 때 창문 밖을 보면서 이런저런 생각을 정리할 수 있습니다. 그리고 옆자리에 앉은 사람들과 이야기를 하면서 자기가 모르는 새로운 이야기도 들을 수 있습니다.

① 혼자 여행하면 좋은 점이 많습니다.
② 버스나 기차 안에서 떠들면 안 됩니다.
③ 생각을 정리하고 싶을 때 혼자 여행합니다.
④ 모르는 사람들과 이야기하면 재미있습니다.

**10.**

> 시끄러운 소리를 소음이라고 합니다. 우리는 보통 소음이라고 하면 기분이 나빠지는 소리를 생각합니다. 그런데 소음 중에는 기분이 좋아지는 소음도 있습니다. 이것을 백색 소음이라고 합니다. 비 오는 소리, 물이 흐르는 소리, 바람에 나뭇가지가 흔들리는 소리는 모두 백색 소음입니다.

① 소음을 들으면 기분이 나빠집니다.
② 기분이 나쁠 때 소음을 들어야 합니다.
③ 백색 소음은 기분이 좋아지는 소음입니다.
④ 우리가 듣는 소음은 모두 백색 소음입니다.

---

**9. 혼자 하는 여행** 獨旅

**解析** 根據文章內容，獨旅可以整理思緒，還能聆聽新故事，這些都是獨旅的好處，因此答案要選①。

**單字** 기차 火車 다니다 來往、往返 이런저런 這樣那樣的 정리하다 整理、整頓 옆자리 鄰座 떠들다 吵鬧、喧嘩

**10. 백색 소음** 白噪音

**解析** 根據文章內容，噪音當中也有能讓人心情變好的白噪音，因此答案要選③。

**單字** 시끄럽다 吵雜 소리 聲音 소음 噪音 흐르다 流動 나뭇가지 樹枝 흔들리다 搖曳、搖動

**11.** 다음 문장이 들어갈 곳을 고르십시오.

> 우리 집에는 만화책이 아주 많습니다. ( ㉠ ) 제 취미가 만화책 읽는 것이기 때문입니다. ( ㉡ ) 만화책을 읽으면 여러 가지 상상을 할 수 있어서 좋습니다. ( ㉢ ) 과거나 미래에 다녀오거나 다른 나라에서 멋있는 사람을 만나는 상상도 합니다. ( ㉣ ) 기회가 되면 그 이야기를 만화책으로 만들고 싶습니다.

> 가끔은 제가 상상한 것을 글로 써 놓기도 합니다.

① ㉠   ② ㉡   ③ ㉢   ④ ㉣

**12.** 다음을 순서대로 맞게 나열한 것을 고르십시오.

> (가) 그래서 학교에 가지 못했습니다.
> (나) 오늘 새벽부터 열이 많이 났습니다.
> (다) 어제 비를 많이 맞았는데 그것 때문인 것 같습니다.
> (라) 다음에는 일기예보를 잘 보고 우산도 가지고 다녀야겠습니다.

① (나)-(가)-(다)-(라)   ② (나)-(라)-(가)-(다)
③ (다)-(가)-(나)-(라)   ④ (다)-(가)-(나)-(다)

---

**11. 만화책** 漫畫

**解析** 根據文章內容，因為有時候會把想像的內容用文字寫下來，所以想創作成漫畫，這樣連接最為通順，因此答案要選④。

**單字** 만화책 漫畫　상상 想像　과거 過去　미래 未來　가끔 有時候、偶爾　기회 機會

**12. 일기예보** 天氣預報

**解析** 因為發燒而無法去學校，而發燒的原因是昨天淋了雨，最後提到下次應該看天氣預報才能避免淋到雨，因此答案要選①。

**單字** 새벽 凌晨　열이 나다 發燒　비를 맞다 淋雨　때문 因為、由於　일기예보 天氣預報　우산 雨傘

## 主題 10 其他・常識

| 單字 | 中文 | 單字 | 中文 |
|---|---|---|---|
| 꽂다 | 插(花) | 벽 | 牆壁 |
| 두다 | 放置、擺放 | 찾아오다 | 來訪 |
| 왜냐하면 | 因為 | 관광객 | 觀光客 |
| 꽃병 | 花瓶 | 시끄럽다 | 吵鬧、吵雜 |
| 며칠 | 幾天 | 불평하다 | 抱怨 |
| 지나다 | 經過 | 바나나 | 香蕉 |
| 버리다 | 丟棄 | 어디에서든지 | 隨處、任何地方 |
| 향기 | 香氣、香味 | 즐기다 | 喜愛、喜歡 |
| 오래가다 | 持久 | 소화 | 消化 |
| 시대 | 時代 | 속이 편해지다 | 腸胃變舒服 |
| 사물 | 事物、物品 | 우울하다 | 憂鬱 |
| 세탁기 | 洗衣機 | 가을 | 秋天 |
| 텔레비전 | 電視 | 나뭇잎 | 樹葉 |
| 연결되다 | 連接 | 단풍 | 楓葉 |
| 편리하다 | 便利、方便 | 빨간색 | 紅色 |
| 서비스 | 服務 | 노란색 | 黃色 |
| IoT | 物聯網 | 갈색 | 棕色 |
| 하루 | 一天 | 나누다 | 分成 |
| 잠 | 睡眠 | 그중 | 當中 |
| 자다 | 睡 | 소풍 | 郊遊 |
| 이유 | 原因、理由 | 추워지다 | 變冷 |
| 쉬다 | 休息 | 만들어지다 | 變成、形成 |
| 사실 | 其實、事實上 | 습하다 | 潮濕 |
| 벗다 | 脫掉 | 쌀쌀하다 | 冷颼颼 |
| 건강 | 健康 | 원숭이 | 猴子 |
| 피 | 血液 | 아무리 | 無論、不管 |
| 통하다 | 暢通 | 익숙하다 | 熟悉 |
| 장 | 醬 | 잘하다 | 擅長 |
| 된장 | 大醬 | 의미 | 意思、意義 |
| 삶다 | 煮 | 누구나 | 任何人、無論是誰 |
| 콩 | 黃豆、大豆 | 사업 | 生意、事業 |
| 소금물 | 鹽水 | 그만두다 | 放棄、停止 |
| 고춧가루 | 辣椒粉 | 끝 | 最後 |
| 찹쌀가루 | 糯米粉 | 노력하다 | 努力 |
| 모든 | 所有 | 성공하다 | 成功 |
| 벽화 | 壁畫 | 기대하다 | 期待 |

## 其他・常識　主題 10

| 單字 | 中文 | 單字 | 中文 |
| --- | --- | --- | --- |
| 기차 | 火車 | 만화책 | 漫畫 |
| 다니다 | 來往、往返 | 상상 | 想像 |
| 이런저런 | 這樣那樣的 | 과거 | 過去 |
| 정리하다 | 整理、整頓 | 미래 | 未來 |
| 옆자리 | 鄰座 | 가끔 | 有時候、偶爾 |
| 떠들다 | 吵鬧、喧嘩 | 기회 | 機會 |
| 시끄럽다 | 吵雜 | 새벽 | 凌晨 |
| 소리 | 聲音 | 열이 나다 | 發燒 |
| 소음 | 噪音 | 비를 맞다 | 淋雨 |
| 흐르다 | 流動 | 때문 | 因為、由於 |
| 나뭇가지 | 樹枝 | 일기예보 | 天氣預報 |
| 흔들리다 | 搖曳、搖動 | 우산 | 雨傘 |

# Part

# 實戰
# 模擬試題

3

# 제1회
# 실전 모의고사

## 한국어능력시험 I
## (초급)

### 읽기

| 수험번호(Registration No.) | |
|---|---|
| 이름 (Name) | 한국어(Korean) |
| | 영 어(English) |

# 유 의 사 항
## Information

1. 시험 시작 지시가 있을 때까지 문제를 풀지 마십시오.
   Do not open the booklet until you are allowed to start.

2. 수험번호와 이름은 정확하게 적어 주십시오.
   Write your name and registration number on the answer sheet.

3. 답안지를 구기거나 훼손하지 마십시오.
   Do not fold the answer sheet; keep it clean.

4. 답안지의 이름, 수험번호 및 정답의 기입은 배부된 펜을 사용하여 주십시오.
   Use the given pen only.

5. 정답은 답안지에 정확하게 표시하여 주십시오.
   Mark your answer accurately and clearly on the answer sheet.

   marking example ① ● ③ ④

6. 문제를 읽을 때에는 소리가 나지 않도록 하십시오.
   Keep quiet while answering the questions.

7. 질문이 있을 때에는 손을 들고 감독관이 올 때까지 기다려 주십시오.
   When you have any questions, please raise your hand.

# TOPIK I 읽기(31 ~ 70번)

※ [31~33] 무엇에 대한 내용입니까? 보기 와 같이 알맞은 것을 고르십시오. (각 2점)

보기

덥습니다. 바다에서 수영합니다.

❶ 여름　　② 날씨　　③ 나이　　④ 나라

31.

도서관에 갑니다. 책을 읽습니다.

① 독서　　② 쇼핑　　③ 운동　　④ 하루

32.

오늘은 1월 1일입니다. 가족들이 모였습니다.

① 직업　　② 장소　　③ 고향　　④ 설날

33.

오늘은 저의 생일입니다. 친구한테서 시계를 받았습니다.

① 계획　　② 시간　　③ 선물　　④ 취미

※ [34~39] 보기 와 같이 ( )에 들어갈 말로 가장 알맞은 것을 고르십시오.

보기

저는 ( )에 갔습니다. 책을 샀습니다.
① 극장   ❷ 서점   ③ 공원   ④ 세탁

**34.** (2점)

언니는 가수입니다. 노래( ) 아주 잘 합니다.

① 와   ② 를   ③ 의   ④ 에

**35.** (2점)

저는 왕밍 입니다. 중국( ) 왔습니다.

① 으로   ② 에게   ③ 에서   ④ 하고

**36.** (2점)

방이 더럽습니다. 청소기를 ( ).

① 넣습니다   ② 나옵니다   ③ 닫습니다   ④ 돌립니다

**37.** (3점)

이사를 합니다. 새집이 아주 ( ).

① 짧습니다   ② 넓습니다   ③ 쉽습니다   ④ 많습니다

**38.** (3점)

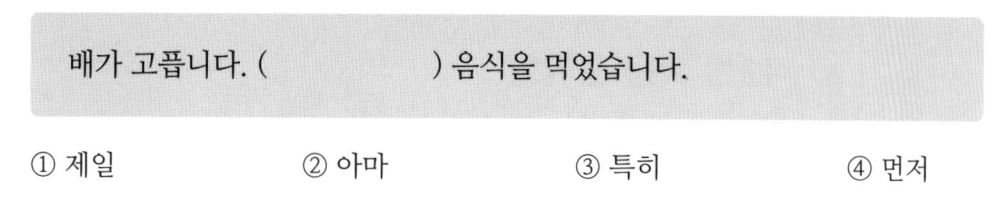

| 배가 고픕니다. (　　　) 음식을 먹었습니다. |

① 제일　　② 아마　　③ 특히　　④ 먼저

**39.** (2점)

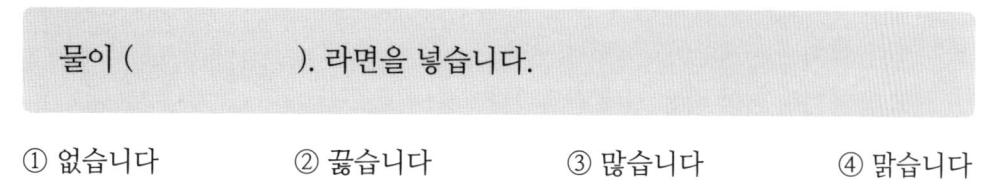

| 물이 (　　　). 라면을 넣습니다. |

① 없습니다　　② 끓습니다　　③ 많습니다　　④ 맑습니다

※ [40~42] 다음을 읽고 맞지 <u>않는</u> 것을 고르십시오. (각 3점)

**40.**

동현 씨,
오늘 영화 재미있었어요.
저는 방금 집에 왔어요.
내일 회사에서 만나요!

은지

① 동현 씨는 내일 출근합니다.
② 은지 씨는 지금 집에 없습니다.
③ 은지 씨는 오늘 극장에 갔습니다.
④ 동현 씨와 은지 씨는 오늘 만났습니다.

**41.**

**12월 겨울 음악회**

- **일시** : 12월 24일(토) ~ 25일(일),
  오후 7시~9시
- **장소** : 국제대학교
- **노래** : 김영희    · **피아노** : 박은빈

① 음악회는 주말에 합니다.
② 음악회는 국제대학교에서 합니다.
③ 음악회는 저녁 아홉 시에 끝납니다.
④ 음악회에서 박은빈 씨가 노래를 부릅니다.

**42.**

**서울 미술관 안내문**

< 이용 안내 >
화요일 ~ 금요일 : 10:00 ~ 21:00
토요일, 일요일   : 10:00 ~ 18:00
* 매주 월요일은 쉽니다.

① 주말에는 오후 여섯 시까지 합니다.
② 월요일에는 미술관이 문을 안 엽니다.
③ 평일에는 밤 아홉 시까지 이용할 수 있습니다.
④ 미술관은 주말보다 평일에 일찍 문을 닫습니다.

※ [43~45] 다음을 읽고 내용이 같은 것을 고르십시오.

43. (3점)

> 어제 박물관에서 친구를 만났습니다. 우리는 박물관을 구경하면서 이야기했습니다. 저녁에는 우리 집에서 같이 밥을 먹었습니다.

① 저는 저녁에 박물관을 구경했습니다.
② 저는 친구가 일하는 박물관에 갔습니다.
③ 저는 박물관에 가서 친구를 만났습니다.
④ 저는 친구와 박물관에서 밥을 먹었습니다.

44. (2점)

> 저는 어제 연극을 봤습니다. 연극이 재미있어서 아버지께 표 두 장을 사 드렸습니다. 아버지는 내일 어머니와 연극을 보러 가실 겁니다.

① 아버지는 연극 표를 사셨습니다.
② 저는 아버지와 연극을 봤습니다.
③ 어머니는 내일 연극을 보실 겁니다.
④ 아버지가 저에게 영화표를 주셨습니다.

45. (3점)

> 오후에 갑자기 비가 왔습니다. 저는 우산이 없어서 걱정했습니다. 그래서 편의점에서 우산을 샀습니다. 그런데 비가 그쳤습니다.

① 아침부터 비가 내렸습니다.
② 편의점에 우산이 없었습니다.
③ 저는 우산을 가지고 왔습니다.
④ 우산을 샀는데 비가 그쳤습니다.

※ [46~48] 다음을 읽고 중심 내용을 고르십시오.

**46.** (3점)

> 한국의 겨울은 아주 춥습니다. 그런데 우리 고향에는 겨울이 없습니다. 저는 빨리 봄이 되었으면 좋겠습니다.

① 저는 겨울을 좋아합니다.
② 저는 겨울을 기다립니다.
③ 저는 겨울이 추워서 힘듭니다.
④ 저는 봄에 고향에 가고 싶습니다.

**47.** (3점)

> 내일은 제가 수업 시간에 발표를 하는 날입니다. 그런데 오늘 집에 손님이 와서 발표 준비를 하지 못했습니다. 오늘 밤에 준비해야 하는데 시간이 부족합니다.

① 저는 발표를 잘 할 수 있습니다.
② 저는 손님이 와서 발표를 못했습니다.
③ 저는 발표할 때 시간이 부족했습니다.
④ 저는 발표 준비 때문에 걱정이 됩니다.

**48.** (2점)

> 보통 편지를 보내거나 소포를 보낼 때 우체국에 갑니다. 그런데 우체국에서는 다른 일도 할 수 있습니다. 통장을 만들거나 보험 가입도 할 수 있습니다.

① 우체국에서 할 수 있는 일이 많습니다.
② 우체국에서는 통장을 만들 수 없습니다.
③ 우체국에 가서 다른 일을 하면 안 됩니다.
④ 우체국에서는 편지와 소포만 보낼 수 있습니다.

※ [49~50] 다음을 읽고 물음에 답하십시오. (각2점)

> 아침에 일어났는데 눈이 빨갛고 간지러웠습니다. 그리고 눈물도 계속 났습니다. 어제 수영장에 갔는데 그것 때문에 눈병에 걸린 것 같습니다. 병원에서 눈에 (  ㉠  )을 받았습니다. 간지러워도 눈을 만지면 안 되니까 너무 불편합니다.

**49.** ㉠에 들어갈 말로 가장 알맞은 것을 고르십시오.

① 넣는 약   ② 놓는 약
③ 두는 약   ④ 맞는 약

**50.** 윗글의 내용과 같은 것을 고르십시오.

① 병원에서 눈병에 걸렸습니다.
② 눈병 때문에 눈물이 났습니다.
③ 눈을 만지면 눈병에 걸립니다.
④ 어제부터 눈이 간지러웠습니다.

※ [51~52] 다음을 읽고 물음에 답하십시오.

> 낮잠을 자면 일도 잘 할 수 있고 기분도 좋아집니다. 그러나 너무 많이 자면 잠을 계속 자고 싶거나 밤에 잠을 못 잘 수도 있습니다. 낮잠을 잘 ( ㉠ ) 12시부터 4시 사이에 자는 것이 좋고 20분~40분 정도 자면 기분 좋은 하루를 보낼 수 있습니다.

51. ㉠에 들어갈 말로 가장 알맞은 것을 고르십시오. (3점)

① 자려면
② 자면서
③ 자다가
④ 잔 후에

52. 무엇에 대한 내용인지 맞는 것을 고르십시오. (2점)

① 낮잠을 자는 이유
② 낮잠을 잘 자는 방법
③ 낮잠을 잘 때 필요한 것
④ 낮잠을 잘 때 하면 안 되는 것

※ [53~54] 다음을 읽고 물음에 답하십시오.

> 요즘 날씨가 더워져서 어제 옷장을 정리했습니다. 두꺼운 옷은 상자에 담고 얇은 여름옷은 꺼냈습니다. 그 다음에 여름옷 몇 벌을 입어 보았는데 옷이 모두 작아서 입을 수 없었습니다. 몇 달 동안 운동을 안 해서 살이 찐 것 같습니다. 다시 ( ㉠ ).

**53.** ㉠에 들어갈 말로 알맞은 것을 고르십시오. (2점)

① 상자를 사야겠습니다
② 운동을 해야겠습니다
③ 옷을 입어봐야겠습니다
④ 옷장을 정리해야겠습니다

**54.** 윗글의 내용과 같은 것을 고르십시오. (3점)

① 두꺼운 옷을 옷장에서 꺼냈습니다.
② 여름옷이 작아서 모두 버렸습니다.
③ 옷이 모두 작아서 입을 옷이 없습니다.
④ 살을 빼려고 몇 달 동안 운동을 했습니다.

※ [55~56] 다음을 읽고 물음에 답하십시오.

우리 나라에서는 쓰레기를 버릴 때 여러 가지 쓰레기를 비닐봉투에 담아서 한 번에 버립니다. ( ㉠ ) 한국에서는 이렇게 하면 안 됩니다. 쓰레기는 반드시 나눠서 버려야 합니다. 유리병, 종이, 플라스틱은 다시 사용할 수 있으니까 깨끗하게 해서 버려야 합니다. 음식도 음식 버리는 곳에 따로 버려야 합니다.

55. ㉠에 들어갈 말로 가장 알맞은 것을 고르십시오. (2점)
① 그런데
② 그리고
③ 그래서
④ 그러면

56. 윗글의 내용과 같은 것을 고르십시오. (3점)
① 음식 쓰레기를 버리는 방법은 쉽습니다.
② 한국에서는 쓰레기를 나눠서 버려야 합니다.
③ 쓰레기는 비닐봉투에 버리는 것이 좋습니다.
④ 우리 나라에서는 쓰레기를 깨끗하게 해서 버립니다.

※ [57~58] 다음을 순서에 맞게 배열한 것을 고르십시오.

**57.** (2점)

> (가) 청바지로 만드니까 가방이 가볍고 튼튼해서 좋습니다.
> (나) 유행이 지난 청바지로 가방을 만들어 봤습니다.
> (다) 그리고 옷을 버리지 않아도 되니까 쓰레기도 줄일 수 있습니다.
> (라) 몇 개 더 만들어서 선물해야겠습니다.

① (나) – (가) – (다) – (라)   ② (나) – (다) – (라) – (가)
③ (다) – (라) – (가) – (나)   ④ (다) – (라) – (나) – (가)

**58.** (3점)

> (가) 화분에는 '힘내! 사랑해!'라고 쓰여 있었습니다.
> (나) 저는 그 화분을 사무실 책상 위에 두었습니다.
> (다) 친구한테서 선물로 작은 화분을 받았습니다.
> (라) 사무실에서 화분을 볼 때마다 정말 힘이 나는 것 같습니다.

① (가) – (나) – (다) – (라)   ② (가) – (나) – (라) – (다)
③ (다) – (가) – (나) – (라)   ④ (다) – (라) – (나) – (가)

※ [59~60] 다음을 읽고 물음에 답하십시오.

> 저는 지난달부터 빵 만드는 것을 배우고 있습니다. 처음에는 빵을 만드는 것이 어려웠습니다. ( ㉠ ) 시간도 많이 걸리고 맛도 별로 없었습니다. ( ㉡ ) 그렇지만 매일 연습하니까 시간도 오래 걸리지 않고 빵 맛도 점점 좋아졌습니다. ( ㉢ ) 그때 제가 만든 빵을 친구들에게 선물하려고 합니다. ( ㉣ ) 친구들이 좋아하는 모습을 생각하면 벌써 기분이 좋아집니다.

59. 다음 문장이 들어갈 곳으로 가장 알맞은 것을 고르십시오. (2점)

> 한 달 후에 크리스마스가 있습니다.

① ㉠  ② ㉡  ③ ㉢  ④ ㉣

60. 윗글의 내용과 같은 것을 고르십시오. (3점)

① 지난달에 빵을 사러 갔습니다.
② 친구들이 저에게 빵을 사 주었습니다.
③ 처음 빵을 만들 때 어렵지 않았습니다.
④ 저는 매일 빵을 만드는 연습을 합니다.

※ [61~62] 다음을 읽고 물음에 답하십시오. (각 2점)

> 어제는 여자친구 생일이었습니다. 그래서 여자친구에게 줄 꽃다발을 사러 꽃집에 갔습니다. 그런데 그 꽃집은 꽃다발을 하나 팔 때마다 생활이 어려운 사람들에게 500원을 보내주는 곳이었습니다. 내가 필요한 물건을 사면서 다른 사람도 도울 수 있어서 기분이 좋았습니다. 여자친구에게 꽃다발을 줄 때 이 꽃집 이야기를 (  ㉠  ) 여자친구가 아주 기뻐했습니다. 다른 친구들에게도 이 꽃집을 소개해 줘야겠습니다.

61. ㉠에 들어갈 말로 가장 알맞은 것을 고르십시오.

① 하면서  ② 하니까
③ 하기로  ④ 하려고

62. 윗글의 내용과 같은 것을 고르십시오.

① 어제는 제 생일이었습니다.
② 여자친구와 꽃집에 갔습니다.
③ 여자친구가 제게 꽃다발을 주었습니다.
④ 꽃다발을 사면 다른 사람을 도울 수 있습니다.

※ [63~64] 다음을 읽고 물음에 답하십시오.

> 여러분, 안녕하세요?
> 우리 한국어학당에 그림 동아리가 생겼습니다.
> 여기에서는 한국 전통 그림을 배울 수 있습니다.
> 매주 토요일 오후 2시부터 4시까지 301호 교실에서 모입니다.
> 그림을 그릴 때 필요한 것은 모두 무료로 빌려줍니다.
> 신청은 다음 주 금요일까지 사무실로 와서 하면 됩니다.
> 한국 전통 그림에 관심이 있는 학생들의 많은 참여 부탁드립니다.
>
> 한국어학당

**63.** 왜 윗글을 썼는지 맞는 것을 고르십시오. (2점)

① 그림 전시회를 알려주려고
② 한국 전통 그림을 소개하려고
③ 한국어학당 신청 방법을 알려주려고
④ 그림 동아리에 참여할 사람을 모으려고

**64.** 윗글의 내용과 같은 것을 고르십시오. (3점)

① 토요일에 4시간 동안 그림을 그립니다.
② 이 동아리에서 그림을 배울 수 있습니다.
③ 이 동아리에서 그림을 그릴 때 돈을 내야 합니다.
④ 동아리 신청을 하고 싶은 사람은 이번 주까지 해야 합니다.

※ [65~66] 다음을 읽고 물음에 답하십시오.

> 요즘 비가 자주 와서 농구를 못했는데 어제는 오랜만에 날씨가 좋았습니다. 그래서 친구들과 같이 농구를 했습니다. 그런데 농구를 ( ㉠ ) 다리를 다쳤습니다. 아프기는 했지만 걸을 수 있어서 병원에 안 갔습니다. 그런데 오늘 아침에 일어나니까 어제보다 다리가 더 아팠습니다. 다리가 많이 부어 있었습니다. 수업이 끝나면 바로 병원에 가려고 합니다.

**65.** ㉠에 들어갈 말로 가장 알맞은 것을 고르십시오. (2점)

① 하니까
② 하려고
③ 하다가
④ 하거나

**66.** 윗글의 내용과 같은 것을 고르십시오. (3점)

① 어제 오랜만에 농구를 했습니다.
② 어제 다리 때문에 병원에 갔습니다.
③ 다리를 다쳐서 걸을 수 없었습니다.
④ 오늘은 어제보다 다리가 덜 아팠습니다.

※ [67~68] 다음을 읽고 물음에 답하십시오. (각 3점)

> 요즘은 자기가 잘하는 것으로 봉사 활동을 하는 사람들이 많습니다. 노래를 잘하는 사람은 사람들에게 노래를 불러주거나 노래 부르는 방법을 가르쳐줍니다. 그림을 잘 그리는 사람은 그림을 그려주거나 그림 그리는 방법을 알려줍니다. 외국어를 잘하는 사람은 외국어를 가르쳐 줍니다. 이렇게 자신의 능력으로 ( ㉠ ) 일은 시간과 노력이 필요하지만 큰 기쁨을 느낄 수 있습니다.

**67.** ㉠에 들어갈 말로 가장 알맞은 것을 고르십시오.

① 많은 돈을 모으는  ② 다른 사람을 돕는
③ 좋은 직업을 구하는  ④ 사람들에게 배우는

**68.** 윗글의 내용과 같은 것을 고르십시오.

① 그림을 그려서 전시회를 합니다.
② 노래를 부르는 것이 재미있습니다.
③ 다른 사람을 돕는 일을 하면 기쁩니다.
④ 외국어를 배우려면 봉사 활동을 해야 합니다.

※ [69~70] 다음을 읽고 물음에 답하십시오. (각 3점)

> 어제는 제가 제주도에 온 지 3년이 되는 날이었습니다. 그래서 가족들과 함께 케이크를 사서 작은 파티를 했습니다. 제주도에 와서 제 건강이 좋아진 것을 축하하는 파티였습니다. 우리는 도시에서 살 때와 여기에서 사는 것을 비교하면서 이야기를 많이 했습니다. 만약에 도시에서 계속 ( ㉠ ) 제 건강은 더 나빠졌을 겁니다. 맑은 공기와 깨끗한 물을 마시는 것은 참 중요한 것 같습니다.

69. ㉠에 들어갈 말로 가장 알맞은 것을 고르십시오.
    ① 살았으면    ② 지내다가
    ③ 지내니까    ④ 살아보고

70. 윗글의 내용으로 알 수 있는 것을 고르십시오.
    ① 제주도는 공기와 물이 깨끗합니다.
    ② 파티에 온 손님이 아주 많았습니다.
    ③ 도시로 이사한 후에 건강이 좋아졌습니다.
    ④ 이 사람은 가족 때문에 제주도에 왔습니다.

# 제2회
# 실전 모의고사

## 한국어능력시험 I
## (초급)

### 읽기

| 수험번호(Registration No.) | |
| --- | --- |
| 이름 (Name) — 한국어(Korean) | |
| 영 어(English) | |

# 유 의 사 항
## Information

1. 시험 시작 지시가 있을 때까지 문제를 풀지 마십시오.
   Do not open the booklet until you are allowed to start.

2. 수험번호와 이름은 정확하게 적어 주십시오.
   Write your name and registration number on the answer sheet.

3. 답안지를 구기거나 훼손하지 마십시오.
   Do not fold the answer sheet; keep it clean.

4. 답안지의 이름, 수험번호 및 정답의 기입은 배부된 펜을 사용하여 주십시오.
   Use the given pen only.

5. 정답은 답안지에 정확하게 표시하여 주십시오.
   Mark your answer accurately and clearly on the answer sheet.

   marking example  ① ● ③ ④

6. 문제를 읽을 때에는 소리가 나지 않도록 하십시오.
   Keep quiet while answering the questions.

7. 질문이 있을 때에는 손을 들고 감독관이 올 때까지 기다려 주십시오.
   When you have any questions, please raise your hand.

## TOPIK I 읽기(31 ~ 70번)

※ [31~33] 무엇에 대한 내용입니까? 보기 와 같이 알맞은 것을 고르십시오. (각 2점)

보기

포도를 먹었습니다. 포도가 맛있었습니다.

① 공부     ❷ 과일     ③ 여름     ④ 생일

31.

형은 나보다 두 살 많습니다. 스물두 살입니다.

① 날짜     ② 나이     ③ 가족     ④ 시간

32.

소금은 짭니다. 레몬은 십니다.

① 맛     ② 값     ③ 쇼핑     ④ 과일

33.

저는 비빔밥을 좋아합니다. 동생은 불고기를 좋아합니다.

① 취미     ② 선물     ③ 공부     ④ 음식

※ [34~39] 보기 와 같이 (   )에 들어갈 말로 가장 알맞은 것을 고르십시오.

보기

(        )에 갑니다. 편지를 보냅니다.

① 서점　　　② 공항　　　❸ 우체국　　　④ 대사관

**34.** (2점)

도서관에 갑니다. (        )을 빌립니다.

① 옷　　　② 돈　　　③ 책　　　④ 집

**35.** (2점)

언니는 회사(        ) 다닙니다. 회사원입니다.

① 도　　　② 에　　　③ 에서　　　④ 부터

**36.** (2점)

날씨가 춥습니다. 모자를 (        ).

① 씁니다　　　② 합니다　　　③ 입습니다　　　④ 신습니다

**37.** (3점)

시험이 끝났습니다. 그래서 도서관에 학생이 (        ) 없습니다.

① 먼저　　　② 별로　　　③ 잠깐　　　④ 제일

**38.** (3점)

> 오늘은 제 생일입니다. 그래서 저녁에 친구들을 집으로 (        ).

① 만났습니다   ② 기다렸습니다   ③ 초대했습니다   ④ 사귀었습니다

**39.** (2점)

> 우리 집에서 학교까지 (        ). 걸어서 5분쯤 걸립니다.

① 조용합니다   ② 깨끗합니다   ③ 복잡합니다   ④ 가깝습니다

※ [40~42] 다음을 읽고 맞지 <u>않는</u> 것을 고르십시오. (각 3점)

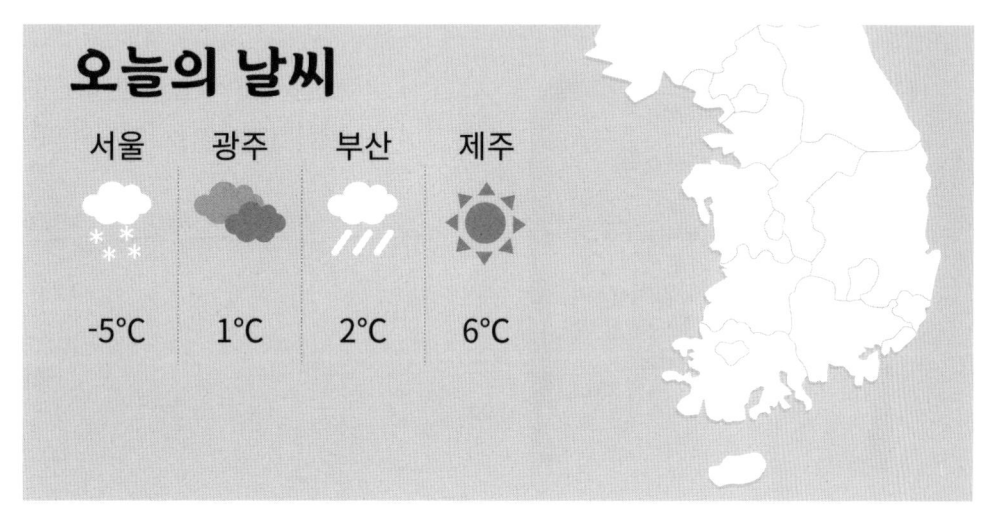

**오늘의 날씨**

| 서울 | 광주 | 부산 | 제주 |
|---|---|---|---|
| -5°C | 1°C | 2°C | 6°C |

① 부산은 눈이 옵니다.
② 서울이 제일 춥습니다.
③ 광주는 날씨가 흐립니다.
④ 제주는 날씨가 맑습니다.

41.

**맛나 식당**

김치찌개 8,000원     된장찌개 8,000원
비빔밥 8,000원       불고기 9,000원
*밥은 무료입니다.

영업시간: 오전 11:00 ~ 오후 8:00
토요일과 일요일은 쉽니다.

① 음식값이 모두 같습니다.
② 오전 열한 시에 문을 엽니다.
③ 주말에는 문을 열지 않습니다.
④ 음식을 시키면 밥은 공짜입니다.

42.

정민 씨, 전화를 안 받아서 메시지를 보내요. 오늘 저녁에 만나기로 했지요? 그런데 갑자기 일이 생겨서 약속을 지킬 수 없게 되었어요. 미안해요.
　　　　　　　　유나

① 정민 씨와 유나 씨는 오늘 만날 겁니다.
② 유나 씨는 일 때문에 약속을 못 지킵니다.
③ 정민 씨는 유나 씨의 전화를 받지 않았습니다.
④ 유나 씨가 정민 씨에게 보내는 문자 메시지입니다.

※ [43~45] 다음을 읽고 내용이 같은 것을 고르십시오.

**43.** (3점)

> 저는 축구 경기 보는 것을 좋아합니다. 여름에는 주말마다 축구 경기를 보러 축구장에 갑니다. 겨울에는 외국에서 하는 축구 경기를 텔레비전으로 봅니다.

① 저는 축구를 하는 것을 좋아합니다.
② 여름에 축구를 하러 축구장에 갑니다.
③ 주말마다 축구장에 가서 축구를 합니다.
④ 겨울에는 텔레비전으로 축구 경기를 봅니다.

**44.** (2점)

> 요즘 한국 친구와 언어 교환을 합니다. 우리는 일주일에 두 번 커피숍에서 만납니다. 저는 친구에게 영어를 가르쳐 주고 친구는 저에게 한국어를 가르쳐 줍니다.

① 저는 친구와 한 달에 두 번 만납니다.
② 저는 친구에게 영어를 가르쳐 줍니다.
③ 친구는 커피숍에서 아르바이트합니다.
④ 친구는 일주일에 두 번 한국어를 배웁니다.

**45.** (3점)

> 지난 주말에 친구와 함께 등산을 했습니다. 예쁜 단풍도 보고 좋은 공기도 마시니까 건강해지는 것 같았습니다. 건강을 위해서 자주 등산을 해야겠습니다.

① 지난 주말에 혼자 산에 갔습니다.
② 산에서 예쁜 단풍을 구경했습니다.
③ 등산하고 나서 기분이 좋아졌습니다.
④ 자주 등산을 하니까 건강해졌습니다.

※ [46~48] 다음을 읽고 중심 내용을 고르십시오.

**46.** (3점)

> 제 친구는 그림을 잘 그립니다. 그런데 저는 그림을 잘 못 그립니다. 저도 친구처럼 그림을 잘 그렸으면 좋겠습니다.

① 저는 그림을 잘 그립니다.
② 저는 화가가 되고 싶습니다.
③ 저는 친구를 그리고 싶습니다.
④ 저는 그림을 잘 그리고 싶습니다.

**47.** (3점)

> 집 근처에 반찬 가게가 새로 생겼습니다. 반찬이 맛있고 값도 쌉니다. 저는 이 반찬 가게에 자주 가려고 합니다.

① 반찬은 가격이 싸야 합니다.
② 반찬이 맛있으면 좋겠습니다.
③ 새로 생긴 반찬 가게가 마음에 듭니다.
④ 반찬 가게에 반찬이 많았으면 좋겠습니다.

**48.** (3점)

> 어머니는 항상 검은색 옷만 입습니다. 저는 어머니가 검은색 옷만 입지 않았으면 좋겠습니다. 그래서 저는 어머니를 위해서 분홍색 옷과 하늘색 옷을 샀습니다.

① 어머니는 검은색 옷만 삽니다.
② 어머니는 하늘색 옷을 샀습니다.
③ 어머니는 분홍색 옷을 좋아하지 않습니다.
④ 어머니가 다른 색 옷도 입었으면 좋겠습니다.

※ [49~50] 다음을 읽고 물음에 답하십시오. (각2점)

> 저는 전통시장에 자주 갑니다. 전통시장은 백화점이나 슈퍼마켓보다 가격이 쌉니다. 그리고 좋은 사장님을 만나면 물건을 살 때 사장님이 물건을 더 ( ㉠ ). 예전에는 주차장이 작아서 조금 불편했지만 요즘은 주차장이 크고 넓어져서 전통시장을 이용하는 것이 편리해졌습니다.

49. ㉠에 들어갈 말로 가장 알맞은 것을 고르십시오.
    ① 줘도 됩니다
    ② 주고 싶습니다
    ③ 주기도 합니다
    ④ 주면 좋겠습니다

50. 윗글의 내용과 같은 것을 고르십시오.
    ① 백화점은 조금 불편합니다.
    ② 전통시장은 주차장이 불편합니다.
    ③ 슈퍼마켓에는 주차장이 없습니다.
    ④ 저는 전통시장을 자주 이용합니다.

※ [51~52] 다음을 읽고 물음에 답하십시오.

> 고기를 구워 먹을 때는 채소를 같이 먹어야 합니다. 그러면 채소 때문에 피부가 좋아지고 맛도 좋아집니다. 또 마늘과 양파도 같이 먹으면 좋습니다. 마늘과 양파를 같이 먹으면 구운 고기 때문에 ( ㉠ ) 병에 안 걸리게 됩니다. 그래서 한국 사람들은 고기를 구워서 먹을 때 채소에 싸서 먹습니다.

51. ㉠에 들어갈 말로 가장 알맞은 것을 고르십시오. (3점)

① 만들 수 있는  ② 바꿀 수 있는
③ 생길 수 있는  ④ 싸울 수 있는

52. 무엇에 대한 내용인지 맞는 것을 고르십시오. (2점)

① 고기를 구워서 먹는 방법
② 구운 고기 때문에 생기는 병
③ 고기를 먹으면 피부가 좋아지는 이유
④ 고기를 구워 먹을 때 채소를 먹어야 하는 이유

※ [53~54] 다음을 읽고 물음에 답하십시오.

> 지난 주말에 친구들과 스키장에 갔습니다. 우리 고향에는 겨울이 없어서 눈이 오지 않습니다. 그래서 텔레비전으로 스키장을 본 적은 있지만 스키장에 간 것은 처음입니다. 스키장에는 사람들이 많았습니다. 우리는 스키도 타고 눈싸움도 했습니다. 집에서 텔레비전으로 스키장을 보는 것보다 (  ㉠  ) 더 재미있었습니다.

53. ㉠에 들어갈 말로 가장 알맞은 것을 고르십시오. (2점)

① 집으로 가는 것이  
② 직접 스키장에 가는 것이  
③ 친구 집에 가는 것이  
④ 친구와 스키장에 가는 것이

54. 윗글의 내용과 같은 것을 고르십시오. (3점)

① 우리 고향에는 겨울에 눈이 옵니다.  
② 스키장에 사람들이 별로 없었습니다.  
③ 저는 고향에서 스키장에 가 봤습니다.  
④ 우리는 스키장에서 눈싸움을 했습니다.

※ [55~56] 다음을 읽고 물음에 답하십시오.

> 저는 커피를 좋아합니다. 커피를 정말 좋아해서 지금은 커피 전문가가 되었습니다. 저는 이번에 돈을 모아서 작은 (  ㉠  ). 우리 가게에서는 제가 만든 커피와 케이크를 팔고 있습니다. 제가 만든 커피를 마시는 손님을 보면 기분이 좋아집니다.

**55.** ㉠에 들어갈 말로 가장 알맞은 것을 고르십시오. (2점)

① 빵집을 열었습니다  ② 커피숍을 열었습니다
③ 식당을 열었습니다  ④ 케이크 집을 열었습니다

**56.** 윗글의 내용과 같은 것을 고르십시오. (3점)

① 저는 커피숍 사장입니다.
② 저는 커피를 매일 마십니다.
③ 저는 커피만 팔고 있습니다.
④ 저는 손님이 많아서 행복합니다.

※ [57~58] 다음을 순서에 맞게 배열한 것을 고르십시오.

**57.** (2점)

> (가) 저는 어릴 때부터 액세서리를 좋아했습니다.
> (나) 지금은 액세서리를 만들어서 친구들에게 주기도 합니다.
> (다) 그래서 대학에서 액세서리 디자인을 배웁니다.
> (라) 졸업 후 유명한 액세서리 회사에서 디자이너로 일하고 싶습니다.

① (가) - (나) - (다) - (라)  ② (가) - (다) - (나) - (라)
③ (나) - (라) - (가) - (다)  ④ (나) - (라) - (다) - (가)

**58.** (3점)

> (가) 12월 24일에 회사에서 퇴근하고 약속 장소에 갔습니다.
> (나) 크리스마스 이브에 친구들과 파티를 하기로 했습니다.
> (다) 사실은 친구들이 저를 놀라게 하려고 한 것이었습니다.
> (라) 그런데 약속 장소에 아무도 없어서 화가 났습니다.

① (가) - (나) - (라) - (다)  ② (가) - (다) - (라) - (나)
③ (나) - (가) - (다) - (라)  ④ (나) - (가) - (라) - (다)

※ [59~60] 다음을 읽고 물음에 답하십시오.

> 어제 회사에서 회식을 했습니다. ( ㉠ ) 왜냐하면 한국 사람들은 일도 열심히 하고 놀 때도 열심히 놀기 때문입니다. ( ㉡ ) 우리는 먼저 고깃집에 가서 술도 마시고 고기도 많이 먹었습니다. ( ㉢ ) 그 다음에 노래방에서 노래를 부르고 재미있는 춤을 췄습니다. ( ㉣ ) 우리는 노래방에서 아주 많이 웃었습니다. 이 회식은 잊을 수 없을 것 같습니다.

**59.** 다음 문장이 들어갈 곳으로 가장 알맞은 것을 고르십시오. (2점)

> 저는 한국 회사에서 하는 회식이 기대가 되었습니다.

① ㉠   ② ㉡   ③ ㉢   ④ ㉣

**60.** 윗글의 내용과 같은 것을 고르십시오. (3점)

① 저는 한국 회사의 회식이 좋습니다.
② 우리 회사 사람들은 노래를 잘 부릅니다.
③ 한국 사람들은 일보다 회식을 좋아합니다.
④ 우리는 노래방에서 술을 마시고 춤을 췄습니다.

※ [61~62] 다음을 읽고 물음에 답하십시오. (각 2점)

> 부산에 여행을 갔다가 초등학교 동창을 만났습니다. 우리는 서울에 있는 학교에 다녔기 때문에 부산에서 동창을 ( ㉠ ) 더 반가웠습니다. 그 친구는 결혼을 했고 아이도 두 명 있었습니다. 친구는 행복해 보였습니다. 우리는 옛날이야기를 하면서 즐거운 시간을 보냈습니다.

**61.** ㉠에 들어갈 말로 가장 알맞은 것을 고르십시오.

① 만나려고　　　　　　　② 보니까
③ 말해서　　　　　　　　④ 연락할 때

**62.** 윗글의 내용과 같은 것을 고르십시오.

① 친구는 서울에서 삽니다.
② 저는 아이가 두 명 있습니다.
③ 친구는 부산에서 여행을 했습니다.
④ 저는 친구와 같은 학교를 다녔습니다.

※ [63~64] 다음을 읽고 물음에 답하십시오.

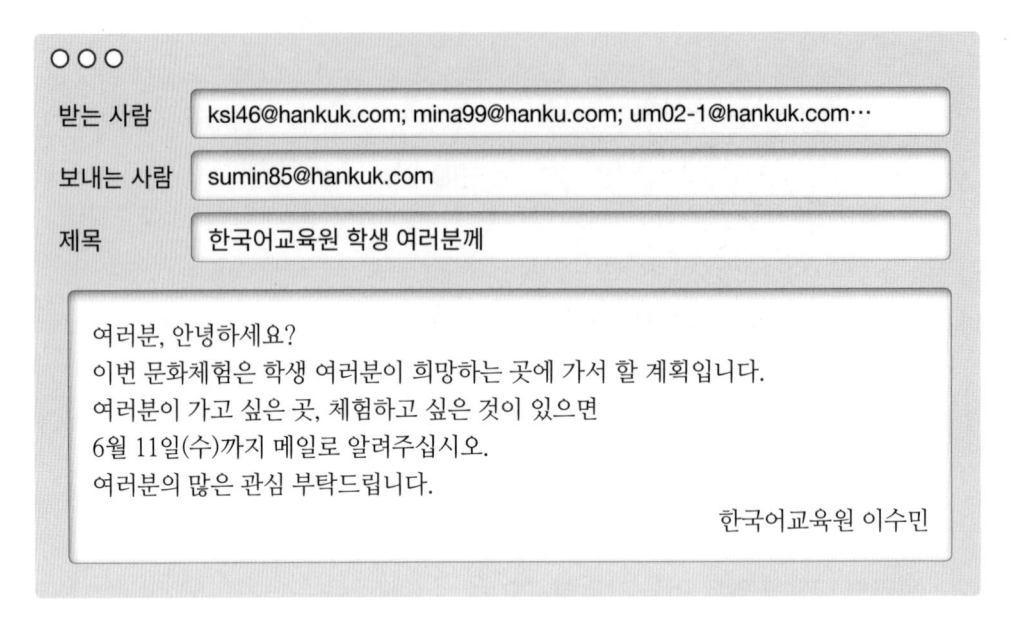

| 받는 사람 | ksl46@hankuk.com; mina99@hanku.com; um02-1@hankuk.com··· |
| --- | --- |
| 보내는 사람 | sumin85@hankuk.com |
| 제목 | 한국어교육원 학생 여러분께 |

여러분, 안녕하세요?
이번 문화체험은 학생 여러분이 희망하는 곳에 가서 할 계획입니다.
여러분이 가고 싶은 곳, 체험하고 싶은 것이 있으면
6월 11일(수)까지 메일로 알려주십시오.
여러분의 많은 관심 부탁드립니다.

한국어교육원 이수민

63. 왜 윗글을 썼는지 맞는 것을 고르십시오. (2점)

① 문화체험 신청자를 모집하려고
② 문화체험 신청 기간을 알려주려고
③ 학생들에게 문화체험 장소를 알려주려고
④ 학생들이 하고 싶어 하는 문화체험을 알아보려고

64. 윗글의 내용과 같은 것을 고르십시오. (3점)

① 6월 11일에 문화체험을 갑니다.
② 이번 문화체험 장소는 아직 모릅니다.
③ 문화체험을 가려면 메일을 보내야 합니다.
④ 신청자가 적으면 문화체험을 갈 수 없습니다.

※ [65~66] 다음을 읽고 물음에 답하십시오.

> 어제는 한국어수업이 끝나는 날이라서 송별파티를 했습니다. 우리는 각자 음식을 하나씩 ( ㉠ ). 음식을 사 온 사람도 있었고 고향 음식을 만들어 온 사람도 있었습니다. 각자 가지고 온 음식이 무엇인지 열어볼 때마다 모두 '와!'라고 했습니다. 가져온 음식이 같은 것도 있었지만 만든 사람이 달라서 맛이 달랐습니다. 정말 재미있는 파티였습니다.

65. ㉠에 들어갈 말로 가장 알맞은 것을 고르십시오. (2점)
    ① 가지고 와야겠습니다
    ② 가지고 오기로 했습니다
    ③ 가지고 오면 좋겠습니다
    ④ 가지고 온 적이 있습니다

66. 윗글의 내용과 같은 것을 고르십시오. (3점)
    ① 고향의 음식을 사 먹었습니다.
    ② 다른 음식이지만 맛이 같았습니다.
    ③ 각자 음식을 가지고 와서 팔았습니다.
    ④ 같은 음식을 가지고 온 사람도 있었습니다.

※ [67~68] 다음을 읽고 물음에 답하십시오.

> 우리 회사는 매년 가을에 운동회를 합니다. 저는 운동을 잘 못하니까 운동을 별로 좋아하지 않습니다. 그렇지만 운동회는 좋아합니다. 운동회를 구경하는 것은 재미있기 때문입니다. 그리고 상품 추첨으로 여러 가지 ( ㉠ ) 저는 작년에 노트북 컴퓨터를 받았습니다. 올해 운동회에도 텔레비전, 세탁기, 스마트 폰 등 다양한 상품을 준다고 합니다. 이번에는 어떤 상품을 받을 수 있을지 기대가 됩니다.

**67.** ㉠에 들어갈 말로 가장 알맞은 것을 고르십시오. (2점)

① 물건을 주는데   ② 구경을 하는데
③ 운동을 하는데   ④ 상품을 파는데

**68.** 윗글의 내용과 같은 것을 고르십시오. (3점)

① 우리 회사는 1년에 한 번 운동회를 합니다.
② 저는 운동을 잘 못해서 운동회에 안 갑니다.
③ 저는 작년에 운동회에서 노트북을 싸게 샀습니다.
④ 올해 운동회에서도 여러 가지 상품을 받았습니다.

※ [69~70] 다음을 읽고 물음에 답하십시오. (각 3점)

> 저는 며칠 전에 좋은 책 한 권을 읽었습니다. 그 책은 할머니가 손자에게 매일 쓴 편지를 책으로 만든 것입니다. 책에서 할머니는 손자에게 책을 많이 읽고 좋은 친구를 많이 사귀라고 합니다. 이런 말은 주위 사람들에게서 많이 들을 수 있지만 듣고 쉽게 잊어버리게 됩니다. 하지만 사랑으로 쓴 편지를 읽으면 ( ㉠ ) 편지를 쓴 사람의 마음도 잘 느낄 수 있습니다. 저도 나중에 전하고 싶은 말이 있을 때 이렇게 편지를 써서 보내야겠습니다.

69. ㉠에 들어갈 말로 가장 알맞은 것을 고르십시오.
   ① 지식도 많아지고
   ② 책도 만들 수 있고
   ③ 기억에도 오래 남고
   ④ 편지도 잘 쓸 수 있고

70. 윗글의 내용으로 알 수 있는 것을 고르십시오.
   ① 저는 책 읽는 것을 좋아합니다.
   ② 할머니는 손자에게 좋은 말을 해야 합니다.
   ③ 좋은 친구를 사귀고 열심히 사는 것이 중요합니다.
   ④ 마음을 전하고 싶을 때 편지를 쓰는 것이 좋습니다.

# 初級 101種文法與表達

| 項目 | 文法與表達 | 中譯 | 意思 |
|---|---|---|---|
| 1 | -(는)군요/-네요 | ……呢、……啊、……耶 | 用於表達驚訝或感嘆。 |
| 例 | 한국 음식이 참 맛있네요. 韓國料理真好吃呢。<br>한국말을 참 잘하는군요. 韓語說得真好啊。 | | |
| 2 | -ㅂ/습니다<br>-ㅂ/습니까? | 格式體終結語尾 | 在正式的場合中，與動詞或形容詞結合在一起，用於結束句子。 |
| 例 | 날씨가 좋습니다.　　　天氣很好。<br>한국어 공부를 합니까?　您在學韓文嗎？ | | |
| 3 | -ㄴ/은 적이 있다<br>-ㄴ/은 적이 없다 | 曾經……<br>不曾…… | 用於表達經驗。 |
| 例 | 김치를 먹은 적이 있습니다. 曾經吃過辛奇。 | | |
| 4 | -ㄴ/은 지(+時間) | 做……至今 | 用於表達某件事情從開始至說話當下所經過的時間。 |
| 例 | 한국어를 배운 지 1년 되었습니다. 學韓文已經一年了。 | | |
| 5 | -ㄴ/은 후에<br>-ㄴ/은 다음에 | 在……之後 | 用於表達某件事情發生之後。 |
| 例 | 수업이 끝난 후에 식당에 갑니다.　　下課後去餐廳。<br>수업이 끝난 다음에 식당에 갑니다. 下課之後去餐廳。 | | |
| 6 | -ㄴ/은/는 데다가 | 不僅……而且 | 用於在前述內容的基礎上，再後句追加額外的資訊。 |
| 例 | 얼굴도 예쁜 데다가 성격도 좋습니다.　　不僅長得漂亮，個性也很好。<br>운동도 잘하는 데다가 공부도 잘합니다. 不僅擅長運動，也很會唸書。 | | |
| 7 | -ㄴ/은/는/ㄹ/을 것 같다 | 好像、似乎…… | 用於表達根據某個事實或情況進行推測。 |
| 例 | 지금 밖에 비가 오는 것 같습니다.　現在外面好像在下雨。<br>오늘은 어제보다 추울 것 같습니다. 今天似乎比昨天更冷。 | | |

| 項目 | 文法與表達 | 中譯 | 意思 |
|---|---|---|---|
| 8 | -ㄴ/은/는/ㄹ/을 (+名詞) | ……的名詞 | 用於修飾後方的名詞。 |
| 例 | 학교에 예쁜 꽃이 많습니다.<br>도서관에서 공부하는 학생이 많습니다. | 學校裡有很多漂亮的花。<br>圖書館裡有很多學生在唸書。 | |
| 9 | -ㄴ/은/는/ㄹ/을지 | | 用於表達不確定的疑問。 |
| 例 | 이 음식이 맛이 있을지 모르겠습니다.<br>그 사람이 어디에 사는지 압니까? | 不知道這道菜好不好吃。<br>你知道那個人住在哪裡嗎? | |
| 10 | -니까/으니까 | 因為…… | 1) 表示後句的原因或理由。<br>2) 先發生前句的動作後,才發現後句的事實。 |
| 例 | 추우니까 창문을 닫으십시오.<br>집에 가니까 아무도 없었습니다. | 因為天氣冷,請關上窗戶。<br>回到家發現沒有人。 | |
| 11 | -ㄹ/을 수 있다<br>-ㄹ/을 수 없다 | 會、能……<br>不會、不能…… | 用於表達能力或可能性。 |
| 例 | 저는 운전을 할 수 있습니다.<br>여기에서는 담배를 피울 수 없습니다. | 我會開車。<br>這裡不能抽菸。 | |
| 12 | -ㄹ/을 줄 알다<br>-ㄹ/을 줄 모르다 | 會……<br>不會…… | 用於表達知道或不知道做某件事的方法。 |
| 例 | 한국어를 할 줄 압니다. | 會說韓語。 | |

## 初級　101種文法與表達

| 項目 | 文法與表達 | 中譯 | 意思 |
|---|---|---|---|
| 13 | -ㄹ/을게요 | 我來、我會…… | 用於表達要做某件事的約定或意願。 |
| 例 | 다음에는 제가 살게요.　下次我來買單。 | | |
| 14 | -ㄹ/을까 봐 | 擔心…… | 用於表達擔心前句的事情會發生，而在後句採取相對應的行動。 |
| 例 | 비가 올까 봐 우산을 가지고 왔습니다.　擔心會下雨，所以帶了雨傘。 | | |
| 15 | -ㄹ/을까 하다 | 打算…… | 用於表達說話者不夠強烈的意願和可能改變的計畫。 |
| 例 | 방학에 고향에 갈까 합니다.　放假時打算回家鄉。 | | |
| 16 | -ㄹ/을까요? | 要不要……？ | 1) 提議共同做某件事。<br>2) 向對方詢問未來的情況。 |
| 例 | 커피를 마시러 갈까요?　要不要一起去喝咖啡？<br>내일 날씨가 좋을까요?　明天天氣會很好嗎？ | | |
| 17 | -ㄹ/을래요 | 你要……？、我想…… | 用於詢問對方的意見或針對未來的事情表達自己的意願。 |
| 例 | 뭐 먹을래요?　　　你想吃什麼？<br>저는 냉면을 먹을래요.　我想吃冷麵。 | | |

| 項目 | 文法與表達 | 中譯 | 意思 |
|---|---|---|---|
| 18 | -ㄹ/을수록 | 越……越…… | 表示前句的行為或狀況持續，使得後句的程度也隨之增強。 |
| 例 | 한국어는 공부할수록 재미있습니다. 韓語越學越有趣。 ||||
| 19 | -(으)러 (+가다/오다/다니다) | 為了……而去／來／往返 | 表示行動的目的。 |
| 例 | 과일을 사러 시장에 갑니다. 為了買水果而去市場。 ||||
| 20 | -(으)려고 | 打算、想要…… | 用於表達前句的行為是後句行為的意圖或目的。 |
| 例 | 친구에게 주려고 케이크를 만듭니다. 打算做蛋糕送朋友。 ||||
| 21 | -(으)려면 | 如果想要…… | 表示為達成目的所需的條件或方法。 |
| 例 | 시청에 가려면 이 버스를 타십시오. 如果想要去市廳，請搭這班公車。 ||||
| 22 | (으)로 | 往、用、變成…… | 用於表達移動的方向、手段、或方法。 |
| 例 | 이쪽으로 오십시오. 請往這裡來。<br>연필로 씁니다. 用鉛筆書寫。<br>달러를 한국 돈으로 바꿉니다. 把美金換成韓幣。 ||||
| 23 | -ㅁ/음 | 名詞化 | 用於將動詞或形容詞轉換成名詞。 |
| 例 | 두 시에 회의를 함. 兩點開會。 ||||

## 初級　101種文法與表達

| 項目 | 文法與表達 | 中譯 | 意思 |
|---|---|---|---|
| 24 | -(으)면 | 如果……的話 | 表示前句為後方內容的條件。 |
| 例 | 피곤하면 좀 쉬십시오.　　　　　　　　　如果累了，就休息一下。<br>이 길로 가면 일찍 도착할 수 있습니다.　走這條路的話，可以早點抵達。 | | |
| 25 | -(으)면 안 되다 | 不可以…… | 表示禁止某種行為。 |
| 例 | 도서관에서 큰 소리로 이야기하면 안 됩니다.　在圖書館不可以大聲說話。 | | |
| 26 | -(으)면 좋겠다 | 希望……、要是……就好了 | 表示願望或希望。 |
| 例 | 시험에 합격하면 좋겠습니다.　希望能通過考試。 | | |
| 27 | -(으)시- | 主詞尊敬型 | 用於對尊敬對象的行為或狀態表達尊敬。 |
| 例 | 할아버지께서 책을 읽으십니다.　爺爺在看書。 | | |
| 28 | -(이)나 | 或、足足…… | 1) 表示從兩個名詞中擇一。<br>2) 表示數量比想像還多。<br>3) 用於輕鬆地建議時。 |
| 例 | 아침에는 빵이나 과일을 먹습니다.　　　　　早上吃麵包或水果。<br>동생이 아이스크림을 열 개나 먹었습니다.　弟弟竟然吃了足足十個冰淇淋。<br>심심한데 영화나 볼까요?　　　　　　　　　有點無聊耶，要不要看個電影？ | | |
| 29 | (이)라서/이어서/여서 | 因為是…… | 用於名詞後方，表示原因。 |
| 例 | 외국 사람이라서 한국어를 잘 못합니다.　因為是外國人，所以不太會說韓語。 | | |

| 項目 | 文法與表達 | 中譯 | 意思 |
|---|---|---|---|
| 30 | -거나 | 或…… | 表示從兩個行為或情況中擇一。 |
| 例 | 주말에는 영화를 보거나 쇼핑을 합니다. 週末看電影，或去購物。 | | |
| 31 | -게 | 使、讓…… | 與形容詞結合，修飾後方的動詞，說明動詞的狀態或程度。 |
| 例 | 깨끗하게 청소했습니다. 打掃得很乾淨。 | | |
| 32 | -게 되다 | 變得……、結果…… | 表示事情或狀況發生變化。 |
| 例 | 중국으로 출장을 가게 되었습니다. 結果要去中國出差了。 | | |
| 33 | -겠- | 將、會…… | 1) 表示對未來事情的推測。 2) 表示說話者的意志。 |
| 例 | 내일은 날씨가 맑겠습니다. 明天天氣會很晴朗。 열심히 공부하겠습니다. 我會努力學習。 | | |
| 34 | -고 | 並且、然後…… | 1) 連接兩個以上對等的行為或狀態，表示並列關係。 2) 連接按照時間順序出現的行為。 |
| 例 | 교실에 시계도 있고 컴퓨터도 있습니다. 教室裡有時鐘，也有電腦。 밥을 먹고 이를 닦습니다. 吃完飯後刷牙。 | | |
| 35 | -고 싶다 | 想…… | 表示說話者想要做的事情。 |
| 例 | 시간이 있으면 여행을 가고 싶습니다. 有時間的話想去旅行。 | | |

## 初級　101種文法與表達

| 項目 | 文法與表達 | 中譯 | 意思 |
|---|---|---|---|
| 36 | -고 있다 | 正在…… | 表示正在進行的行為。 |
| 例 | 지금 음악을 듣고 있습니다. 現在正在聽音樂。 | | |
| 37 | -기 | ……的事情 | 用於將動詞或形容詞轉換成名詞。 |
| 例 | 저는 사진 찍기를 좋아합니다. 我喜歡拍照。 | | |
| 38 | -기 위해서 | 為了…… | 表示前句行為是後句的目的。 |
| 例 | 여행을 가기 위해서 돈을 모읍니다. 為了旅行存錢。 | | |
| 39 | -기 전에 | 在……之前 | 表示後句的行為比前句的行為更早發生。 |
| 例 | 밥을 먹기 전에 손을 씻습니다. 在吃飯之前洗手。 | | |
| 40 | -기로 하다 | 決定…… | 表示決心或計畫。 |
| 例 | 매일 아침에 운동을 하기로 했습니다. 決定每天早上運動。 | | |
| 41 | 까지 | 到……為止 | 表示事情結束的時間點或地點。 |
| 例 | 새벽 두 시까지 공부를 했습니다. 唸書唸到凌晨兩點。 | | |
| 42 | 께 | 向、給…… | 表示為行為對象的尊敬。 |
| 例 | 어제 어머니께 전화를 드렸습니다. 昨天打了電話給媽媽。 | | |

| 項目 | 文法與表達 | 中譯 | 意思 |
|---|---|---|---|
| 43 | 께서 | 表示敬語主詞 | 用於句子的主詞，針對尊敬的對象。 |
| 例 | 할아버지께서 주무십니다. 爺爺在睡覺。 | | |
| 44 | -나 보다<br>-ㄴ/은가 보다<br>인가 보다 | 看起來、似乎…… | 根據某個事實或情況進行推測。 |
| 例 | 밖에 비가 오나 봅니다.　　　外面似乎在下雨。<br>친구가 많이 피곤한가 봅니다.　朋友看起來很累。<br>저 사람이 한국 사람인가 봅니다.　那個人看起來是韓國人。 | | |
| 45 | -는 대로 | 一……就…… | 表示完成某件事後立刻進行。 |
| 例 | 도착하는 대로 전화해 주십시오. 一抵達就請打電話給我。 | | |
| 46 | -다가 | ……到一半 | 表示某件事進行過程中，暫時停下轉而做另一件事。 |
| 例 | 영화가 재미없어서 보다가 나왔습니다. 電影不好看，所以看到一半就出來了。 | | |
| 47 | -던 (+名詞) | 曾經……的 | 修飾後方的名詞，表示回想過去的事情。 |
| 例 | 아버지가 타시던 자동차를 제가 탑니다. 開著爸爸曾經開過的車。 | | |
| 48 | 도 | 也 | 表示與前述內容相同。 |
| 例 | 형은 키가 큽니다. 동생도 키가 큽니다. 哥哥的個子很高，弟弟也很高。 | | |

187

## 初級　101種文法與表達

| 項目 | 文法與表達 | 中譯 | 意思 |
|---|---|---|---|
| 49 | 동안<br>-는 동안 | 在……期間 | 表示某種行為或狀態持續的時間。 |
| 例 | 방학동안 아르바이트를 했습니다.　在放假期間打工了。<br>친구를 기다리는 동안 책을 읽습니다.　等朋友的時候在讀書。 | | |
| 50 | (疑問詞+)든지 | 無論……都可以 | 表示無論選擇哪一個都可以。 |
| 例 | 모르는 것이 있으면 언제든지 전화하십시오.　如果有不懂的地方，無論何時都可以打電話。 | | |
| 51 | 때<br>-ㄹ/을 때 | ……的時候 | 表示某件事發生的時間或情況。 |
| 例 | 방학 때 무엇을 합니까?　放假的時候你要做什麼？<br>아플 때 가족이 보고 싶습니다.　生病時會想家人。 | | |
| 52 | 때문에<br>-기 때문에 | 因為…… | 說明某個行為或狀況的原因。 |
| 例 | 날씨 때문에 비행기가 늦게 도착했습니다.　因為天氣因素，飛機延遲抵達。<br>음식이 맛있기 때문에 손님이 많습니다.　因為食物很好吃，所以客人很多。 | | |
| 53 | 마다 | 每…… | 表示「每個、所有」皆適用。 |
| 例 | 사람마다 성격이 다릅니다.　每個人的個性都不同。 | | |
| 54 | 만 | 只…… | 表示排除其他，僅限定於前方的名詞。 |
| 例 | 바빠서 밥은 못 먹고 우유만 마셨어요.　因為太忙所以沒吃飯，只喝了牛奶。 | | |
| 55 | (時間+) 만에 | 時隔…… | 表示某件事完成後，經過一段時間後再次發生。 |
| 例 | 10년 만에 만나서 더 반가웠습니다.　時隔十年再見，感覺更開心了。 | | |

| 項目 | 文法與表達 | 中譯 | 意思 |
|---|---|---|---|
| 56 | 만큼 | 像……一樣、和……程度相當 | 表示程度相似。 |
| 例 | 우리 아이가 벌써 아빠만큼 컸습니다. 我家孩子已經長得和爸爸一樣高了。 | | |
| 57 | 못 | 不能…… | 表示無法做某件事。 |
| 例 | 한국어는 잘 하지만 중국어는 못 합니다. 雖然韓語說得很好，但不會說中文。 | | |
| 58 | 밖에 (+否定) | 除了……之外沒有別的、只有…… | 表示除了所指內容之外，沒有其他選擇。 |
| 例 | 한국어밖에 할 줄 모릅니다. 除了韓語，其他語言都不會。 | | |
| 59 | 보다 | 比起…… | 表示對兩個對象進行比較。 |
| 例 | 형이 저보다 키가 큽니다. 哥哥的個子比我高。 | | |
| 60 | 부터 | 從……開始 | 表示某件事開始的時間點或位置。 |
| 例 | 수업은 9시부터 합니다. 課程從九點開始。 | | |
| 61 | -아/어 놓다(두다) | ……好了 | 表示提前完成某個動作，其狀態仍維持。 |
| 例 | 회의 자료를 준비해 놓았습니다. 已經準備好會議資料了。 | | |
| 62 | -아/어 보다 | 曾經、試著…… | 1) 表示經驗。<br>2) 表示嘗試某個行動。 |
| 例 | 저는 제주도에 가 봤습니다. 我去過濟州島。<br>한 번 입어 보세요. 請試穿看看。 | | |
| 63 | -아/어 보이다 | 看起來…… | 表示看過後的感想。 |
| 例 | 검은색 옷을 입으니까 날씬해 보입니다. 因為穿黑色衣服，看起來苗條。 | | |

## 初級 101種文法與表達

| 項目 | 文法與表達 | 中譯 | 意思 |
|---|---|---|---|
| 64 | -아/어 있다 | ……著 | 表示某種行為或變化結束後，其狀態或結果仍然維持。 |
| 例 | 교실에 학생들이 앉아 있습니다. 學生們正坐在教室裡。 | | |
| 65 | -아/어 주다 | 為……做…… | 表示為了他人而做出某種行動。 |
| 例 | 아이에게 그림을 그려 주었습니다. 畫了一幅畫給孩子。 | | |
| 66 | -아/어도 | 即使……也 | 表示承認前方的事實，但並不影響後句的結果。 |
| 例 | 비가 와도 등산을 갑니다. 即使下雨，也要去爬山。 | | |
| 67 | -아/어도 되다 | 可以、允許…… | 表示允許做某個行為或該行為是可行的。 |
| 例 | 여기에서 담배를 피워도 됩니다. 可以在這裡抽菸。 | | |
| 68 | -아/어야 하다/되다 | 必須、需要…… | 表示某件事或狀態是必要的。 |
| 例 | 운전을 하려면 면허증이 있어야 합니다. 如果要開車需要有駕照。 | | |
| 69 | -아/어야겠다 | 應該要、必須…… | 表示必須做某件事的意志。 |
| 例 | 날마다 운동을 해야겠습니다. 每天應該要運動。 | | |

| 項目 | 文法與表達 | 中譯 | 意思 |
|---|---|---|---|
| 70 | -아/어지다 | 變得、被…… | 1) 表示狀態的變化。<br>2) 表示不是由主詞主動為之，而是因為其他原因導致該狀況。 |
| 例 | 봄이 되니까 날씨가 따뜻해졌습니다.　到了春天，天氣變暖了。<br>갑자기 불이 꺼졌습니다.　　　　　燈突然熄滅了。 |||
| 71 | -아/어하다 | 覺得、表現出…… | 表示他人的感覺或情感。 |
| 例 | 어머니가 강아지를 귀여워합니다.　媽媽覺得小狗很可愛。 |||
| 72 | -아서/어서 | 因為、然後…… | 表示原因或順序。 |
| 例 | 배가 아파서 병원에 갔습니다.　因為肚子痛，所以去了醫院。<br>시장에 가서 사과를 삽니다.　　去市場，然後買蘋果。 |||
| 73 | -아요/어요 | 非格式體終結語尾 | 在非正式的場合中，與動詞或形容詞結合在一起，用於結束句子。 |
| 例 | 날씨가 좋아요.　　　　　天氣很好。<br>동생이 김치를 잘 먹어요.　弟弟很會吃辛奇。 |||
| 74 | 안 | 不…… | 表示否定某種行為或狀態。 |
| 例 | 방학이라서 요즘 안 바빠요.　因為放假，所以最近不忙。 |||
| 75 | -았/었- | 過去式 | 表達過去的想法或事實。 |
| 例 | 어제 오랜만에 고향 음식을 먹었습니다.　昨天久違地吃了家鄉菜。 |||

## 初級　101種文法與表達

| 項目 | 文法與表達 | 中譯 | 意思 |
|---|---|---|---|
| 76 | -았/었다가 | 做完……之後 | 表示某件事完全結束後,發生相反的情況。 |
| 例 | 창문을 열었다가 추워서 닫았어요. 打開窗戶後覺得冷,所以關上了。 | | |
| 77 | -았/었던 (+名詞) | 曾經……的 | 修飾後方的名詞,表示回想過去的事情。 |
| 例 | 이 책은 중학교 때 공부했던 책이에요. 這本書是我國中時唸過的書。 | | |
| 78 | 얼마나 –ㄴ/은/는지 모르다 | 不知道有多…… | 用來強調某個事實或情況的程度非常驚人。 |
| 例 | 그 영화를 봤는데 얼마나 재미있는지 몰라요. 看了那部電影,不知道有多有趣呢。 | | |
| 79 | 에 | 在、於…… | 放在名詞後方,表示某事物存在的地點或時間。 |
| 例 | 도서관에 갑니다. 去圖書館。<br>친구들과 두 시에 만났어요. 和朋友們在兩點見了面。 | | |
| 80 | 에 대해서 | 關於…… | 表示話題的對象。 |
| 例 | 한국 역사에 대해서 관심이 많습니다. 對韓國歷史很感興趣。 | | |
| 81 | 에다가 | 在……上、往…… | 表示某行為對象發生的地點。 |
| 例 | 과일은 냉장고에다가 넣으세요. 請把水果放進冰箱。 | | |

| 項目 | 文法與表達 | 中譯 | 意思 |
|---|---|---|---|
| 82 | 에서 | 在、從…… | 1) 表示行為發生的地點。<br>2) 表示起點或出發地。 |
| 例 | 운동장에서 축구를 합니다. 在操場踢足球。<br>저는 미국에서 왔습니다. 我來自美國。 | | |
| 83 | 와/과 | 和、與 | 1) 連接兩個以上的對象。<br>2) 表示一起採取行動的人或物。 |
| 例 | 시장에서 사과와 배를 샀습니다. 在市場買了蘋果和梨子。<br>친구와 영화를 봤습니다. 和朋友一起看了電影。 | | |
| 84 | 은/는 | 助詞 | 表示句子的主題。 |
| 例 | 제주도는 한국에서 유명한 관광지입니다. 濟州島是韓國知名的觀光勝地。 | | |
| 85 | -ㄴ/은데<br>-는데 | 連結語尾 | 表示前面的內容是後面內容的背景或對照。 |
| 例 | 배가 고픈데 밥 먹으러 갈까요? 肚子餓了，我們要不要去吃飯？<br>시장에 갔는데 사람이 많았습니다. 去了市場，結果人好多。 | | |
| 86 | 을/를 | 助詞 | 表示前方名詞為受詞。 |
| 例 | 한국 사람은 김치를 날마다 먹습니다. 韓國人每天都吃辛奇。 | | |
| 87 | 의 | 的 | 名詞修飾名詞時使用。 |
| 例 | 친구의 책을 빌렸어요. 借了朋友的書。 | | |

193

## 初級　101種文法與表達

| 項目 | 文法與表達 | 中譯 | 意思 |
|---|---|---|---|
| 88 | 이/가 | 助詞 | 表示前方名詞為主詞。 |
| 例 | 하늘이 파랗습니다. 天空是藍色的。 | | |
| 89 | 이/가 아니다 | 不是…… | 用於否定名詞。 |
| 例 | 저는 선생님이 아닙니다. 我不是老師。 | | |
| 90 | 이다 | 是…… | 與名詞結合，用來指定某事物、或像形容詞一樣連接文法變化。 |
| 例 | 이것은 책이다. 這是書。<br>이것은 책이고 저것은 공책입니다. 這是書，那是筆記本。 | | |
| 91 | 중<br>-는 중 | 正在…… | 表示進行某個動作。 |
| 例 | 회의 중에 전화가 왔습니다. 開會中，電話來了。<br>회의하는 중에 전화가 왔습니다. 正在開會時，電話來了。 | | |
| 92 | -지 말다 | 不要…… | 表示禁止某個行為。 |
| 例 | 큰 소리로 이야기하지 마세요. 請不要大聲說話。 | | |
| 93 | -지 못하다 | 無法…… | 表示不能做某件事。 |
| 例 | 일이 있어서 오늘은 만나지 못합니다. 因為有工作，所以今天無法見面。 | | |
| 94 | -지 않다 | 不…… | 表示否定某個行為或狀態。 |
| 例 | 저는 고기를 먹지 않습니다. 我不吃肉。 | | |
| 95 | -지 않으면 안 되다 | 必須、不得不…… | 用於叮囑某件事、或表示義務。 |
| 例 | 병이 나으려면 이 약을 먹지 않으면 안 됩니다. 如果想要病痊癒，就必須吃這個藥。 | | |

| 項目 | 文法與表達 | 中譯 | 意思 |
|---|---|---|---|
| 96 | -지만 | 雖然……但是…… | 表示前後句內容相反時。 |
| 例 | 아빠는 키가 크지만 저는 키가 작아요. 雖然爸爸個子高，但是我的個子矮。 | | |
| 97 | 지요? | ……對吧？ | 用於詢問對方以確認某事。 |
| 例 | 오늘이 수요일이지요? 今天是星期三，對吧？ | | |
| 98 | 처럼/같이 | 像……一樣 | 表示某事物與另一事物相似或相同。 |
| 例 | 경치가 그림처럼 아름답습니다. 風景像畫一樣美麗。<br>한국 사람같이 한국말을 잘합니다. 韓語說得像韓國人一樣好。 | | |
| 99 | 하고/(이)랑 | 和、跟…… | 用於連接兩個以上對等的對象。 |
| 例 | 냉장고에 사과하고 우유가 있어요. 冰箱裡有蘋果和牛奶。<br>친구랑 영화를 보고 왔어요. 和朋友一起去看了電影。 | | |
| 100 | 한테/에게 | 對、向、給…… | 表示行為的對象。 |
| 例 | 저는 어제 동생한테 전화를 걸었어요. 我昨天打電話給弟弟。 | | |
| 101 | 한테서/에게서 | 從…… | 表示行為的來源或出處。 |
| 例 | 저는 친구한테서 생일선물로 장갑을 받았어요. 我從朋友那裡收到手套作為生日禮物。 | | |

# 解答

## Part 1 題型篇

**題型 01-1 연습문제**    P.13
1. ② 2. ① 3. ④ 4. ② 5. ① 6. ④ 7. ② 8. ③ 9. ④ 10. ③

**題型 01-2 연습문제**    P.16
1. ③ 2. ④ 3. ④ 4. ③ 5. ① 6. ① 7. ④ 8. ③ 9. ②

**題型 01-3 연습문제**    P.22
1. ③ 2. ① 3. ③ 4. ① 5. ④ 6. ① 7. ② 8. ④

**題型 02 연습문제**    P.25
1. ② 2. ③ 3. ④ 4. ③ 5. ④ 6. ① 7. ④ 8. ③ 9. ② 10. ②

**題型 03 연습문제**    P.27
1. ④ 2. ④ 3. ③ 4. ④ 5. ① 6. ③ 7. ① 8. ④

**題型 04 연습문제**    P.31
1. ③ 2. ② 3. ② 4. ① 5. ③ 6. ④

**題型 05-1 연습문제**    P.35
1. ③ 2. ③ 3. ① 4. ④

**題型 05-2 연습문제**    P.37
1. ① 2. ② 3. ② 4. ①

**題型 05-3 연습문제**    P.40
1. ④ 2. ① 3. ② 4. ④

**題型 06 연습문제**    P.43
1. ④ 2. ① 3. ② 4. ④

**題型 07 연습문제**    P.46
1. ③ 2. ④ 3. ② 4. ③

**題型 08 연습문제**    P.49
1. ④ 2. ④ 3. ③ 4. ④

**題型 09 연습문제**    P.53
1. ③ 2. ③ 3. ② 4. ④

# Part 2 主題篇

**主題 01** 人物　　P.56
1. ④ 2. ① 3. ④ 4. ③ 5. ③ 6. ④ 7. ④ 8. ③ 9. ④ 10. ④ 11. ④ 12. ③

**主題 02** 職業　　P.66
1. ④ 2. ③ 3. ④ 4. ① 5. ③ 6. ① 7. ② 8. ① 9. ④ 10. ④ 11. ② 12. ④

**主題 03** 興趣　　P.74
1. ③ 2. ③ 3. ② 4. ① 5. ④ 6. ④ 7. ④ 8. ② 9. ② 10. ④ 11. ③ 12. ④

**主題 04** 日常生活　　P.82
1. ③ 2. ② 3. ④ 4. ④ 5. ③ 6. ② 7. ① 8. ② 9. ① 10. ② 11. ② 12. ①

**主題 05** 飲食　　P.90
1. ② 2. ② 3. ① 4. ② 5. ③ 6. ② 7. ① 8. ① 9. ④ 10. ④ 11. ② 12. ②

**主題 06** 地點　　P.98
1. ④ 2. ④ 3. ④ 4. ④ 5. ① 6. ① 7. ④ 8. ③ 9. ② 10. ④ 11. ② 12. ①

**主題 07** 生活用品　　P.106
1. ④ 2. ③ 3. ② 4. ④ 5. ④ 6. ② 7. ② 8. ① 9. ① 10. ③ 11. ④ 12. ①

**主題 08** 特殊日子　　P.114
1. ③ 2. ① 3. ② 4. ② 5. ④ 6. ③ 7. ③ 8. ③ 9. ④ 10. ④ 11. ③ 12. ③

**主題 09** 生活指南　　P.122
1. ④ 2. ④ 3. ④ 4. ② 5. ④ 6. ③ 7. ① 8. ② 9. ④ 10. ④ 11. ① 12. ④

**主題 10** 其他‧常識　　P.130
1. ② 2. ④ 3. ③ 4. ④ 5. ③ 6. ① 7. ① 8. ② 9. ① 10. ③ 11. ④ 12. ①

# 解答

## Part 3 實戰模擬試題

**第1回實戰模擬試題** P.140

31. ① 32. ④ 33. ③ 34. ② 35. ③ 36. ④ 37. ② 38. ④ 39. ② 40. ②
41. ④ 42. ④ 43. ③ 44. ③ 45. ④ 46. ③ 47. ④ 48. ① 49. ① 50. ②
51. ① 52. ② 53. ② 54. ③ 55. ① 56. ② 57. ① 58. ③ 59. ③ 60. ④
61. ② 62. ④ 63. ④ 64. ② 65. ③ 66. ① 67. ② 68. ③ 69. ① 70. ①

**第2回實戰模擬試題** P.160

31. ② 32. ① 33. ④ 34. ③ 35. ② 36. ① 37. ② 38. ③ 39. ④ 40. ①
41. ① 42. ① 43. ④ 44. ② 45. ② 46. ④ 47. ③ 48. ④ 49. ③ 50. ④
51. ③ 52. ④ 53. ② 54. ④ 55. ② 56. ① 57. ② 58. ④ 59. ① 60. ①
61. ② 62. ④ 63. ④ 64. ② 65. ② 66. ④ 67. ① 68. ① 69. ③ 70. ④

# memo

# 題目中譯

# Part 1 題型篇

## 題型01 掌握細節

**31~33** 這段話的內容是關於什麼？請選出適當的選項。 P.12

第64回閱讀 第31題

31. 現在是早上，八點鐘。

① 人物　　　② 年齡　　　③ 季節　　　**④ 時間**

第52回閱讀 第33題

33. 正在下雨，風也很大。

**① 天氣**　　　② 假期　　　③ 假日　　　④ 計畫

**練習題** 這段話的內容是關於什麼？請選出適當的選項。 P.13

1. 春天會開花，冬天會下雪。
   ① 假日　　　**② 季節**　　　③ 放假　　　④ 興趣
2. 我喜歡電影，哥哥喜歡運動。
   **① 興趣**　　　② 地點　　　③ 購物　　　④ 週末
3. 海苔飯捲很好吃，辣炒年糕也很好吃。
   ① 時間　　　② 星期　　　③ 名字　　　**④ 食物**
4. 去公園，在公園散步。
   ① 天氣　　　**② 地點**　　　③ 食物　　　④ 職業
5. 我二十歲，姊姊二十三歲。
   **① 年齡**　　　② 日期　　　③ 國家　　　④ 天氣
6. 老師眼睛大，嘴巴小。
   ① 學生　　　② 地點　　　③ 興趣　　　**④ 臉部**
7. 韓式烤肉七千韓元，冷麵五千韓元。
   ① 味道　　　**② 價錢**　　　③ 日子　　　④ 衣服
8. 我的朋友教學生，是韓語老師。
   ① 地點　　　② 家人　　　**③ 職業**　　　④ 年齡
9. 一月沒有課，所以打算去旅行。
   ① 職業　　　② 地點　　　③ 家人　　　**④ 計畫**
10. 去百貨公司，買娃娃。
    ① 時間　　　② 天氣　　　**③ 購物**　　　④ 職業

**40~42** 請閱讀以下內容，選出不相符的選項。**P.14**

41. 第64回閱讀 第41題

幸福
辛奇泡麵　1,200韓元
3分鐘
內含雞蛋！

① 三分鐘後再食用。
② 價格為2000韓元。
③ 這款泡麵為辛奇口味。
④ 這款泡麵內含雞蛋。

42. 第47回閱讀 第42題

# 家具特賣

家具便宜賣，敬請多加利用。
◆ 床八折、衣櫥七折
◆ 9/1(一)~ 9/7(日)
—大韓家具—

① 折扣為期一週。
② 衣櫥打七折。
③ 三種家具參與折扣活動。
④ 本訊息由大韓家具發送。

**練習題** 請閱讀以下內容，選出不相符的選項。**P.16**

1.

〈飯店折價券〉

標準客房價格 ~~70,000韓元~~ → 50,000韓元

※使用期限：2024.01.01 ~ 2024.12.30.

―首爾飯店―

① 可以用五萬韓元入住飯店。
② 可以使用到十二月三十日。
③ **可以使用兩年。**
④ 僅限在首爾飯店使用。

2.

李菲小姐
今天晚餐非常好吃。
下次我請客，下次再見囉。
　　　　―紹英

① 李菲請客吃晚餐。
② 簡訊是紹英傳的。
③ 紹英和李菲一起吃了飯。
④ 紹英和李菲明天會見面。

3.

| 〈綜合醫院導覽〉 |||
|---|---|---|
| 4樓 | 骨科 | 咖啡廳 |
| 3樓 | 牙科 | 休息室 |
| 2樓 | 眼科 | 銀行 |
| 1樓 | 內科 | 藥局 |

① 如果眼睛不舒服,要去2樓。
② 如果牙齒痛,要去3樓。
③ 去4樓可以喝咖啡。
④ **要提款時需到1樓。**

4.

**KTS電視節目表** (9月20日)

| 19點 | 探訪!美食餐廳 |
|---|---|
| 20點 | 電視劇《左鄰右舍》 |
| 21點 | KTS新聞 |
| 22點 | 電影《可愛的她》 |

① 新聞在晚上九點開始播放。
② 新聞是在電視劇結束後播出。
③ **晚上九點可以得知美食餐廳資訊。**
④ 九月二十日晚上十點可以看電影。

5.

## 假期計畫表

| 07點~08點 | 吃早餐 | 13點~18點 | 去打工 |
|---|---|---|---|
| 08點~12點 | 去圖書館 | 18點~19點 | 吃晚餐 |
| 12點~13點 | 吃午餐 | 19點~24點 | 休息時間 |

① 上午十一點前會讀書。
② 吃完午餐後去工作。
③ 我放假期間打算睡七個小時。
④ 吃完晚餐後可以打籃球。

6.

## 自助餐收費說明

- 平日午餐 15,900韓元   • 小學生 12,000韓元
- 平日晚餐 19,900韓元   • 兒童（36個月以上）5,000韓元
- 週末與國定假日（午餐&晚餐）25,900韓元

※ 如有剩餘食物，將向顧客酌收2,000韓元。

① **36個月以上可免費用餐。**
② 如剩下食物，需額外付費。
③ 平日午餐為15900韓元。
④ 週末和國定假日的費用為25900韓元。

7.

## 第25屆首爾漢江煙火節

地點：漢江市民公園
日期：9月20日(五)~9月21日(六)晚上7點30分開始
※ 特邀歌手！星期五晚上8點 柾國
　　　　　　星期六晚上8點 智旻

① 首爾漢江煙火節為期兩天。
② 星期五晚上八點可以見到歌手。
③ 於漢江市民公園舉辦首爾漢江煙火節。
④ 首爾漢江煙火節於晚上八點開始。

8.

## 〈幸福炸雞〉

快速外送

◆ 原味炸雞1隻15,000韓元
◆ 洋釀炸雞1隻16,000韓元
◆ 綜合炸雞1隻17,000韓元（原味一半、洋釀一半）
◆ 飲料2,000韓元
※ 訂購10次炸雞，可免費獲得綜合炸雞！
　訂餐電話：555-1234（下午5點~凌晨2點）

① 可以在家享用炸雞。
② 營業時間為下午5點至凌晨2點。
③ 訂購十次炸雞，可免費獲得洋釀炸雞。
④ 半隻原味炸雞和半隻洋釀炸雞的價格為17000韓元。

9.

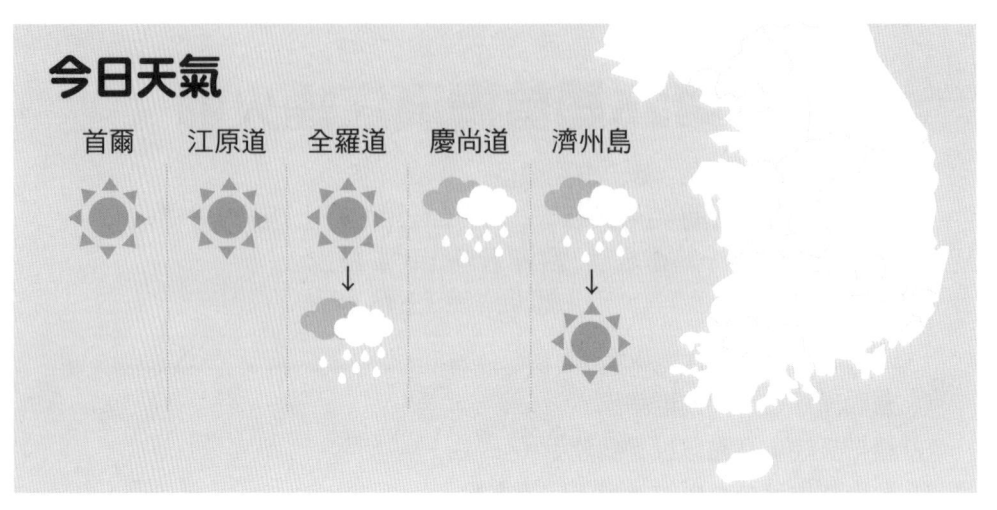

**今日天氣**

| 首爾 | 江原道 | 全羅道 | 慶尚道 | 濟州島 |
|------|--------|--------|--------|--------|
| ☀ | ☀ | ☀→🌧 | 🌧 | 🌧→☀ |

① 慶尚道下雨。
② 首爾天氣多雲。
③ 江原道天氣晴朗。
④ 濟州島雨後轉晴。

**43~45** 請閱讀以下內容，選出與內容相符的選項。**P.21**

43. 第60回閱讀 第43題

> 我星期二晚上會去上K-POP課。我在那裡學唱韓文歌和跳舞。雖然不太擅長，但很有趣。

① 我覺得上課很有趣。　　② 我韓國舞跳得很好。
③ 我早上去上課。　　　　④ 我在教韓文歌。

44. 第47回閱讀 第44題

> 下午開始下雨了。我沒有雨傘，所以很擔心。不過，姊姊帶了雨傘在學校門口等我。

① 早上開始下雨了。　　　② 我在等姐姐。
③ 姐姐在學校門口。　　　④ 我帶了雨傘去學校。

**練習題** 請閱讀以下內容,選出與內容相符的選項。P.22

1.

> 昨天我和姊姊去了廣藏市場。因為廣藏市場的海苔飯捲很有名,所以我們吃了海苔飯捲。廣藏市場的海苔飯捲真的很美味。

① 今天去了廣藏市場。
② 姊姊很喜歡海苔飯捲。
**③ 我和姊姊一起吃了海苔飯捲。**
④ 廣藏市場的海苔飯捲不好吃。

2.

> 首爾在五月會舉辦玫瑰花節。去那裡可以欣賞到各種玫瑰花,因此吸引許多人前來。此外,還可以品嚐美食,也可以拍下許多照片。

**① 玫瑰花節會在五月舉辦。**
② 玫瑰花節的人不多。
③ 可以在玫瑰花節製作食物。
④ 在玫瑰花節很難拍到玫瑰的照片。

3.

> 明天是妹妹的生日。我買了個包包,打算送給妹妹當禮物。明天我會把這個禮物送給妹妹。

① 明天是我的生日。
② 我收到了禮物。
**③ 我買了要送給妹妹的包包。**
④ 明天妹妹會送我禮物。

4.

> 我經常搭地鐵去學校。今天是第一次搭公車。由於外面下雨導致交通阻塞,所以今天可能會遲到。

**① 今天因為下雨而交通阻塞。**
② 我總是搭公車去學校。
③ 下雨的時候搭地鐵也可能會遲到。
④ 因為我搭了地鐵,所以可能會遲到。

5.

今天晚上7點我和朋友約好一起看電影。但是朋友搭錯了公車,結果很晚才到。我非常生氣。

① 我沒有見到朋友。
② 我搭錯了公車。
③ 我錯過了約定時間。
④ **我等朋友等了很久。**

6.

我們家偶爾會在週末去奶奶家。奶奶做的菜好吃到無法形容。所以,我們下週也打算去奶奶家。

① **奶奶很會做菜。**
② 我不太清楚奶奶做的菜。
③ 我們家週末都會去奶奶家。
④ 下週吃不到奶奶做的菜。

7.

我昨天吃了魚。今天突然肚子痛還有頭痛,所以去了醫院。應該是因為昨天吃的魚。

① 不可以吃魚。
② **我吃了魚之後不舒服。**
③ 因為喉嚨和肚子痛所以去了醫院。
④ 昨天吃的魚非常美味。

8.

我非常喜歡電影。尤其喜歡恐怖片,所以正在收藏恐怖電影。以拍攝恐怖片聞名的溫子仁(James Wan)導演的電影,我幾乎全都有了。

① 我在製作恐怖電影。
② 我喜歡一個人看電影。
③ 我喜歡恐怖片,但沒有收藏它們。
④ **溫子仁(James Wan)導演的電影我幾乎全都有了。**

# 題型02　找出省略的內容

**34~39** 請選出最適合填入括號內的字詞。P.24

34. 第41回閱讀 第34題

　　| 這個人是上班族，不是學生(　)。 |

　　① 助詞이　② 的　③ 助詞을　④ 和

36. 第64回閱讀 第36題

　　| 家裡離銀行很(　)，就在家前面。 |

　　① 寬敞　② 近　③ 乾淨　④ 涼爽

**練習題**　請選出最適合填入括號內的字詞。P.25

1. 買領帶，送給爸爸(　)。
   ① 가　　　② 께　　　③ 께서　　　④ 에게

2. 出去散步，穿(　)。
   ① 褲子　　② 帽子　　**③ 運動鞋**　　④ 項鍊

3. 我們的興趣(　)，所以常常見面。
   ① 很好　　② 不同　　③ 很差　　**④ 一樣**

4. 沒有原子筆了，可以用鉛筆(　)嗎？
   ① 에　　　② 과　　　③ 로　　　④ 이

5. 今天打掃了房間，所以房間很(　)。
   ① 涼爽　　② 安靜　　③ 溫暖　　**④ 乾淨**

6. 回到家，(　)洗手。
   ① 先　　　② 剛剛　　③ 太　　　④ 最

7. 妹妹買了裙子，裙子非常(　)妹妹。
   ① 挑選　　② 點(餐)　　③ 回去　　**④ 適合**

8. 我喜歡欣賞畫作，所以經常去(　)。
   ① 警察局　　② 體育館　　**③ 美術館**　　④ 觀光景點

9. 工作太多了，因此(　)沒吃午餐。
   ① 先　　　**② 還**　　　③ 立刻　　　④ 可能

10. 哥哥是醫生，他在韓國的醫院(　)。
    ① 製作　　**② 上班**　　③ 度過　　④ 擁有

# 題型03　掌握中心思想

**46~48** 請閱讀以下內容，選出文章的中心思想。P.26

46. 第47回閱讀 第46題

> 我不擅長唱歌。但是我的朋友真的很會唱歌。我也想像那位朋友一樣會唱歌。

① 我想成為歌手。
② **我想要擅長唱歌。**
③ 我想聽朋友的歌。
④ 我想和朋友一起唱歌。

47. 第83回閱讀 第47題

> 我喜歡在大海游泳。夏天時經常為了游泳去大海。我希望夏天快點到來。

① 我最喜歡夏天。
② 我希望自己擅長游泳。
③ 我想去夏天的大海看看。
④ **我希望能快點在大海游泳。**

**練習題** 請閱讀以下內容，選出文章的中心思想。P.27

1.
> 我最近在學網球。打網球雖然不簡單，但非常有趣。因此，我每天都會去打網球。

① 我教別人網球。
② 我經常打網球。
③ 我覺得打網球很難。
④ **我喜歡打網球。**

2.
> 從家裡到學校的距離很遠。搭公車大約需要一個半小時。所以，我明年想住宿舍。

① 我搭公車去學校。
② 我住在宿舍。
③ 我喜歡搭公車。
④ **我想搬到宿舍住。**

3.
> 我喜歡辣的食物，所以常常吃。但是最近吃辣的食物肚子就會痛。所以從現在開始，我打算偶爾吃辣的食物。

① 我非常喜歡吃辣的食物。
② 我因為辣的食物肚子痛。
③ **我以後不會經常吃辣的食物。**
④ 我決定不再吃辣的食物。

4.

我家附近有個公園。因為公園裡有很多樹木,每個季節的風景都不一樣。所以,我喜歡去那裡。

① 我經常去公園。
② 公園裡有很多樹木。
③ 公園離家裡很近。
④ 我對公園很滿意。

5.

下週有考試,所以最近我放學後會去圖書館讀書。吃完晚餐後,我也會去打工。

① **我最近很忙。**
② 我經常去圖書館。
③ 我下週要考試。
④ 我下午會去打工。

6.

宿舍旁邊有間超商。晚上肚子餓時,可以到超商買吃的。而且超商裡有像腸胃藥這類的藥品,在藥局關門時可以利用。

① 在超商可以買到藥品。
② 超商就在宿舍附近。
③ **超商就在附近很方便。**
④ 超商有很多吃的很不錯。

7.

我經常在家裡網購。因為不用親自跑去店裡,非常方便。而且價格通常比去實體店買便宜。

① **我喜歡網購。**
② 我覺得親自跑去店裡太累了。
③ 在店裡買東西很划算,我覺得很棒。
④ 我覺得比起網購,親自去買更方便。

8.

一週前我弟弟從家鄉過來,我們一起生活。所以最近不管是散步或運動,還是打掃時,我都和弟弟一起做。一個人做的時候覺得很無聊或很累,因為一起做,感覺真好。

① 我獨自一人覺得很無聊。
② 一週前我回過家鄉一趟。
③ 我喜歡一個人散步。
④ 最近和弟弟一起生活,我感覺很好。

# 題型04　排列文章順序

**57~58** 請選出以下句子正確的排列順序。**P.29**

57. 第52回閱讀 第57題

> (가) 我以前是用右手寫字。
> (나) 從那時開始，我開始用左手寫字。
> (다) 雖然剛開始不太方便，但現在已經習慣用左手寫。
> (라) 但是，因為運動時受傷，無法再用右手寫字了。

① (가)-(다)-(라)-(나)　② (가)-(라)-(나)-(다)
③ (다)-(라)-(나)-(가)　④ (다)-(나)-(가)-(라)

58. 第60回閱讀 第58題

> (가) 校門口經常發生孩童交通事故。
> (나) 而且，孩童有時會突然跑到馬路上。
> (다) 因此，在校門口開車時必須小心。
> (라) 因為孩童個子矮小，開車時看不太到他們。

① (가)-(나)-(다)-(라)　② (가)-(라)-(나)-(다)
③ (라)-(나)-(다)-(가)　④ (라)-(다)-(가)-(나)

**練習題** 請選出以下句子正確的排列順序。**P.31**

1.

> (가) 剛開始學游泳的時候，手臂太痠痛了。
> (나) 過了約一個月後，不僅不再感到痠痛，身體也變得輕盈了。
> (다) 學游泳已經學了三個月左右。
> (라) 因為連腿也很痠痛，曾想過放棄。

① (가)-(나)-(다)-(라)　② (가)-(다)-(라)-(나)
③ (다)-(가)-(라)-(나)　④ (다)-(나)-(가)-(라)

2.

> (가) 那種花的名字叫康乃馨。
> (나) 5月8日是父母節。
> (다) 父母節時,韓國人會買花。
> (라) 他們會買康乃馨送給父母。

① (나)-(라)-(다)-(가)　② (나)-(다)-(가)-(라)
③ (다)-(가)-(라)-(나)　④ (다)-(나)-(라)-(가)

3.

> (가) 然而,喝太多的話,晚上會睡不著。
> (나) 而且,疲憊時喝的話,能恢復精神。
> (다) 如果想睡覺的時候喝咖啡,就不會睏。
> (라) 咖啡一天喝一到兩杯比較好。

① (다)-(라)-(나)-(가)　② (다)-(나)-(가)-(라)
③ (라)-(나)-(다)-(가)　④ (라)-(다)-(가)-(나)

4.

> (가) 行人穿越道的交通事故,在下雨天的夜晚經常發生。
> (나) 因為下雨天的夜晚,會看不太清楚前方。
> (다) 特別是穿黑色衣服走動的話,駕駛會看不清楚。
> (라) 所以下雨天的夜晚,應該穿顏色明亮的衣服出門。

① (가)-(나)-(다)-(라)　② (가)-(라)-(나)-(다)
③ (라)-(나)-(다)-(가)　④ (라)-(다)-(가)-(나)

5.

> (가) 去喬遷宴的人通常會帶禮物。
> (나) 搬家後邀請人們來家裡,稱為喬遷宴。
> (다) 在韓國,搬家後通常會邀請人們來家裡。
> (라) 禮物有肥皂、衛生紙、蠟燭等。

① (나)-(다)-(가)-(라)　② (나)-(라)-(다)-(가)
③ (다)-(나)-(가)-(라)　④ (다)-(라)-(나)-(가)

6.

> (가) 此外，也有人會去旅行社訂票。
> (나) 也可以使用網路訂票，這是近期最常用的方法。
> (다) 首先，可以打電話到航空公司訂票。
> (라) 預訂機票的方法很多。

① (다)-(가)-(나)-(라)　② (다)-(라)-(가)-(나)
③ (라)-(나)-(다)-(가)　④ (라)-(다)-(가)-(나)

# 題型05　找出省略的內容＋掌握細節

**49~50** 請閱讀以下內容後回答問題。P.34

第41回閱讀 第49~50題

> 我們公司地下室有運動室、閱讀室、午休室和聊天室。這些房間僅在午餐時間開放。我們公司的員工很喜歡這些房間。想去這些房間的人( ㉠ )，會直接前往地下室。因為在用餐後的短暫時間內，可以做想做的事。

49. 請選出最適合填入 ㉠ 的選項。
　　① 看完書後　　② 睡完覺後
　　③ 工作後　　　④ 吃完飯後

50. 請選出與文章內容相符的選項。
　　① 我們公司的餐廳在地下室。
　　② 我們公司不允許睡午覺。
　　③ 我們公司地下室的房間很受歡迎。
　　④ 我們公司的員工晚上會在地下室運動。

**練習題**　請閱讀以下內容後回答問題。P.35

**1~2**

> 這週日要舉辦送別會。因為這段時間一起工作的同事( ㉠ )。我們四年前一起進入公司。在公司遇到困難的事情時，我們會互相幫助，並彼此安慰。雖然未來可能無法再次見面，但我一定不會忘記這位同事。

1. 請選出最適合填入 ㉠ 的選項。
　　① 進公司　　② 喜歡參加派對　　③ 要回家鄉　　④ 進入公司就職

216

2. 請選出與文章內容相符的選項。
   ① 我和同事吵架了。
   ② 我不想見到這位同事。
   ③ **我和同事在公司共事了四年。**
   ④ 我未來無法待在這家公司工作。

**3~4**

我的興趣是旅遊，但最近無法去旅遊，因為太忙了。我早上七點在補習班學韓語，九點開始工作。雖然下班時間是六點，但最近因為事情太多，晚上經常加班，公司也經常舉辦聚餐。因此，週末我總是睡到很晚。( ㄱ )還要做拖延的家事。

3. 請選出最適合填入 ㄱ 的選項。
   ① **而且**　　② 所以　　③ 但是　　④ 因此

4. 請選出與文章內容相符的選項。
   ① 我每天都工作到很晚。
   ② 我在補習班教韓語。
   ③ 我下班後會做拖延的家事。
   ④ **我沒有時間從事自己的興趣。**

**49~50** 請閱讀以下內容後回答問題。P.36

第52回閱讀 第49~50題

我喜歡一個人旅行，通常不會決定旅行時間或地點就出發。比起知名的觀光景點，我更喜歡走訪小村落。我會自駕旅行，看到漂亮的風景時就下車欣賞。旅行的地方( ㄱ )，有時也會停留許久。

49. 請選出最適合填入 ㄱ 的選項。
    ① 如果不錯　　② 雖然不錯　　③ 即使不錯　　④ 雖然不錯

50. 請選出與文章內容相符的選項。
    ① **我旅行時習慣自己開車。**
    ② 我會和很多人一起去旅行。
    ③ 我會決定好旅行時間再出發。
    ④ 我每次旅行都會去知名觀光景點。

**練習題** 請閱讀以下內容後回答問題。P.37

**1~2**

韓國的山很多。城市有山,鄉村也有山。因此登山的人也很多。在我的家鄉,登山並不容易,(㉠),需要搭車到很遠的地方。因此,沒有辦法經常登山。

1. 請選出最適合填入 ㉠ 的選項。
   ① 如果要登山　　　　　② 登山之後
   ③ 登山的時候　　　　　④ 因為要登山

2. 請選出與文章內容相符的選項。
   ① 我的家鄉有很多山。
   ② **韓國的城市裡也有山。**
   ③ 我家鄉的人喜歡登山。
   ④ 韓國人搭車去登山。

**3~4**

我每天都會聽韓國流行音樂(K-POP)。韓國歌手不僅歌唱得好,舞也跳得很出色,真的很帥氣。韓國流行音樂的歌詞(㉠),我不太懂它的意思。然而,聽韓國流行音樂時,我的心情會變好,壓力也能緩解。有空的時候,我會邊看影片,邊跟上他們的舞蹈。

3. 請選出最適合填入 ㉠ 的選項。
   ① 用韓語代替　　　　　② **因為是韓語**
   ③ 恐怕是韓語　　　　　④ 由於韓語的關係

4. 請選出與文章內容相符的選項。
   ① **我喜歡韓國流行音樂。**　　② 韓國流行音樂很容易唱。
   ③ 韓國歌手用英文唱歌。　　　④ 我跳舞時心情會變好。

**55~56** 請閱讀以下內容後回答問題。P.39

第47回閱讀 第55~56題

> 我家貓咪的名字是咪咪。六個月前，我在下班回家的路上遇見了牠。當時咪咪的腿受了傷，看起來很痛苦，似乎也很餓。我把咪咪帶回家，給牠飯吃，還幫牠擦藥。剛開始咪咪不願意靠近我，但現在牠( ㉠ )。

55. 請選出最適合填入 ㉠ 的選項。(2分)
    ① 會好好吃飯　　　　　　② 有了新的名字
    ③ 回到了家　　　　　　　④ **喜歡和我待在一起**

56. 請選出與文章內容相符的選項。(3分)
    ① **我幫助了一隻受傷的貓。**　　② 我在六個月前買了一隻貓。
    ③ 我在路上弄丟了一隻貓。　　　④ 我從一開始就和貓很親近。

**練習題** 請閱讀以下內容後回答問題。P.40

**1~2**

> 我學韓語大約五個月了。因為對自己的韓語實力感到好奇，上個月參加了韓國語能力測驗。考試好像有點難。明天是( ㉠ )日子。我擔心沒通過考試，所以睡不著覺。希望能順利通過考試。

1. 請選出最適合填入 ㉠ 的選項。
   ① 考試的　　② 學習韓語的　　③ 未通過考試的　　④ **公布考試結果的**

2. 請選出與文章內容相符的選項。
   ① **我對自己的韓語實力感到好奇。**　　② 韓語測驗有點簡單。
   ③ 雖然很擔心，但還是通過了考試。　　④ 我在五個月前參加了測驗。

**3~4**

> 韓國人在搬家後，會邀請朋友到新家一起吃飯，這就是喬遷宴。受邀參加喬遷宴的人，會送洗衣精或衛生紙作為禮物。洗衣精象徵著像洗衣服時泡沫漸漸越來越多一樣，( ㉠ )變成有錢人；衛生紙則象徵事情可以順利解決。

3. 請選出最適合填入 ㉠ 的選項。
   ① 因為做很多工作
   ② 因為賺大錢
   ③ 因為房子很乾淨
   ④ 因為搬進了好房子

4. 請選出與文章內容相符的選項。
   ① 韓國人在搬家時，朋友會幫忙搬家。
   ② 韓國人會在搬家當天邀請朋友來家裡。
   ③ 喬遷宴當天，人們會用洗衣精來洗衣服。
   ④ **喬遷宴是搬到新家後，邀請朋友來的活動。**

## 題型06　找出適合填入空格的內容＋掌握中心思想

**51~52** 請閱讀以下內容後回答問題。P.42

第60回閱讀 第51~52題

> 請來韓國音樂博物館。在韓國音樂博物館，可以欣賞韓國傳統樂器，並聆聽它們的聲音。( ㉠ )可以邊看照片，邊了解關於韓國音樂的歷史。週末則有各式各樣的音樂表演可以觀賞。也有能購買紀念品的商店。

51. 請選出最適合填入 ㉠ 的選項。
    ① 而且　　② 所以
    ③ 那麼　　④ 但是

52. 請選出與文章內容相符的選項。
    ① 博物館的歷史
    ② 建立博物館的原因
    ③ 可以在博物館做的事情
    ④ 可以在博物館購買的樂器

**練習題**　請閱讀以下內容後回答問題。P.43

**1~2**

> 在韓國搭乘地鐵時，地鐵內會播放英文廣播。此外，地鐵路線圖上同時標示了韓文和英文，所以( ㉠ )，也能前往想去的地方。而且，每次轉乘地鐵時無需額外付費，即使換搭巴士，距離近也不用再支付費用。

1. 請選出最適合填入 ㉠ 的選項。
   ① 如果付費
   ② 如果學韓文
   ③ 即使不付費
   ④ 即使不懂韓文

2. 請選出與文章內容相符的選項。
   ① 地鐵的優點
   ② 地鐵的搭乘方法
   ③ 在地鐵內能做的事
   ④ 地鐵內禁止的行為

**3~4**

> 韓國的知名城市提供城市觀光巴士服務。搭乘這種巴士，可以輕鬆( ㉠ )該城市的知名景點。搭乘城市觀光巴士的方法非常簡單，購買一日通行券或單次通行券即可。在乘車途中，可以隨時在想下車的地方下車，並在想上車的地方搭車。如果使用一日通行券，還可以多次上下車。

3. 請選出最適合填入 ㉠ 的選項。
   ① 搭乘
   ② 前往
   ③ 使用
   ④ 購買

4. 請選出與文章內容相符的選項。
   ① 城市觀光巴士通行券的差異
   ② 城市觀光巴士的乘車地點
   ③ 城市觀光巴士的預約方法
   ④ 城市觀光巴士的搭乘方法

## 題型07　句子插入＋掌握細節

**59~60** 請閱讀以下內容後回答問題。P.45

第83回閱讀 第59~60題

> 我最近騎腳踏車去學校。( ㉠ )之前是搭地鐵上學的。( ㉡ ) 那時花三十分鐘就能到學校，但現在需要大約一個小時。( ㉢ )雖然早上我不喜歡早起，但可以運動讓我覺得很不錯。( ㉣ )

59. 請選出最適合插入以下句子的位置。(2分)

> 因此,我需要比搭地鐵時更早出門。

① ㉠　　② ㉡　　③ ㉢　　④ ㉣

60. 請選出與文章內容相符的選項。(3分)
① 我不喜歡運動。
② 我最近早上都很晚起床。
③ 我最近騎腳踏車上學。
④ 我每天搭一個小時的地鐵。

**練習題**　請閱讀以下內容後回答問題。P.46

**1~2**

> 我來自越南,我們公司有許多來自不同國家的人。( ㉠ )有中國人、印度人,還有俄羅斯人。( ㉡ )我們住在公司的宿舍裡。( ㉢ )我們自己在宿舍裡做晚餐來吃。( ㉣ )可以煮想吃的家鄉菜,感覺很好。

1. 請選出最適合插入以下句子的地方。

> 因此,下班後我們會回宿舍。

① ㉠　　② ㉡　　③ ㉢　　④ ㉣

2. 請選出與文章內容相符的選項。
① 我們公司只有外國人。
② 我們公司的人都很會做菜。
③ 我們公司的人全都住在宿舍裡。
④ 我們可以在公司的宿舍裡煮菜。

**3~4**

> 我想起一位很久沒聯絡的朋友,所以打了電話給他。( ㉠ )但朋友的聲音聽起來虛弱又奇怪。( ㉡ )我覺得朋友可能不太舒服,便快速結束了通話。( ㉢ )我非常擔心朋友。( ㉣ )明天我得去朋友住的醫院探望他。

3. 請選出最適合插入以下句子的地方。

   朋友開車時發生了車禍，當時在醫院裡。

   ① ㉠　　② ㉡　　③ ㉢　　④ ㉣

4. 請選出與文章內容相符的選項。
   ① 朋友得了喉嚨感冒。
   ② 朋友因為不舒服，所以掛斷了電話。
   ③ 我和朋友久違地通了電話。
   ④ 我送朋友去了醫院。

## 題型08　選擇文章的撰寫目的＋掌握細節

**63~64** 請閱讀以下內容後回答問題。P.48

第64回閱讀 第63~64題

●●●　< > ⟳　🔍 http://hkAPT.com　　　　　　　　　↗ ≡

| ✕ 韓國公寓大樓公告欄通知 | |
|---|---|
| 活動通知 公告事項 | **地下停車場清潔通知**<br>本公寓大樓預計於下週一和下週二進行地下停車場清洗作業。清潔期間將無法停車，請改停至公寓大樓其他停車場。<br>● 清潔日期<br>　・301棟、302棟：7月29日(一)<br>　・303棟、304棟：7月30日(二)<br>● 清潔時間<br>　・09:00 ~ 18:00<br>　　　　　　　2019年7月22日(一)<br>　　　　　　　韓國公寓大樓管理辦公室 |

63. 請選出撰寫上文的理由。
    ① 為更改清潔地點
    ② 為詢問清潔計畫
    ③ 為說明清潔原因
    ④ 為告知清潔的日期和時間

64. 請選出與上文內容相符的選項。
    ① 停車場的清潔將進行兩天。
    ② 停車場清潔將於星期二開始。
    ③ 地下停車場的清洗作業會在九點前完成。
    ④ 須於7月22日之前改停其他停車場。

**練習題** 請閱讀以下內容後回答問題。P.49

**1~2**

http://www.visitjeju.net

**Jeju 濟州特別自治道**

慶典・活動

**活動**

**耽羅文化節**

第2屆「耽羅文化節」將從4月20日至5月25日，每週六下午四點至九點在山地川廣場舉行。不僅能欣賞人氣歌手的表演，還可以漫步於從山地川延伸至大海的步道。歡迎與親愛的家人、朋友一同前來遊玩。

日期：2024年4月20日～5月25日
　　　每週六 下午四點～九點
地點：山地川廣場

1. 請選出撰寫上文的理由。
    ① 為尋找慶典地點
    ② 為邀請慶典歌手
    ③ 為決定慶典時間
    ④ 為告知慶典內容

2. 請選出與上文內容相符的選項。
    ① 慶典將持續兩個月。
    ② 今年首次舉辦此慶典。
    ③ 平日也可參加慶典。
    ④ 可以在慶典上看到歌手。

**3~4**

| 收件人 | cutebag@hankuk.net |
|---|---|
| 寄件人 | lmj@mium.com |
| 主旨 | 棕色包包的顏色太深了！ |

您好！我有在網路留言板上留言，因為未收到回覆，所以發送此郵件。上週五，我在「可愛包包」的網站上訂購了一款棕色包包，昨天收到包包後，發現顏色比想像中深很多，因此希望顏色可以換成黃色。再麻煩您盡快回覆。

李敏貞 敬上

3. 請選出撰寫上文的理由。
   ① 為尋找在留言板上寫的文章
   ② 為詢問訂購包包的方法
   ③ **為更換成其他顏色的包包**
   ④ 因為想在「可愛包包」工作

4. 請選出與上文內容相符的選項。
   ① 已透過網路留言板收到了回覆。
   ② 曾透過網路訂購一款黃色包包。
   ③ 昨天和今天共發送了兩次郵件。
   ④ 上週五在網路上買了包包。

## 題型09　找出適合填入空格的內容＋推論答案

**69~70** 請閱讀以下內容後回答問題。P.52

第83回閱讀 第69~70題

這是我還是小學生時的事。那天是父親的生日，我想讓父親開心。因此，我決定把我從嬰兒時期開始每天抱著睡覺的貓咪娃娃，當作禮物送給父親。我以為父親會很開心，但是( ㉠ )父親什麼話也沒說。過了一會兒，父親笑著緊緊地抱住了我。隨著時間流逝，我結了婚並生下了一個女兒。在我女兒一歲生日的時候，父親將那個貓咪娃娃精心包裝後，送給了她。

69. 請選出最適合填入 ㉠ 的選項。
    ① 看到禮物後
    ② 送出娃娃後
    ③ 買娃娃後
    ④ 包裝禮物後

70. 請選出根據上文推斷出的內容。
    ① 父親收到我的禮物後感到難過。
    ② 我女兒收到了新買的娃娃作為禮物。
    ③ 我在父親生日時買了禮物送給他。
    ④ 父親將我的禮物珍藏了很久。

**練習題** 請閱讀以下內容後回答問題。P.53

**1~2**

我沒有興趣。因為每天過著一成不變的生活，感到很無趣。然而，在我生日那天，朋友送我一把吉他當作禮物。我開始每天一個人練習彈吉他，卻發現彈吉他比我想像中( ㉠ )。於是我開始上吉他補習班。上吉他補習班期間還交到了新朋友，最近我過得非常開心。

1. 請選出最適合填入 ㉠ 的選項。
    ① 可怕　　② 吵鬧
    ③ 有趣　　④ 無趣

2. 根據上文，可以推論出什麼事情？
    ① 因為收到吉他當作禮物，感到非常開心。
    ② 彈吉他可以結交朋友。
    ③ 彈吉他已經成為我的興趣。
    ④ 因為交了朋友，沒有時間彈吉他。

**3~4**

今天公司為了歡迎像我一樣的新進員工，舉辦了聚餐。韓國人聚餐時通常會去酒館。然而，我( ㉠ )而擔心。聚餐的時候，我希望不要在酒館，而是在其他地方聚餐。一起看電影後去咖啡廳，或者一起去打保齡球都滿好的。

3. 請選出最適合填入 ㉠ 的選項。
   ① 因為不喜歡聚餐
   ② 因為不擅長喝酒
   ③ 擔心沒辦法看電影
   ④ 擔心保齡球打不好

4. 根據上文，可以推論出什麼事情？
   ① 我為新進員工準備了聚餐。
   ② 我喜歡在聚餐時喝酒。
   ③ 希望在酒館裡聚餐。
   ④ **聚餐時想看電影或打保齡球。**

# Part 2 主題篇

## 主題01　人物

**1~4** 請選出與文章內容相符的選項。P.56

1.

我的叔叔住在國外。由於叔叔住得太遠，爸爸非常想念他。但是兩天前，叔叔回到了韓國。叔叔買了很多禮物要送給我們家人。那天，爸爸和叔叔聊到了深夜。

① 爸爸住在國外。　　　　　　② 兩天前爸爸回來了。
③ 我們家人送了叔叔禮物。　　**④ 叔叔和爸爸聊了很久。**

2.

我和一位外國朋友一起住在宿舍。一開始因為他看起來很可怕，我們並不熟。但他很有趣，還和我興趣相同。我和朋友會一起去超市購物，也會一起打籃球。如今我們成為非常要好的朋友了。

**① 我和朋友住在一起。**　　　② 我一個人打籃球。
③ 我沒有要好的朋友。　　　　④ 對外國朋友的印象很好。

3.

我的姊姊比我大一歲。我們平常相處融洽。但是，姊姊有時會沒跟我說一聲就穿我的衣服出門，所以我們經常吵架。不過，我們決定從今天開始不再吵架了。

① 我和姊姊的關係很不好。　　② 我把衣服給姊姊了。
③ 姊姊不跟我說話。　　　　　**④ 我和姊姊決定和睦相處。**

4.

我們家的辛奇是外婆做給我們的。外婆住在鄉下，只要外婆做好辛奇或小菜，就會送到我們家。現在外婆年紀大了，做小菜很吃力。我希望外婆能健康長壽。

① 我住在鄉下。　　　　　　　② 外婆很健康。
**③ 我們家的辛奇是外婆做的。**　④ 我非常想吃外婆做的菜。

**5~8** 請選出最適合填入( ㄱ )內的字詞。P.58

**5.**

我的哥哥曾是一名跆拳道選手，也參加過奧運。他在各種比賽中都取得了好成績。( ㄱ )去年他在練習時受傷，導致無法繼續運動。因此，他現在在補習班教孩子們跆拳道。

① 而且　　　　② 所以　　　　③ 但是　　　　④ 那麼

**6.**

我上個月以新進員工的身分進入公司。( ㄱ )，所以經常出錯。上班族在工作時，因為職場前輩而備感壓力。不過，我遇到了一位很好的前輩，讓我沒有壓力並適應工作。希望以後我也能成為好好幫助新人的好前輩。

① 因為喜歡職場生活　　　　　　② 因為很能適應職場生活
③ 因為職場生活很有趣　　　　　**④ 因為初次踏入職場**

**7.**

我和丈夫第一次見面是在大學。當時因為丈夫的家離我家很近，所以能經常見面。但大學畢業後，我搬了家，我們沒辦法再常常見面了。( ㄱ )我們一直保持聯絡，並在去年結婚了。因為結婚後每天都能見到對方，讓我感到很幸福。

① 所以　　　　② 那麼　　　　③ 因此　　　　④ 然而

**8.**

我的妹妹個性非常開朗。我妹妹心情好的時候，會在父母面前又唱又跳。那麼，父母都會因為心情好而開懷大笑。而我因為安靜的個性，所以很羨慕妹妹的個性。我希望自己能像妹妹一樣( ㄱ )。

① 能跳舞就好了。　　　　　　② 能唱歌就好了。
**③ 個性開朗就好了。**　　　　④ 個性安靜就好了。

**9~10** 請閱讀以下內容，選出文章的中心思想。P.60

**9.**

今天是姪子國中畢業的日子。我小時候，每逢畢業典禮那天都會吃炸醬麵。所以，今天我想請姪子吃炸醬麵和糖醋肉。希望他會喜歡我請他吃的食物。

① 我喜歡炸醬麵。
② 我想吃炸醬麵。
③ 我想參加姪子的畢業典禮。
④ 我想請姪子吃炸醬麵。

**10.**

我下班後會到補習班學韓文。白天因為要工作，下班後感到很疲憊。但是，因為韓文老師的課程很有趣，讓我每天都去上課。因為韓文老師，讓我開心大笑，壓力得到緩解。我希望未來也能成為一名有趣的韓文老師。

① 我每天都在唸書。
② 工作和學習同時進行讓人感到很疲憊。
③ 我的夢想是成為有趣的韓國人。
④ 我的夢想是成為一名有趣的韓文老師。

**11.** 請選出最適合插入以下句子的位置。

我的爸爸是韓國人，媽媽是日本人。( ㉠ )很久以前，媽媽來韓國留學，遇見了爸爸並結了婚。( ㉡ )他們都很喜歡韓式料理，個性也很合得來。( ㉢ )有時候看韓國和日本的足球比賽時，他們會用自己的母語鬥嘴。( ㉣ )

但是，我覺得這樣的畫面看起來很美好。
① ㉠　② ㉡　③ ㉢　④ ㉣

**12.** 請選出以下句子正確的排列順序。

(가) 我女兒的身體虛弱，健康狀況不好。
(나) 因此，我們搬到了鄉下。
(다) 我有一個女兒。
(라) 搬家後，女兒的健康好轉了。

① (가)-(나)-(다)-(라)　② (가)-(다)-(나)-(라)
③ (다)-(가)-(나)-(라)　④ (다)-(가)-(라)-(나)

# 主題02　職業

**1~4** 請選出與文章內容相符的選項。P.66

1.

> 我經營一家小型餐廳。我們店在午餐時間最為忙碌，因為附近的上班族經常來吃鍋物料理。辛奇鍋和大醬鍋是我們店裡最受歡迎的菜單。看到來店裡的客人津津有味地享用餐點，讓我感到很幸福。

① 我們店一直都很忙碌。
② 我最擅長做辛奇鍋。
③ 我們店裡的餐點種類非常多。
④ **看著客人津津有味地享用餐點時，我覺得很幸福。**

2.

> 我小的時候，我們家曾經失火。當時消防員叔叔們前來滅火，幫助了我們家。從那之後，我立志成為一名消防員，為此努力唸書和運動。不久前，我參加了消防員考試並合格了。如今我成為了消防員，將幫助許多人。

① 不久前，我家失火了。
② 鄰居們幫助了我們家。
③ **因為想成為消防員，我參加了考試。**
④ 成為消防員後，我幫助了許多人。

3.

> 我的工作是到人家家中修理冰箱。剛開始從事這份工作時，覺得很辛苦，因為與人交談讓我感到害羞。但是，當聽到「謝謝你幫我修好冰箱」這句話時，我的心情就會變得很好。所以，現在我對這份工作非常滿意。

① 我的職業是辛苦的工作。
② 修理冰箱會讓我心情變好。
③ 當我上門時，客人會感到害羞。
④ **雖然一開始很辛苦，但現在很喜歡我的工作。**

4.

我小時候搭飛機遇到一位漂亮的空服員姐姐。因為空服員姐姐太漂亮,我也想能成為像她一樣的空服員。因此,我運動控管體重,並努力學習外語。後來,我成為一名飛機空服員。有時在工作中,看到小女孩注視著我時,我會想起自己小時候,覺得很有趣。

① 我是一名空服員。
② 我希望成為姐姐。
③ 我喜歡小女孩。
④ 我想把外語學好。

**5~8** 請選出最適合填入( ㉠ )內的字詞。P.68

5.

電競選手是指與世界各國的人進行電腦遊戲競賽的選手。隨著以電腦遊戲的競技市場日益擴大,電競選手的人氣也逐漸提升。因此,電競選手成為了最近孩子們( ㉠ )職業。

① 喜歡過的　　　　　　　　② 會喜歡的
③ 喜歡的　　　　　　　　　④ 曾經喜歡的

6.

我是向人們提前告知天氣變化的人。由於天氣隨時在變化,所以( ㉠ )天氣預報。因為事先知道天氣會很方便。雖然無法總是準確預測天氣,但我真的很喜愛這份能幫助他人的工作。

① 應該要看　　　　　　　　② 懂得看
③ 可以看　　　　　　　　　④ 不可以看

7.

我們藥局位於醫院前面。人們通常看完醫生後會來我們藥局,( ㉠ )我會拿藥給他們。不過,有些人在生病時不去醫院,而是向我詢問治療方法。生病時,應該去醫院才對。

① 但是　　　　　　　　　　② 那麼
③ 即便如此　　　　　　　　④ 然而

**8.**

季節交替時,很多人因為感冒而來醫院。我在醫院工作時,經常看到人們長時間候診,有些人因為沒有時間就那樣離開。然而,如果能在感冒之前就接種疫苗,就不用來醫院。人們能提前接種疫苗( ㉠ )

① 來(接種疫苗)會比較好。
② 已經決定來(接種疫苗)。
③ 曾經來(接種過疫苗)。
④ 想來(接種疫苗)。

**9~10** 請閱讀以下內容,選出文章的中心思想。P.70

**9.**

我是負責清理垃圾的清潔人員。由於垃圾有異味又骯髒,因此人們不喜歡我的職業。但是偶爾也有人會對我說聲謝謝。雖然這是不受人們喜歡的工作,卻是有人一定得去做的工作。所以,我決定繼續從事這份工作。

① 人們討厭骯髒的垃圾。
② 也有人對我說謝謝。
③ 我希望成為一名負責清理垃圾的清潔人員。
④ 即使人們不喜歡我的工作,我仍會繼續做下去。

**10.**

雖然披薩是義大利料理,但是韓國的披薩卻有些不同。韓國有義大利沒有的排骨披薩、韓式烤肉披薩和辛奇披薩。我偶爾也會製作新的披薩口味。做出大家都喜歡的、美味且健康的披薩是我的夢想。

① 披薩是義大利料理。
② 義大利披薩很受歡迎。
③ 義大利披薩比韓國披薩更美味。
④ 我想做出人人喜愛的新口味披薩。

**11.** 請選出最適合插入以下句子的位置。

記者是向人們傳遞資訊或消息的人。( ㉠ )在傳遞資訊或消息時,比起快速傳遞,傳遞正確的資訊或消息更重要。( ㉡ )像這樣有錯誤資訊的新聞,會引發不良的社會問題。( ㉢ )因此,在網路上閱讀新聞或報導的時候,一定要確認是否為正確的資訊。( ㉣ )

然而,最近網路上錯誤資訊太多。
① ㉠  ② ㉡  ③ ㉢  ④ ㉣

12. 請選出以下句子正確的排列順序。

> (가) 魷魚必須在夜間出海才能抓到。
> (나) 因此,魷釣船的燈光很亮。
> (다) 這是因為魷魚喜歡光源。
> (라) 我是一名乘船捕撈魷魚的漁夫。

① (가)-(나)-(다)-(라)　② (가)-(다)-(나)-(라)
③ (라)-(가)-(나)-(다)　④ (라)-(가)-(다)-(나)

# 主題03　興趣

**1~4** 請選出與文章內容相符的選項。P.74

1.

> 我喜歡看韓國電視劇。韓國電視劇的演員很帥,劇情也很有趣,所以我幾乎每天都在看。以前我的父母對韓國電視劇不感興趣,但最近因為我的關係,他們也喜歡上韓國電視劇了。

① 我偶爾會看韓國電視劇。
② 我從未看過韓國電視劇。
③ 父母喜歡韓國電視劇。
④ 因為父母的關係,我變得比較喜歡韓國電視劇。

2.

> 我的興趣是畫漫畫。我從小就很喜歡漫畫。畫漫畫的話,就彷彿生活在漫畫世界裡。最近我用電腦來畫漫畫,比以前更容易繪製,所以我覺得很棒。我會畫出有趣的漫畫,再給朋友們看。

① 我生活在漫畫世界裡。
② 從以前開始,我就用電腦繪圖。
③ 我喜歡用電腦畫漫畫。
④ 因為想畫漫畫,我學習使用電腦。

**3.**

我一年一定會出國旅行一次。為了出國旅行，我通常會從一年前開始存錢。然後等到錢存夠了，就會向公司請假去旅行。在那個地方，我會和人們合照，還會購買明信片。每當看到自己收集的明信片和照片，就會想起當時的回憶，覺得很開心。

① 我會從公司出國旅行。
② **我一年旅行一次。**
③ 我在公司累積了回憶，感覺很好。
④ 我為了存錢向公司請假。

**4.**

我的興趣是購物，尤其喜歡買衣服。我主要會在換季的時候購買很多衣服。為了知道今年的流行時尚，我經常看雜誌或電視。所以我的朋友每次去買衣服時，總是希望能跟我一起去。

① **我很了解流行趨勢。**
② 我的朋友不太會穿衣服。
③ 我在換季的時候會購買雜誌。
④ 我的朋友喜歡看雜誌和電視。

**5~8** 選出最適合填入( ㉠ )內的字詞。P.76

**5.**

我在家裡做飯的時候最愉快。看到家人津津有味地品嚐我做的料理時，我感到很幸福。不過，最近人們使用智慧型手機叫外送來吃。叫外送食物吃的話，( ㉠ )對健康不好。為了所愛的家人，食物還是親自做來吃比較好。

① 方便又　　　　② 因為方便
③ 既方便　　　　④ **雖然方便**

**6.**

我從小就不擅長跳舞，但因為喜歡跳舞，所以去補習班學習。跳舞( ㉠ )，有益健康。雖然一開始跳得不好，但現在跳得很好了。我打算和熱愛跳舞的人一起組一個舞團。

① 要跳得好才　　　② 只有跳得好的人
③ 因為不是運動　　④ **因為是一種運動**

Part 2 主題篇　235

**7.**

我喜歡一個人看電影,一個人看電影有很多好處。看悲傷的電影時可以盡情哭泣,看有趣的電影時可以開懷大笑。( ㉠ )看電影時不用說話,因此更能好好看電影。我喜歡這樣沉浸在電影裡的感覺。

① 那麼　　　　② 所以
③ 而且　　　　④ 但是

**8.**

我是一名五十多歲後半的家庭主婦。從小我就很想學彈鋼琴,但一直沒辦法學。我想趁年紀更大之前學鋼琴,所以現在每天都在鋼琴補習班練習兩個小時。我會努力練習,( ㉠ )為家人完整地( ㉠ )一首鋼琴曲。

① 也可以彈奏。　　② **想要彈奏。**
③ 不要彈奏。　　　④ 無法彈奏。

**9~10** 請閱讀以下內容,選出文章的中心思想。P.78

**9.**

我每週日都會去山上。在山裡呼吸乾淨的空氣,心情會變好。而且上山時流汗能夠紓解壓力。因此,現在我的身體比以前好了。下週我打算和家人一起去爬山。

① 我住在山裡。
② **我喜歡爬山。**
③ 我在山上運動。
④ 只要流汗,我心情就會變好。

**10.**

我週末晚上和朋友們見面時,無論何時都會去KTV。我們一起在KTV裡邊跳舞邊大聲唱歌,然後看著彼此開懷大笑。即使唱得不好,只要盡情玩樂,就能紓解壓力。

① 我的朋友很有趣。
② 如果唱得不好,就不好玩了。
③ 我為了跳舞去KTV。
④ **玩的時候玩得盡興,才能紓解壓力。**

11. 請選出最適合插入以下句子的位置。

> 四物遊戲是韓國的傳統遊戲。( ㉠ )因為用四種樂器演奏和玩樂，所以稱作四物遊戲。( ㉡ )演奏樂器的四個人坐在各自的位置上盡情地演奏。( ㉢ )因此，最近連外國人也很常學習四物遊戲。( ㉣ )

看著這些賣力演奏的人，觀看的人也能一起變得愉快。
① ㉠　② ㉡　③ ㉢　④ ㉣

12. 請選出以下句子正確的排列順序。

> (가) 因為用紙做的書不會讓眼睛不舒服。
> (나) 因為眼睛不會不舒服，所以我總是隨身攜帶紙本書。
> (다) 最近用智慧型手機看書的人很多。
> (라) 然而，我還是更喜歡紙本書。

① (나)-(라)-(가)-(다)　② (나)-(가)-(다)-(라)
③ (다)-(라)-(나)-(가)　④ (다)-(라)-(가)-(나)

# 主題04　日常生活

**1~4** 請選出與文章內容相符的選項。P.82

1.

> 來韓國留學後，我沒辦法好好吃早餐。韓文課是上午九點開始，但我總在八點三十分左右才起床。因為要準備上學，所以沒時間吃早餐。因為沒吃早餐的關係，我午餐吃得快，還吃得很多。結果導致消化不良，常常肚子痛。

① 我不喜歡吃早餐。
② 韓文課是上午八點三十分開始。
③ 因為要準備上學，所以沒辦法吃早餐。
④ 我不吃早餐和午餐，所以肚子痛。

2.

最近在公園或街上，經常能看到帶狗散步的人。因為我喜歡狗，所以能到處看到狗感到很開心。不過，也有一些人不喜歡狗，或是害怕狗。所以，帶狗出門時需要小心。

① 我喜歡和狗一起散步。
② 最近有很多人和狗一起散步。
③ 帶狗散步有益健康。
④ 最好在公園或街上散步。

3.

我們家每個月都會舉行一次特別的聚會。在聚會上可以品嚐到各個國家的料理，因為各國的朋友們會帶來他們做的家鄉菜。我在聚會上品嚐很多第一次吃的美食。明天有一場聚會，我非常好奇朋友們會帶來什麼食物。

① 我們家每個月都會販售一次各國料理。
② 朋友們想知道明天聚會上會吃的美食。
③ 不同國家的朋友聚集在我們家，製作家鄉料理。
④ 我在我們家的聚會上有第一次吃的食物。

4.

昨天我在網路上買了一雙運動鞋。這是我平時想買的運動鞋，但因為昂貴，一直在等它打折。不過昨天在網路上發現這雙運動鞋打四折，能以划算的價格買下想買的運動鞋，心情很愉快。希望運動鞋能快點送來。

① 運動鞋太便宜，所以沒有買。
② 昨天在百貨公司裡看了一下運動鞋。
③ 昨天試穿了運動鞋，覺得很合適。
④ 網路上正在打折出售運動鞋。

**5~8** 請選出最適合填入( ㄱ )內的字詞。P.84

5.

很久沒有打掃家裡了。這期間因為下雨，沒辦法打開窗戶通風。今天天氣非常晴朗，所以我能把所有窗戶打開進行大掃除。我從下午兩點開始打掃，結束時已經是四點半了。一個人打掃確實有點累，但打掃完後看到( ㄱ )家，心情真的很好。

① 晴朗的 ② 陰天的
③ 乾淨的 ④ 冰冷的

**6.**

這週日是同班同學的生日。( ㊀ )那天打算和班上同學們一起到學校附近的餐廳吃晚餐。學校附近有一家以燉排骨聞名的餐廳，其他的料理也很美味，而且價格也不貴。因為那家餐廳週末總是很多客人，所以得提前訂位。

① 而且 ② 所以
③ 那麼 ④ 但是

**7.**

我很喜歡韓國料理。尤其喜歡辛奇，所以用辛奇製作的料理我都喜歡。因此，我打算在韓國學習製作辛奇的方法。我想( ㊀ )，用它來做各種菜餚。我希望盡快學會製作辛奇的方法。

① 製作完辛奇後 ② 因為製作辛奇
③ 打算製作辛奇 ④ 在製作辛奇的時候

**8.**

下週五是弟弟的生日。今天我( ㊀ )給弟弟的( ㊀ )去了郵局。準備送給弟弟的生日禮物是一雙運動鞋。弟弟喜歡運動，也喜歡收集運動鞋。我希望弟弟會喜歡我送的禮物。

① 收到禮物 ② 為了寄出禮物
③ 買好禮物後 ④ 如果包裝禮物

**9~10** 請閱讀以下內容，選出文章的中心思想。P.86

**9.**

我們家裡有很多盆栽。因為盆栽很多，我覺得家裡的空氣總是很好。看到盆栽裡的花朵和樹木，心情也跟著好起來。每個週末，我都會為盆栽澆水。邊聽音樂邊為花盆澆水時，一週的壓力隨之釋放。

① 家裡有很多盆栽真的很不錯。
② 每個週末都要幫盆栽澆水。
③ 如果家裡空氣好，心情也會很好。

**10.**

今天我和朋友一起去了巧克力博物館。我本來對巧克力沒什麼興趣，但因為朋友喜歡巧克力，就一起去了那裡。到那裡後，發現不僅可以了解巧克力的歷史，還能試著製作巧克力。巧克力博物館比我想像中更有趣，我下次還想再去一次看看。

① 如果喜歡巧克力，就要去巧克力博物館。
② 去了巧克力博物館後，發現非常有趣。
③ 為了製作巧克力，去巧克力博物館。
④ 想要學巧克力的歷史，就要去巧克力博物館。

**11. 請選出最適合插入以下句子的位置。**

最近我的肩膀和脖子都很痠痛。( ㉠ )可能是因為在公司長時間使用電腦的緣故。( ㉡ )所以，我從昨天開始學習瑜伽。( ㉢ )雖然剛開始學習有點困難，但做完瑜伽後心情很好，肩膀和脖子的疼痛也減輕了。

我跟朋友聊到這件事，朋友介紹了一家瑜伽教室給我。
① ㉠  ② ㉡  ③ ㉢  ④ ㉣

**12. 請選出以下句子正確的排列順序。**

(가) 因此，今天我在網路上訂了票。
(나) 這個週末我打算去電影院。
(다) 因為有一部我很想看的電影。
(라) 由於週末電影院人多，最好提前購票。

① (나)-(다)-(라)-(가)  ② (나)-(라)-(가)-(다)
③ (라)-(가)-(다)-(나)  ④ (라)-(나)-(다)-(가)

# 主題05　飲食

**1~4** 請選出與文章內容相符的選項。P.90

**1.**

韓國人會在天氣炎熱的夏天吃熱騰騰的蔘雞湯。蔘雞湯裡放了一隻小雞，還加入了像人蔘和紅棗這類對身體有益的食材。因此，韓國人似乎會在夏天沒有力氣時吃蔘雞湯。

① 蔘雞湯雖然辣但好吃。
② **人蔘和紅棗對身體有益。**
③ 蔘雞湯是冷的時候吃的食物。
④ 吃蔘雞湯可以治病。

2.

我喜歡辛奇炒飯，所以經常做辛奇炒飯來吃。辛奇炒飯做法非常簡單。把辛奇切好，放入油拌炒後，再放入白飯一起拌炒即可。如果放入肉類或火腿，會變成更美味的辛奇炒飯。

① 我是一名廚師。
② **辛奇炒飯很容易製作。**
③ 炒完飯後需要放入辛奇。
④ 我每天都吃辛奇炒飯。

3.

麵條是許多人喜愛的食物。因此麵條自古以來幾乎所有國家的人都會吃。韓國人在夏天會冰鎮地吃麵條，而冬天則常常弄熱後吃。有些麵條有湯，有些則沒有湯。

① **吃麵條的國家很多。**
② 不存在沒有湯的麵條。
③ 沒有人不吃麵條。
④ 夏天吃熱的麵條。

4.

韓國人在農曆新年會吃年糕湯。年糕湯是放入白色年糕煮成的湯。據說吃一碗年糕湯就代表年齡增加一歲。因此，如果問孩子們「你吃了幾碗年糕湯？」就等於在問「你幾歲了？」

① 傳統節日會吃年糕湯。
② **年糕湯的年糕是白色的。**
③ 年紀大的人吃很多年糕湯。
④ 年糕湯是孩子們喜歡的食物。

③ 年紀大的人吃很多年糕湯。
④ 年糕湯是孩子們喜歡的食物。

**5~8** 請選出最適合填入(㉠)內的字詞。P.92

5.

在我們國家不吃海苔。(㉠)我來到韓國後第一次看到海苔。海苔的顏色是黑色，品嚐時有大海的味道，所以不怎麼喜歡。不過，前幾天吃了朋友做的海苔飯捲，沒有大海的味道，而且非常好吃。聽說海苔對身體有益，特別是對眼睛有益，所以我得要經常吃。

① 而且
② 即便如此
③ 所以
④ 然而

6.

我最喜歡的韓國料理是五花肉。我以前(㉠)喜歡牛肉。但是，吃過五花肉之後，想法變不一樣了。將五花肉烤好後，和蔬菜一起包著吃太美味了，所以很幸福。我現在沒有五花肉好像就活不下去了。

① 和豬肉一樣
② 跟豬肉一起
③ 比起豬肉更
④ 像是豬肉

7.

韓國人在生日早晨喝海帶湯。所以韓國人會問壽星「今天有喝海帶湯嗎？」但是，如果生日和考試是同一天的話，他們(㉠)海帶湯。因為海帶滑溜，人們認為喝了海帶湯會考試落榜。

① 不會喝
② 必須喝
③ 做來喝
④ 想要喝

242

8.

韓式拌飯是外國人最喜愛的韓國飲食。韓式拌飯是在飯上加入各種顏色的蔬菜和肉，攪拌後食用的飲食。因為可以加入想吃的分量的辣椒醬或醬油來拌，所以即使是不太能吃辣的人也能吃。( ㉠ )人只加入蔬菜攪拌後食用即可。韓式拌飯有益健康又美味，所以外國人和韓國人都很喜歡。

① 不吃肉的
② 喜歡吃肉的
③ 不吃韓式拌飯的
④ 喜歡韓式拌飯的

**9~10** 請閱讀以下內容，選出文章的中心思想。P.94

9.

我喜歡寒冷的冬天，因為可以吃到美味的烤地瓜。烤地瓜是把地瓜放在火上烤熟。邊呼呼吹氣邊吃熱騰騰的地瓜，真的是美味無比。希望寒冷的冬天盡快到來。

① 烤地瓜和蜂蜜一起吃味道很好。
② 烤地瓜是只有冬天才吃得到的食物。
③ 因為可以吃到烤地瓜，所以喜歡冬天。
④ 烤地瓜很燙，所以吃的時候要小心。

10.

年糕是韓國人喜愛的傳統食物。年糕主要使用米製作，也有用其他穀物製成的年糕。韓國人喜愛年糕，因此年糕的種類非常多。在像節日或生日一樣特殊的日子裡，一定會吃年糕。最近也會用年糕來做成辣炒年糕、年糕拉麵、年糕串等多樣料理方式。

① 年糕是韓國的傳統食物。
② 年糕是只有在特殊的日子才會吃的食物。
③ 年糕可以用來製作許多料理。
④ 年糕是韓國人喜愛的食物。

**11. 請選出最適合插入以下句子的位置。**

檸檬是一種散發酸味的黃色水果。( ㉠ )檸檬可以用來製作冷飲或熱茶喝，也可以在料理時使用。( ㉡ )如果將帶有食物味道的小菜盒用檸檬擦拭，就不會有食物的味道。( ㉢ )而且把檸檬用在洗衣服上，可以讓變色的白衣服恢復成白色。( ㉣ )

檸檬雖然是水果，但也可以不拿來吃，在生活中使用。
① ㉠　② ㉡　③ ㉢　④ ㉣

**12. 請選出以下句子正確的排列順序。**

(가) 製作辣炒年糕的方法非常簡單。
(나) 水煮開後，放入蔬菜和魚板，再稍微煮一會兒。
(다) 最後放入辣炒年糕的年糕煮熟即可。
(라) 首先，把辣椒醬、醬油、砂糖和大蒜放進水裡煮。

① (가)-(나)-(다)-(라)　② (가)-(라)-(나)-(다)
③ (나)-(다)-(가)-(라)　④ (나)-(라)-(다)-(가)

## 主題06　地點

**1~4　請選出與文章內容相符的選項。P.98**

**1.**

如需開立帳戶，必須前往銀行。去銀行的話，會有抽取號碼牌的地方。抽取號碼牌後等待，等到自己的號碼出現，就前往櫃檯。在櫃檯填寫申請書，並繳交身分證與所需文件後，就會幫忙開立帳戶。

① 號碼牌在櫃檯抽取。
② 申請書由銀行行員幫忙填寫。
③ 需要在號碼牌上寫上自己的號碼。
④ 如果要開立帳戶需要身分證。

**2.**

我家前面有中浪川。中浪川的水很乾淨，所以有很多魚生活在那裡。中浪川旁設有散步道，人們在早晨和傍晚會在中浪川旁的散步道運動或散步。也有很多人會帶著狗一起散步。

① 可以在中浪川游泳。
② **中浪川離我家很近。**
③ 不可以帶著狗來中浪川。
④ 有人會在中浪川抓魚。

3.

景福宮是位於首爾的宮殿，宮殿是過去君王曾經居住的地方。上個週末，我和家人一起去了景福宮。我們在景福宮附近租借了韓服來穿，穿著韓服的人可以免費入場。景福宮的建築十分美麗，還有許多花卉樹木。穿著韓服在景福宮走路，彷彿成為了古代的君王。

① 君王現在住在景福宮裡。
② 去景福宮可以租借韓服。
③ 景福宮建築眾多，因此很複雜。
④ **進入景福宮時沒有付錢。**

4.

五日市場是每五天開市一次的市場，每個地方的市場開市日期皆不相同。我們社區的五日市場每個月2日、7日、12日、17日、22日和27日開市。五日市場開市當天，我會和朋友一起去逛市場，也會逛逛花和逛逛衣服。如果逛一逛肚子餓了，就會買市場賣的食物來吃。市場的食物便宜又美味，所以很不錯。

① 朋友在五日市場賣食物。
② 五日市場一個月開市五次。
③ 每個月5日是五日市場的開市日。
④ **在五日市場可以買到花和衣服。**

**5~8** 請選出最適合填入( ㉠ )內的字詞。P.100

5.

昨天踢足球時跌倒，傷到了腿。去了醫院檢查，醫生說骨頭沒有問題。( ㉠ ) 我因為太痛無法走路。朋友叫我去韓醫院看看。韓醫院是用韓國傳統治療方法進行治療的地方。明天我得去韓醫院看看。

① 但是
② 而且
③ 所以
④ 那麼

6.

我在天氣炎熱又覺得無聊時會去圖書館。去圖書館的話，可以在涼爽的閱覽室裡讀書。雖然閱覽室不能吃東西，但如果想吃東西，( ㉠ )販賣部或餐廳。圖書館裡的餐廳價格便宜，味道也好，非常不錯。

① 可以去
② 以為會去
③ 想要去
④ 不能去

7.

在韓國，有些棒球場可以一邊吃烤肉，一邊看棒球比賽。烤肉所需的用品可以用便宜的價格租借，因此( ㉠ )另外( ㉠ )。肉類和蔬菜也可以按想吃的份量購買來吃。還有許多人邊吃炸雞或披薩邊看棒球。邊吃著美食邊觀賞棒球比賽，會讓棒球更加有趣。

① 需要打包帶走
② 需要事先製作好
③ 不需要租借
④ **不需要準備**

8.

韓國的網咖不只設備很好，還非常方便。網咖裡的電腦速度很快、螢幕也大，所以能夠盡興地玩遊戲。玩遊戲玩到肚子餓時，用電腦( ㉠ )。有像飲料和餅乾這樣簡單的食物，還有像漢堡、辣炒年糕、泡麵、炒飯這樣能當正餐的食物。此外，還有像雙人座、三人座這樣可以好幾個人一起坐的位置，因此和朋友一起去更好。

① 可以租借
② 可以製作
③ **可以點餐**
④ 可以料理

**9~10** 請閱讀以下內容，選出文章的中心思想。P.102

**9.**

去博物館的話，可以了解那個國家的歷史與文化。因此，每當我去其他國家時，一定會去參觀博物館。下週我打算前往首爾的博物館。因為首爾是一座歷史悠久的城市，我非常期待。

① 如果去其他國家，應該去博物館。
② **去博物館可以了解歷史與文化。**
③ 首爾是歷史悠久的城市，所以博物館很大。
④ 如果想了解首爾的歷史，去博物館不錯。

**10.**

我昨天去咖啡廳見朋友。我在朋友來之前先點了咖啡，坐在座位上等他。然而，坐在隔壁的女子將筆電和包包放在座位上後就出去了。雖然咖啡廳內人很多，卻沒有人關注她的物品。在我們國家，如果這樣做，東西會不見。我覺得韓國有許多好人。

① 不能把物品放在咖啡廳座位就出門。
② 韓國人對其他人不感興趣。
③ 物品可能會在咖啡廳遺失，所以要小心。
④ **韓國有很多好人，所以物品不太容易不見。**

**11. 請選出最適合插入以下句子的位置。**

我們社區開了一家可以躺著看電影的電影院。( ㉠ )電影院一開幕，我就和朋友一起去了。( ㉡ )按下座椅上的按鈕後，椅子就會展開，讓人可以躺下。( ㉢ )躺著看電影真的很舒服。( ㉣ )雖然價格有點貴，但我覺得以後會常去。

電影院裡有比一般戲院稍大一些的座椅。

① ㉠　② ㉡　③ ㉢　④ ㉣

**12. 請選出以下句子正確的排列順序。**

(가) 但是，我喜歡鄉下。
(나) 一般年輕人喜歡城市。
(다) 因為住在鄉下可以和大自然共處。
(라) 我往後也會繼續住在鄉下。

① (나)-(가)-(다)-(라)　② (나)-(가)-(라)-(다)
③ (다)-(나)-(가)-(라)　④ (다)-(라)-(나)-(가)

# 主題07　生活用品

**1~4** 請選出與文章內容相符的選項。P.106

1.

上週三是我朋友的生日。那位朋友比其他人更容易流汗，也總是喊熱。所以，我送給朋友一台小型電風扇當作禮物。因為電風扇輕巧又涼爽，朋友非常喜歡。因為朋友喜歡，我也心情很好。

① 朋友喜歡炎熱的天氣。
② 朋友在生日當天流了很多汗。
③ 朋友送給我一台電風扇。
④ **朋友收到電風扇後很喜歡。**

2.

硬幣上有各種的圖案，有人物、動物、植物、建築等各式各樣的圖案。韓國的硬幣有500韓元、100韓元、50韓元、10韓元、5韓元和1韓元。500韓元上有鳥，100韓元上有人物，50韓元上有稻米，10韓元上有建築。5韓元上有船，1韓元上有花，不過，5韓元和1韓元的硬幣在韓國不常使用。

① 人們在硬幣上畫圖。
② 韓國有五種硬幣。
③ **韓國的所有硬幣上都有圖案。**
④ 硬幣上的圖案是人們喜歡的圖案。

3.

我喜歡看智慧型手機。無聊的時候，只要有手機就可以聽音樂，也可以玩遊戲。電視又大又重，沒辦法帶著走。但智慧型手機小又輕便，無論何時何地都能看新聞、電影或電視劇。

① 智慧型手機很大，所以玩遊戲時很好。
② **可以用智慧型手機看新聞。**
③ 智慧型手機太小，看電影不方便。
④ 智慧型手機很重，沒辦法帶著走。

**4.**

今天整理家裡時，我找到了小時候寫的日記本。雖然字寫得不好，圖畫也畫得不好，但找到日記本讓我非常開心。日記裡都有記錄了小時候做了什麼和想了什麼。閱讀日記也想起了以前的事。長大成人後，我就沒再寫日記了，但我應該重新開始寫日記。

① 在衣櫃裡找到日記本。
② 小時候不喜歡寫日記。
③ 年紀小的時候寫日記是好事。
④ **雖然現在不寫，但小時候寫過日記。**

**5~8** 請選出最適合填入( ㉠ )內的字詞。P.108

**5.**

我去年在二手市場買了筆電。但是從不久前開始筆電變慢了，也會突然當機或關機。應該是壞了。( ㉠ )維修，維修費可能會很高，所以很擔心。

① 擔心送去
② 送去之前
③ 為了送去
④ **應該送去**

**6.**

昨天在大學路看到一位很會彈吉他的人。路上的人們走著走著都停下來，聆聽他的吉他聲。吉他演奏結束後，大家都鼓掌了。雖然那個人的長相稱不上帥氣，但卻( ㉠ )非常( ㉠ )。突然間，我也想學吉他了。於是，我去賣樂器的店買了吉他，還買了吉他書。我希望能快點彈得像那個人一樣好。

① 看起來非常親切
② **看起來非常帥氣**
③ 看起來非常辛苦
④ 看起來非常有趣

**7.**

在我們國家會使用叉子吃飯，但韓國人吃飯時使用筷子。而且去韓國餐廳的話，只有湯匙和筷子。( ㉠ )我正在學習使用筷子的方法。剛開始時，筷子老是從手裡掉落，也夾不好食物，但現在像辛奇這樣大塊的食物已經能夠夾起來了。

① 可是
② 所以
③ 不過
④ 然而

8.

早上起床時脖子非常疼痛。只要稍微動一下頭，脖子就會痛，沒辦法動。我立刻去了醫院。醫生說( ㉠ )對脖子健康不好。而且還說不能看電腦太久。為了脖子健康，我應該換成低的枕頭。而且看電腦後也應該要做脖子運動。

① 高的枕頭
② 低的枕頭
③ 輕的枕頭
④ 柔軟的枕頭

**9~10** 請閱讀以下內容，選出文章的中心思想。P.110

9.

上個週末，我和朋友們一起去了一個製作陶器的地方參加文化體驗。我們在那裡做了杯子，還在杯子上畫了圖案。有朋友畫了星星和飛機，也有朋友畫了樹木或花。我因為正在學韓語，所以漂亮地寫下了韓文字母的子音和母音。下週我做的杯子會用宅配寄來，希望杯子能快點送來。

① 我想快點收到自己做的杯子。
② 製作陶器並不困難。
③ 和朋友一起參加文化體驗很開心。
④ 我也希望能像朋友一樣擅長畫畫。

10.

想運動但沒有時間的話，可以試試看騎飛輪。因為飛輪是在家裡騎的，所以能省下出門運動再回家的時間。下雨或下雪天、風很大的日子也可以騎。而且因為可以一邊看電視或聽音樂，一邊騎車，所以也不會無聊。

① 天氣不好時，就必須騎飛輪。
② 一邊看電視，一邊騎飛輪很危險。
③ 飛輪因為在家裡騎，所以有很多好處。
④ 沒時間的時候，騎飛輪更快到達。

**11. 請選出最適合插入以下句子的位置。**

上個週末在網路上訂的皮鞋今天到了。( ㉠ )鞋子非常漂亮。( ㉡ )但試穿後發現有點小。( ㉢ )因為腳很痛，無法走路。( ㉣ )擔心不能換貨，但對方說會幫我重新寄一雙大一點的鞋子。我決定再訂購幾雙各種顏色的同款鞋子。

因為想換大一點的鞋子，所以打電話給賣鞋的公司。
① ㉠　② ㉡　③ ㉢　④ ㉣

**12. 請選出以下句子正確的排列順序。**

(가) 有些孩子因為生病，無法留長頭髮。
(나) 為了那些孩子，我三年沒有剪頭髮。
(다) 但是今天我剪了頭髮。
(라) 會用剪下的頭髮製作假髮，送給那些孩子。

① (가)-(나)-(다)-(라)　　② (가)-(라)-(나)-(다)
③ (다)-(나)-(가)-(라)　　④ (다)-(라)-(나)-(다)

# 主題08　特殊日子

**1~4** 請選出與文章內容相符的選項。P.114

**1.**

今天是和女朋友交往滿一百天的日子。我為了女朋友準備了很多東西。首先，我在網路上查詢了有名的餐廳並訂了位，也買了要送給女朋友的禮物，還寫了信。希望我準備的東西她會喜歡。

① 朋友向我介紹了餐廳。
② 女朋友很喜歡我的禮物。
③ 我和女朋友從一百天前開始交往。
④ 女朋友準備了要送給我的禮物和信。

2.

明天是我的大學開學典禮,明天開學典禮結束後,我就會成為大學生了。成為大學生後,我有很多想做的事。我想努力學習主修課程,也想靠打工自己賺取生活費。另外,我還想加入社團,累積各種經驗,並多結交學長姐和朋友。

① **明天是上大學的日子。**
② 在社團裡可以賺取生活費。
③ 大學生最重要的是主修課程學習。
④ 大學生不能打工。

3.

下週六有我們吉他社團的演奏會。為了這次演奏會,我們從兩個月前開始,每天練習三個小時的吉他。越練習,我們的吉他演奏實力就逐漸變好。希望快點到下週六,向很多人展現我們的吉他演奏。

① 每個星期六都有吉他社的演奏會。
② **為了準備演奏會,我們兩個月來每天練習。**
③ 即使練習很多,吉他演奏還是沒有進步。
④ 一天練習三個小時的吉他很辛苦。

4.

今天我和父母一起去了春天花卉慶典。會場內,各種春天的花朵盛開,真的很美麗。那裡有賣美味的食物和用花做成的茶。我們拍了漂亮的照片,也品嚐了美食。來參觀的人很多,雖然有些擁擠,但真是一場有趣的慶典。

① 父母非常喜歡花。
② **春天花卉慶典真的很有趣。**
③ 來參觀慶典的人有點少。
④ 我們在慶典中用花做了茶。

**5~8** 請選出最適合填入( ㉠ )內的字詞。P.116

5.

5月8日是父母節,是向父母表達感謝之情的日子。這一天會( ㉠ )花給父母,那種花的名字叫康乃馨。以前會別一朵康乃馨在父母的衣服上,或是送康乃馨花籃給他們。最近也有人送用肥皂製成的康乃馨,或是能長久栽培的康乃馨盆栽。

① 獻上後
② 為了獻上
③ 雖然獻上
④ 獻上

6.

每年10月9日的韓文日,我們學校都會舉辦「韓語演講比賽」。我今年決定參加這場比賽,因為我想知道自己的韓語實力到什麼程度。我學韓語已經超過一年了,在學習韓語的過程中,我了解了韓文字的優點,並打算以此為題進行發表。在比賽中( ㉠ ),我正在努力練習。

① 如果打算推廣韓語
② 打算學習韓文字的優點
③ 為了取得好成績
④ 因為想知道要演講的內容

7.

今天是製作辛奇的日子。每年到了12月,我們公司都會製作辛奇,送給貧困的鄰居。我十年前進入這間公司,所以這件事也已經做了超過十年。整天製作辛奇,然後拜訪鄰居、到處配送,是件辛苦的事。( ㉠ )想到鄰居們會開心地享用這些辛奇,心情就變得愉快,露出了笑容。

① 所以
② 並且
③ 然而
④ 因為

8.

中秋節與農曆新年並列為韓國最重要的節日。中秋節會舉辦各種活動。早晨會( ㉠ )向祖先進行祭祀並掃墓。有些地方還會進行強羌水越來和傳統摔跤等遊戲。晚上會一邊看月亮,一邊許願。而且還會製作並享用中秋節美食松餅。

① 如果打算請安
② 因為要傳遞消息
③ 懷抱著感恩之心
④ 為了製作供品

**9~10** 請閱讀以下內容，選出文章的中心思想。**P.118**

**9.**

今天是發薪日，所以我請妹妹吃晚餐，還帶她去看電影。最近因為很忙，沒時間見到妹妹，所以能一起共度時光聊天很開心。妹妹整個晚上笑著聊了很多事情。看到像小孩子般開心的妹妹，我覺得應該多花時間這樣相處。

① 和妹妹常常看電影是件好事。
② 發薪日一定要請妹妹吃晚餐。
③ 看到妹妹的笑臉心情變好了。
④ 決定要多花時間和妹妹相處。

**10.**

3月22日是世界水資源日。隨著人口增加和氣溫上升，水資源正越來越短缺。此外，工廠與家庭排放污水使水持續變髒。因此，在水資源日會舉辦許多活動，向人們宣導這些問題。多舉辦這類活動雖然重要，但更重要的是，每個人平常都要珍惜用水，養成只使用必要水量的習慣。

① 水資源日最好不要用水。
② 工廠或家庭使用水後，不可以直接排放。
③ 舉辦活動宣導水資源的珍貴不是重要的事。
④ 我們大家珍惜水並節約用水非常重要。

**11.** 請選出最適合插入以下句子的位置。

今天從宿舍搬到了學校附近的套房。因為行李不多，本來打算自己搬，但班上的同學過來幫我了。( ㉠ )同學不僅幫我搬行李，還幫忙整理。( ㉡ )多虧了同學們的幫忙，搬家比想像中更快結束。( ㉢ )所以我在搬家結束後點了炸醬麵。( ㉣ )和同學們一起吃的炸醬麵真的很美味。

聽說在韓國，搬家當天會點炸醬麵來吃。
① ㉠　② ㉡　③ ㉢　④ ㉣

12. 請選出以下句子正確的排列順序。

> (가) 然而,這次農曆新年收到壓歲錢後,想嘗試做不一樣的事情。
> (나) 到目前為止,我用壓歲錢買了平常想買的東西。
> (다) 在農曆新年向長輩拜年,就會收到壓歲錢。
> (라) 這件事就是將我的壓歲錢捐給幫助艱困人們的地方。

① (나)-(가)-(다)-(라)
② (나)-(다)-(라)-(가)
③ (다)-(나)-(가)-(라)
④ (다)-(라)-(나)-(가)

## 主題09　生活指南

**1~4** 請選出與文章內容相符的選項。P.122

**1.**

> 來韓國的外國人最感到不便的事情之一,就是語言問題。不懂韓語的外國人需要在韓國就醫或預訂住宿時,經常因為不知道該如何說而感到慌張。這種時候請撥打1588-5644。打電話後,選擇自己會的語言,就能與能用該語言幫助你的人通話。

① 韓國的醫院裡有會外語的醫生。
② 想學外語時,可以撥打1588-5644。
③ 要預訂韓國的住宿,必須在來韓國之前預訂。
④ 來韓國的外國人,因為不懂韓語而感到不便的時候很多。

**2.**

> 為您說明在資源回收站丟棄紙類與瓶子的方法。報紙、書本、紙箱等紙類應與玻璃瓶子分開丟棄。紙類最好按照相同種類綁在一起丟棄,玻璃瓶子需把裡面清洗乾淨再丟棄。瓶蓋不要與瓶子一起丟棄,應另外丟棄。

① 紙類與瓶子應一同丟棄。
② 清洗瓶子後,應蓋上瓶蓋再丟棄。
③ 玻璃做的瓶子應放入垃圾袋後丟棄。
④ 報紙、書本與紙箱這類的紙類,可以一起丟棄。

3.

對養貓家庭來說，有一個好消息要告訴您。因為旅行或出差必須離開家時，您會為家裡的貓而感到擔心吧？這種時候，有公司會拜訪該住家，代為照顧貓咪。如果是該公司接受申請並拜訪的住家，從進門到離開都會透過視訊電話和飼主聯繫，所以可以放心地把貓交給他們照顧。

① 養貓能讓心情變好。
② 旅行或出差時，必須帶著貓咪去。
③ 想要拜訪有養貓的住家，必須事先向該住戶申請。
④ 當家裡沒有人時，有公司會幫忙照顧該住戶的貓咪。

4.

告訴您本週我們公寓的新消息。從10月21日星期一到25日星期五，預計將維修電梯。這段期間雖然公寓住戶們會感到不便，還是請您改用樓梯。如果想了解詳細的維修內容，請拜訪公寓管理室或以電話聯繫。

① 從星期一到星期日維修電梯。
② 五天期間需要改用樓梯代替電梯。
③ 電梯在維修期間仍可使用。
④ 若想了解維修內容，可以打電話給電梯公司。

**5~8** 請選出最適合填入( ㄱ )內的字詞。P.124

5.

今天要介紹我們社區的特別市集。這個市集每個月1日和20日開市一個小時。在這裡，人們販售自己製作的各種物品。有人賣飾品，也有人賣包包。還有人幫忙畫畫，也有人唱歌。來這裡的話，在一小時內( ㄱ )真的能( ㄱ )有趣的體驗，請一定要來一次看看。

① 雖然能做
② 如果能做
③ 因為能做
④ 因為能做

256

**6.**

每個月第四週的星期三是「公車・地鐵搭乘日」。這天，開車的人也會搭乘公車或地鐵出行。對開車的人來說( ㉠ )，因為這是為了我們所居住的城市的事情，參與的人漸漸變多。往後也希望有很多人利用公車或地鐵，讓我們所居住的城市變乾淨。

① 確實很簡單，但是
② 因為是件新鮮事
③ 可能會不方便，但是
④ 因為是個好消息

**7.**

是否有假日需要藥品，卻因為藥局關門困擾的時候呢？這種時候，請在網路上搜尋「假日守護藥局」。在「假日守護藥局」網站上，可以了解全國的藥局資訊。在這裡，可以知道藥局的位置、開關門的時間，還有該地點的電話號碼。( ㉠ )也可以知道藥局裡可以買的藥是什麼，也能看到藥品的使用方法。

① 而且
② 那麼
③ 然而
④ 所以

**8.**

你聽過移動圖書館嗎？為了圖書館( ㉠ )而不便利用的居民，車上會載著書籍四處走訪並提供借書服務。平日從上午十點到下午四點三十分會走訪三個地點。在每個地點會停留約兩個小時。移動圖書館附近可以讀書，也可以把書借回家。書一次最多可以借五本，期限為一週。

① 雖然太大
② **因為離家遠**
③ 因為有很多
④ 雖然離學校近

**9~10** 請閱讀以下內容,選出文章的中心思想。P.126

**9.**

你是否曾經搭乘計程車或公車感到不便?那麼請撥打120。撥打120告知不便的狀況,就能快速解決。另外,不知道公車時刻的時候,打電話到這裡的話,會告知到達時間。因為一年三百六十五天、二十四小時,無論何時都可以撥打,所以利用計程車或公車時,如果有不便或想知道的事情,敬請聯絡。

① 若不清楚公車時刻,應撥打120詢問。
② 搭乘計程車或公車前,建議先撥打120。
③ 想搭計程車時,撥打120就能隨時搭乘。
④ 搭乘計程車或公車時,若有不便或疑問,可撥打120。

**10.**

駕駛者的煩惱之一是車內有異味。有一個簡單又容易解決這個煩惱的方法。就是把切成兩半的蘋果放在車內。過了一天左右,車內的臭味就會消失。也可以用橘子或檸檬的果皮代替蘋果解決異味問題。

① 吃完蘋果後把它放在車內,異味會變嚴重。
② 橘子或檸檬皮不能在車內放太久。
③ 利用蘋果、橘子或檸檬可以去除車內的異味。
④ 車內有異味是駕駛者的緣故。

**11.** 請選出最適合插入以下句子的位置。

我們村子的社福中心開設了攝影課。攝影師金基準老師會免費教居民拍照的方法。( ㉠ )一點到三點在教室上課,三點到四點去戶外試著親自拍照看看。( ㉡ )年底預計會在社福中心一樓展覽室舉辦攝影展覽,展出居民拍的照片。( ㉢ )希望各位居民能多多關注。( ㉣ )

上課是每週六一點到四點。

① ㉠  ② ㉡  ③ ㉢  ④ ㉣

12. 請選出以下句子正確的排列順序。

(가) 即使如此，如果必須得外出，最好戴口罩和太陽眼鏡。
(나) 外出後回家時，一定要把手腳洗乾淨。
(다) 最近對身體不好的粉塵變多，所以空氣品質不佳的日子很多。
(라) 這樣的日子最好不要外出。

① (가)-(나)-(다)-(라)　　② (가)-(다)-(라)-(나)
③ (다)-(가)-(나)-(라)　　④ (다)-(라)-(가)-(나)

## 主題10　其他・常識

**1~4** 請選出與文章內容相符的選項。P.130

**1.**

人們會插花放在家裡或當作禮物。因為人們看到花心情會變好。不過，花瓶裡的花過幾天就得丟棄。因此最近出現了香皂花。用香皂製作的香皂花香氣好又持久，用來送禮很好。

① 所有人都喜歡花。
② **香皂花香氣好又持久。**
③ 所有人都買花用以送禮。
④ 人們看到香皂花心情會變好。

**2.**

以前是使用電腦的網際網路時代。但未來是物聯網時代。物聯網是指家中的洗衣機、電視、冰箱等物品透過網路連接，為人們提供便利的服務。我們稱之為「IoT」。

① 以前是物聯網時代。
② 現在是使用電腦的網際網路時代。
③ 洗衣機、電視、冰箱等是便利的服務。
④ 能用物品接上網路的叫做IoT。

3.

人們通常一天二十四小時中，會睡覺七到八小時。睡這麼長時間的理由，是為了明天而需要休息。因此必須要好好睡覺。很多人睡覺時穿著衣服睡，但其實脫衣服睡對健康更好。因為脫衣服睡覺時血液流通順暢，也很舒服。

① 人們一天睡二十四小時。
② 睡得好時血液流通順暢。
③ 脫衣服睡才對健康好。
④ 認真工作後應該要多睡覺。

4.

韓國有三種醬。就是大醬、醬油和辣椒醬。大醬用煮熟的黃豆製作。而且製作大醬時，還會用煮熟的黃豆和鹽水製作醬油。辣椒醬用辣椒粉和糯米粉製作。這樣製成的大醬、醬油和辣椒醬，幾乎會加進所有韓國料理。

① 韓國有四種醬。
② 醬油和辣椒醬是用鹽水製作。
③ 用煮熟的黃豆和辣椒粉製成辣椒醬。
④ 大部分的韓國料理會加入這三種醬。

**5~8** 請選出最適合填入( ㉠ )內的字詞。P.132

5.

你聽過「壁畫村」嗎？壁畫村是指在老舊村莊的牆壁上繪製美麗的圖畫，而變得有名的村落。全國有超過十個村落因壁畫而出名。壁畫村每個牆壁上各式各樣的圖畫都很漂亮，因此來訪的觀光客很多。( ㉠ )因為觀光客變多，村落變得吵鬧又髒亂，漸漸有越來越多人抱怨。

① 而且
② 即使如此
③ 然而
④ 因此

6.

香蕉是無論在哪裡都能容易買到的水果。因為價格便宜又美味,很多人喜歡吃。消化不良的時候,吃香蕉能幫助消化,讓腸胃變舒服。另外,憂鬱或有壓力的時候吃香蕉,心情會變好。晚上( ㉠ )覺得痛苦的時候也有幫助,所以香蕉最好和牛奶一起吃。

① 因為睡不著
② 如果睡不著
③ 睡不著這件事
④ 原本睡不著但後來

7.

到了秋天,就能看到樹葉變色的楓葉。楓葉的顏色大致可分成紅色、黃色、棕色三種,其中韓國的紅色楓葉特別漂亮。人們喜歡去山和田野郊遊看楓葉。楓葉在天氣非常晴朗又變冷的時候,會長得很好。然而,如果( ㉠ )暖和的日子很多,楓葉就不容易形成。

① 陰天且
② 潮濕且
③ 冷颼颼且
④ 涼爽且

8.

韓國有句俗諺:「猴子也會從樹上掉下來。」意思是再怎麼熟練擅長的事情,偶爾也會有出錯的時候。任何人在考試、運動競賽、事業上( ㉠ )。但這時不要放棄,要努力到底。努力的人能夠獲得好的結果。

① 也可能成功
② 有可能犯錯
③ 會好奇成績
④ 期待好結果

**9~10** 請閱讀以下內容，選出文章的中心思想。P.134

**9.**

有些人喜歡獨旅。一個人旅行的話，在搭乘公車或火車時，可以邊看窗外邊整理這樣那樣的思緒。此外，還可以與鄰座的人聊天，聆聽自己不知道的新故事。

① 獨旅有很多好處。
② 在公車或火車上不能喧嘩。
③ 想整理思緒時就會獨旅。
④ 與不認識的人聊天很有趣。

**10.**

吵雜的聲音稱為噪音。我們通常提到噪音時，會聯想到讓人心情變差的聲音。但是，噪音中也有讓人心情變好的聲音，這就是白噪音。例如下雨聲、流水聲、風吹動樹枝搖曳的聲音，全都是白噪音。

① 聽到噪音會讓人心情變差。
② 心情不好時，應該聆聽噪音。
③ 白噪音是一種讓人心情變好的噪音。
④ 我們聽到的噪音全都是白噪音。

**11. 請選出最適合插入以下句子的位置。**

我家裡有很多漫畫。( ㉠ )因為我的興趣是閱讀漫畫。( ㉡ )閱讀漫畫能夠發揮各種想像，所以很棒。( ㉢ )我也會想像自己穿越到過去或未來，或者在其他國家遇見帥氣的人。( ㉣ )如果有機會，我想把那些故事創作成漫畫。

有時候，我會把自己想像的內容用文字寫下來。
① ㉠　② ㉡　③ ㉢　④ ㉣

**12. 請選出以下句子正確的排列順序。**

(가) 所以無法去學校。
(나) 今天凌晨開始發高燒。
(다) 昨天淋了很多雨，可能是因為那個。
(라) 下次應該好好看天氣預報，也要隨身攜帶雨傘。

① (나)-(가)-(다)-(라)　　② (나)-(라)-(가)-(다)
③ (다)-(가)-(나)-(라)　　④ (다)-(가)-(나)-(다)

# Part 3 實戰模擬試題

## 第1回實戰模擬試題　P.141

※ [31-33] 這段話的內容是關於什麼？請參考 範例 選出正確的選項。(每題2分)

> 範例
> 很熱，在大海游泳。
> ❶ 夏天　　　② 天氣　　　③ 年齡　　　④ 國家

31.
> 去圖書館，閱讀書籍。
> ① 讀書　　　② 購物　　　③ 運動　　　④ 一天

32.
> 今天是1月1日，家人團聚。
> ① 職業　　　② 地點　　　③ 家鄉　　　④ 農曆新年

33.
> 今天是我的生日，從朋友那裡收到了手錶。
> ① 計畫　　　② 時間　　　③ 禮物　　　④ 興趣

※ [34-39] 請參考 範例 選出最適合填入括號內的字詞。

> 範例
> 我去了(　　　)，買了書。
> ① 電影院　　　❷ 書店　　　③ 公園　　　④ 洗衣店

**34.** (2分)

姐姐是歌手，歌唱得(　　　)非常好。

① 和　　　② 助詞를　　　③ 的　　　④ 在

**35.** (2分)

我是王明，(　　　)中國來的。

① 往　　　② 給　　　③ 從　　　④ 和

**36.** (2分)

房間很髒，我要(　　　)吸塵器。

① 放入　　　② 出來　　　③ 關閉　　　④ 啟動

**37.** (3分)

搬家了，新家非常(　　　)。

① 短　　　② 寬敞　　　③ 容易　　　④ 多

**38.** (3分)

肚子餓，(　　　)吃了食物。

① 最　　　② 也許　　　③ 特別是　　　④ 先

**39.** (2分)

水(　　　)，放入泡麵。

① 沒有　　　② 煮沸　　　③ 多　　　④ 清澈

※ [40~42] 請閱讀以下內容，選出不相符的選項。(每題3分)

40.

> 東賢先生，
> 今天電影很好看。
> 我剛剛到家了。
> 明天公司見！
> 　　　　　　恩智

① 東賢先生明天上班。
② 恩智小姐現在不在家。
③ 恩智小姐今天去了電影院。
④ 東賢先生和恩智小姐今天見了面。

41.

## 12月冬季音樂會

- 日期：12月24日(六)~25日(日)
　　　　下午7:00~9:00
- 地點：國際大學
- 演唱：金英姬　　・鋼琴：朴恩斌

① 音樂會在週末舉行。
② 音樂會在國際大學舉行。
③ 音樂會在晚上九點結束。
④ 音樂會上朴恩斌小姐唱歌。

42.

## 首爾美術館公告

〈參觀指南〉

星期二 ~ 星期五：10:00 ~ 21:00

星期六、星期日：10:00 ~ 18:00

※ 每週一休館。

① 週末開放至下午六點。
② 週一美術館不開放。
③ 平日可參觀至晚上九點。
④ 美術館平日比週末提早關門。

※ **[43-45]** 請閱讀以下內容，選出與內容相符的選項。

43. (3分)

昨天我在博物館遇見了朋友。我們一邊參觀博物館，一邊聊天。晚上在我家一起吃了飯。

① 我晚上參觀了博物館。
② 我去了朋友工作的博物館。
③ **我去博物館，遇見了朋友。**
④ 我和朋友在博物館吃了飯。

44. (2分)

我昨天看了話劇。因為話劇很有趣，所以買了兩張票給爸爸。爸爸明天會和媽媽一起去看話劇。

① 爸爸買了話劇票。
② 我和爸爸一起看了話劇。
③ **媽媽明天會看話劇。**
④ 爸爸給了我電影票。

**45.** (3分)

> 下午突然下起了雨。我因為沒有雨傘很擔心。所以在便利商店買了雨傘。但是雨停了。

① 從早上開始下雨。
② 便利商店裡沒有雨傘。
③ 我帶了雨傘出門。
④ **我買了雨傘，但雨停了。**

※ [46~48] 請閱讀以下內容，選出文章的中心思想。

**46.** (3分)

> 韓國的冬天非常寒冷。但我的家鄉沒有冬天。我希望春天能快點到來。

① 我喜歡冬天。
② 我在等待冬天的到來。
③ **我因為冬天寒冷很痛苦。**
④ 我想在春天回家鄉。

**47.** (3分)

> 明天是我要在課堂時間發表的日子。但是今天家裡來了客人，導致我無法準備。我必須在今晚準備，但時間不夠。

① 我可以順利發表。
② 因為有客人來，導致我沒辦法發表。
③ 我發表的時候時間不夠。
④ **我因為發表準備而感到擔心。**

**48.** (2分)

> 通常寄信或寄包裹時會去郵局。但是在郵局也可以辦理其他業務，開通帳戶或是加入保險都可以辦理。

① 郵局可以辦理很多業務。
② 在郵局不能開戶。
③ 在郵局不能處理其他業務。
④ 郵局只可以寄信和包裹。

※ [49~50] 請閱讀以下內容後回答問題。(每題2分)

> 早上起床發現眼睛又紅又癢，而且也一直流淚。昨天去了游泳池，可能是因為那個得了眼疾。在醫院裡，眼睛接受了( ㄱ )。即使很癢也不能碰眼睛，所以太不方便。

**49.** 請選出最適合填入 ㄱ 的選項。
① 點入的藥
② 放下的藥
③ 放置的藥
④ 注射的藥

**50.** 請選出與文章內容相符的選項。
① 在醫院得了眼疾。
② 因為眼疾流淚了。
③ 只要碰眼睛，就會得眼疾。
④ 從昨天開始眼睛就很癢。

※ [51~52] 請閱讀以下內容後回答問題。

> 午睡的話，不僅能好好工作，心情也會變好。但如果睡太多，可能會一直想睡，或是晚上無法入睡。( ㄱ )好好( ㄱ )午覺，建議在中午12點到下午4點之間小睡20至40分鐘，就能度過心情好的一天。

51. 請選出最適合填入 ㉠ 的選項。 (3分)
    ① 如果想(好好)睡(午覺)
    ② 一邊(好好)睡(午覺)
    ③ (好好)睡(午覺)途中
    ④ (好好)睡(午覺)之後

52. 請選出與文章內容相符的選項。 (2分)
    ① 睡午覺的理由
    ② 好好午睡的方法
    ③ 好好午睡時需要的東西
    ④ 好好午睡時不能做的事情

※ [53~54] 請閱讀以下內容後回答問題。

> 最近天氣變熱了,所以昨天整理了衣櫃。我把厚衣服收進箱子裡,拿出了薄的夏季衣服。接著試穿了幾套夏天的衣服,卻因為全都太小穿不下。因為幾個月沒運動,似乎變胖了。我( ㉠ )重新( ㉠ )。

53. 請選出最適合填入 ㉠ 的選項。 (2分)
    ① 應該要(重新)買箱子
    ② 應該要(重新)運動
    ③ 應該要(重新)試穿衣服
    ④ 應該要(重新)整理衣櫃

54. 請選出與文章內容相符的選項。 (3分)
    ① 我從衣櫃裡拿出了厚衣服。
    ② 因為夏天的衣服太小,所以全部丟掉了。
    ③ 所有的衣服都太小,沒有可穿的衣服。
    ④ 為了減肥,我已經運動了好幾個月。

※ [55~56] 請閱讀以下內容後回答問題。

> 在我們國家，丟垃圾時可以把各種垃圾裝進塑膠袋一次丟掉。( ㉠ )，在韓國不能這樣做。垃圾一定要分開後丟棄。玻璃瓶、紙類、塑膠可以再次使用，所以要清理乾淨後丟棄。食物也必須丟到另外丟棄食物的地方。

55. 請選出最適合填入 ㉠ 的選項。 (2分)
    ① 但是
    ② 而且
    ③ 因此
    ④ 那麼

56. 請選出與文章內容相符的選項。 (3分)
    ① 丟棄廚餘的方法很簡單。
    ② 在韓國，垃圾必須分開丟棄。
    ③ 最好把垃圾放在塑膠袋丟掉。
    ④ 在我們國家，垃圾必須清理乾淨後丟棄。

※ [57~58] 請選出以下句子正確的排列順序。

57. (2分)

> (가) 由於用牛仔褲製作，所以包包又輕又耐用，很不錯。
> (나) 我嘗試用退流行的牛仔褲製作了一個包包。
> (다) 而且這樣就不用丟衣服，也能減少垃圾。
> (라) 我應該再多做幾個送禮。

① (나)-(가)-(다)-(라)
② (나)-(다)-(라)-(가)
③ (다)-(라)-(가)-(나)
④ (다)-(라)-(나)-(가)

58. (3分)

(가) 花盆上寫著「加油！我愛你！」
(나) 我把這個花盆放在辦公室的書桌上。
(다) 我從朋友那裡收到小花盆作為禮物。
(라) 每次在辦公室看到這個花盆，似乎真的獲得力量。

① (가)-(나)-(다)-(라)
② (가)-(나)-(라)-(다)
③ (다)-(가)-(나)-(라)
④ (다)-(라)-(나)-(가)

※ [59~60] 請閱讀以下內容後回答問題。

我從上個月開始學習做麵包。一開始做麵包很困難。( ㉠ )既費時又不怎麼好吃。( ㉡ )但因為每天練習，不僅不會花太久時間，麵包的味道也越來越好。( ㉢ )屆時，我打算把自己做的麵包送禮給朋友們。( ㉣ )一想到朋友們喜歡的樣子，心情已經變好了。

59. 請選出最適合插入以下句子的位置。(2分)

一個月後就是聖誕節。

① ㉠　　② ㉡　　③ ㉢　　④ ㉣

60. 請選出與文章內容相符的選項。(3分)
① 上個月我去買了麵包。
② 朋友們買了麵包給我。
③ 剛開始做麵包時，並不困難。
④ 我每天練習做麵包。

※ **[61~62] 請閱讀以下內容後回答問題。(每題2分)**

> 昨天是女朋友的生日,所以我去了花店買要送給女朋友的花束。而那家花店每賣出一束花,就會捐贈500韓元給生活困頓的人。我買了自己需要的東西,同時也可以幫助別人,我感到很開心。我在送花束給女友時,( ㉠ )這家花店的故事,女朋友非常高興。我應該也要把這家花店介紹給其他朋友。

61. 請選出最適合填入 ㉠ 的選項。
① 一邊說
② 因為說
③ 決定說
④ 打算說

62. 請選出與文章內容相符的選項。
① 昨天是我的生日。
② 我和女朋友一起去了花店。
③ 女朋友送了我一束花。
④ 買花束可以幫助其他人。

※ **[63~64] 請閱讀以下內容後回答問題。**

> ○○○
>
> 大家好,
> 我們韓國語學堂成立了一個繪畫社團,
> 在這裡可以學習韓國傳統繪畫。
> 每週六下午2點到4點,在301號教室集合。
> 繪畫時所需的工具皆免費借用。
> 報名時間至下週五截止,來辦公室登記即可。
> 對韓國傳統繪畫有興趣的學生,還請踴躍參加。
>
> 韓國語學堂

63. 請選出撰寫上文的理由。 (2分)
    ① 為了宣傳繪畫展覽
    ② 為了介紹韓國傳統繪畫
    ③ 為了說明韓國語學堂的申請方式
    ④ 為了招募參加繪畫社團的人

64. 請選出與上文內容相符的選項。 (3分)
    ① 週六會畫4個小時的畫。
    ② 在這個社團可以學習繪畫。
    ③ 在這個社團畫畫需要付費。
    ④ 想申請社團的人，必須在本週之前申請。

※ [65~66] 請閱讀以下內容後回答問題。

> 最近經常下雨，沒辦法打籃球，不過昨天久違地放晴了，所以我和朋友們一起打了籃球。但是( ㉠ )籃球傷到了腿。雖然會痛，但還能走路，所以沒有去醫院。然而，今天早上起床後，發現腿比昨天更痛了，而且腫得很厲害。我打算下課後立刻去醫院。

65. 請選出最適合填入 ㉠ 的選項。 (2分)
    ① 因為打
    ② 為了打
    ③ 打(籃球)過程中
    ④ 打(籃球)或

66. 請選出與上文內容相符的選項。 (3分)
    ① 昨天久違地打了籃球。
    ② 昨天因為腿去了醫院。
    ③ 因為腿受傷，所以沒辦法走路。
    ④ 與昨天相比，今天腿比較不痛。

※ [67~68] 請閱讀以下內容後回答問題。

> 最近很多人利用自己的專長做志工活動。擅長唱歌的人會為大家唱歌，或者教別人唱歌的方法。擅長畫畫的人會幫人畫畫，或者指導繪畫技巧。擅長外語的人教別人外語。這樣用自己的能力( ㉠ )的事需要時間和努力，但可以感受到很大的快樂。

**67.** 請選出最適合填入 ㉠ 的選項。 (3分)
① 募集大量資金
② 幫助他人
③ 找到一份好工作
④ 向人們學習

**68.** 請選出與上文內容相符的選項。 (3分)
① 繪製圖畫後舉辦展覽。
② 唱歌很有趣。
③ **幫助別人會帶來快樂。**
④ 想學外語的話必須做志工活動。

※ [69~70] 請閱讀以下內容後回答問題。

> 昨天是我來到濟州島滿三年的日子。所以，我和家人一起買了蛋糕，舉辦了一個小型派對。那是一場慶祝我來到濟州之後健康變好的派對。我們把在城市生活和在這裡生活的時候做比較，聊了很多。如果繼續在城市( ㉠ )，我的健康應該會變糟。我覺得呼吸清新的空氣、喝到乾淨的水，真的很重要。

**69.** 請選出最適合填入 ㉠ 的選項。 (3分)
① 住下去的話
② 待一陣子後
③ 待了結果
④ 試著住住看

70. 請選出根據上文推斷出的內容。(3分)
    ① 濟州島的空氣和水都很乾淨。
    ② 派對的賓客非常多。
    ③ 搬到城市後,健康狀況變好了。
    ④ 這個人因為家人來濟州島。

# 第2回實戰模擬試題　P.161

※ [31-33] 這段話的內容是關於什麼？請參考 範例 選出正確的選項。(每題2分)

範例

吃了葡萄,葡萄很好吃。
① 唸書　　❷ 水果　　③ 夏天　　④ 生日

31.

哥哥比我大兩歲,今年二十二歲。

① 日期　　② 年齡　　③ 家人　　④ 時間

32.

鹽是鹹的,檸檬是酸的。

① 味道　　② 價格　　③ 購物　　④ 水果

33.

我喜歡韓式拌飯,弟弟喜歡韓式烤肉。

① 興趣　　② 禮物　　③ 唸書　　④ 食物

※ **[34-39] 請參考 範例 選出最適合填入括號內的字詞。**

> 範例
> 去(　　　)，寄信。
> ① 書店　　② 機場　　❸ 郵局　　④ 大使館

**34.** (2分)

> 去圖書館，借(　　　)。
>
> ① 衣服　　② 錢　　③ 書　　④ 家

**35.** (2分)

> 姊姊(　　　)公司上班，她是上班族。
>
> ① 也　　② 在　　③ 在　　④ 從

**36.** (2分)

> 天氣很冷，(　　　)帽子。
>
> ① 戴　　② 做　　③ 穿　　④ 穿

**37.** (3分)

> 考試結束了，所以圖書館裡(　　　)沒有學生。
>
> ① 首先　　② 沒什麼　　③ 暫時　　④ 最

**38.** (3分)

> 今天是我的生日，所以晚上我(　　　)了朋友們來家裡。
>
> ① 見面　　② 等待　　③ 邀請　　④ 結交

**39.** (2分)

> 從我家到學校很(　　　　)，走路大約5分鐘。

① 安靜　　　② 乾淨　　　③ 複雜　　　④ 近

※ [40~42] 請閱讀以下內容，選出不相符的選項。(每題3分)

**40.**

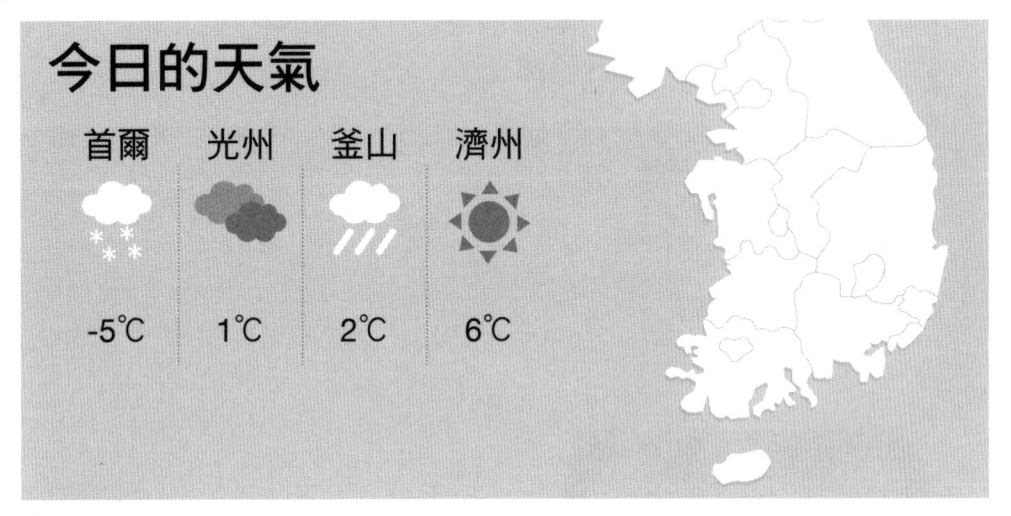

### 今日的天氣

| 首爾 | 光州 | 釜山 | 濟州 |
|---|---|---|---|
| -5°C | 1°C | 2°C | 6°C |

① 釜山下雪了。
② 首爾最冷。
③ 光州的天氣陰沉。
④ 濟州的天氣晴朗。

41.

> # 美味餐廳
> 辛奇鍋 8,000韓元　　大醬鍋 8,000韓元
> 韓式拌飯 8,000韓元　韓式烤肉 9,000韓元
> ※ 白飯免費
> 營業時間：上午11:00～下午8:00
> 週六、週日公休

① 所有食物的價格都一樣。
② 上午11點開始營業。
③ 週末不營業。
④ 點餐的話白飯免費。

42.

> 正民先生，因為你沒接電話，所以傳訊息給你。今天晚上我們約好要見面，對吧？但是我突然有事，所以沒辦法守約了，對不起。
> ― 宥娜

① 正民先生和宥娜小姐今天會見面。
② 宥娜小姐因為有事，無法遵守約定。
③ 正民先生沒有接宥娜小姐的電話。
④ 這是宥娜小姐寫給正民先生的文字訊息。

※ [43-45] 請閱讀以下內容，選出與內容相符的選項。

43. (3分)

> 我喜歡看足球比賽。夏天時，每個週末我都會去足球場看比賽。冬天則是透過電視觀看國外的足球比賽。

① 我喜歡踢足球。
② 夏天我會去足球場踢足球。
③ 我每個週末都去足球場踢足球。
④ 冬天我透過電視看足球比賽。

44. (2分)

> 最近，我和韓國朋友做語言交換。我們一週在咖啡廳見面兩次。我教朋友英文，朋友則教我韓文。

① 我一個月和朋友見面兩次。
② **我教朋友英文。**
③ 朋友在咖啡廳打工。
④ 朋友一週學兩次韓文。

45. (3分)

> 上個週末，我和朋友一起去爬山。因為欣賞美麗的楓葉，還呼吸好的空氣，感覺變健康了。為了健康，得要常常去爬山。

① 上個週末獨自去了山上。
② **在山上欣賞了美麗的楓葉。**
③ 爬完山後，心情變好了。
④ 因為常常爬山，所以變健康了。

※ **[46~48]** 請閱讀以下內容，選出文章的中心思想。

**46.** (3分)

> 我的朋友擅長畫畫。但是我不擅長畫畫。我也希望能像朋友一樣擅長畫畫。

① 我擅長畫畫。
② 我想成為畫家。
③ 我想畫我的朋友。
④ **我想擅長畫畫。**

**47.** (3分)

> 家附近新開了一家小菜店。小菜的味道很好，價格也便宜。我打算常常光顧這家小菜店。

① 小菜的價格得要便宜。
② 希望小菜好吃。
③ **新開的小菜店很合我意。**
④ 希望小菜店裡的小菜很多。

**48.** (3分)

> 媽媽總是只穿黑色的衣服。我希望媽媽不要只穿黑色的衣服。所以我為媽媽買了粉紅色和天藍色的衣服。

① 媽媽只買黑色的衣服。
② 媽媽買了天藍色的衣服。
③ 媽媽不喜歡粉紅色的衣服。
④ **我希望媽媽也穿其他顏色的衣服。**

※ [49~50] 請閱讀以下內容後回答問題。(每題2分)

> 我經常去傳統市場，傳統市場的價格比百貨公司和超市便宜。而且，如果遇到好的老闆，買東西時老闆( ㉠ )多一些。以前的停車場很小，有點不方便，但最近停車場變大變寬敞了，所以去傳統市場變得更方便了。

49. 請選出最適合填入 ㉠ 的選項。
① 也可以給
② 想要給
③ 也會給
④ 希望能給

50. 請選出與文章內容相符的選項。
① 百貨公司有點不方便。
② 傳統市場的停車場不方便。
③ 超市沒有停車場。
④ 我經常去傳統市場。

※ [51~52] 請閱讀以下內容後回答問題。

> 烤肉來吃的時候，得搭配蔬菜一起吃。那麼因為蔬菜，能讓皮膚變好，還能讓味道變好。另外，建議搭配大蒜和洋蔥一起吃。因為搭配大蒜和洋蔥一起吃的話，可以預防因烤肉而( ㉠ )的疾病。因此，韓國人烤肉吃時，會包蔬菜一起吃。

51. 請選出最適合填入 ㉠ 的選項。 (3分)
① 可能製造的
② 可能改變的
③ 可能產生的
④ 可能對抗的

52. 請選出與文章內容相符的選項。 (2分)
    ① 烤肉吃的方法
    ② 因烤肉產生的疾病
    ③ 吃肉讓皮膚變好的原因
    ④ 烤肉吃時要搭配蔬菜的原因

※ [53~54] 請閱讀以下內容後回答問題。

> 上個週末，我和朋友們去了滑雪場。我的家鄉沒有冬天，所以不會下雪。因此，雖然有在電視上看過滑雪場，但這是我第一次去滑雪場。滑雪場的人很多，我們不僅滑了雪，還打了雪仗。比起在家裡透過電視看滑雪場，( ㉠ )更有趣。

53. 請選出最適合填入 ㉠ 的選項。 (2分)
    ① 回家
    ② 親自去滑雪場
    ③ 去朋友家
    ④ 和朋友去滑雪場

54. 請選出與文章內容相符的選項。 (3分)
    ① 我的家鄉冬天會下雪。
    ② 滑雪場裡沒什麼人。
    ③ 我在家鄉去過滑雪場。
    ④ 我們在滑雪場打了雪仗。

※ [55~56] 請閱讀以下內容後回答問題。

> 我喜歡咖啡。因為真的很喜歡咖啡，現在成為了咖啡專家。這次我存了一筆錢，( ㉠ )一家小小的( ㉠ )。在我們的店裡，販售我製作的咖啡和蛋糕。看到顧客喝著我製作的咖啡，我的心情就會變好。

55. 請選出最適合填入 ㉠ 的選項。 (2分)
    ① 開了麵包店
    ② 開了咖啡廳
    ③ 開了餐廳
    ④ 開了蛋糕店

56. 請選出與文章內容相符的選項。 (3分)
    ① 我是咖啡廳老闆。
    ② 我每天喝咖啡。
    ③ 我只販售咖啡。
    ④ 我因為客人很多而感到幸福。

※ [57~58] 請選出以下句子正確的排列順序。

57. (2分)

(가) 我從小就喜歡飾品。
(나) 現在我會製作飾品，也會送給朋友。
(다) 所以，我在大學學習飾品設計。
(라) 畢業後，我想在知名的飾品公司擔任設計師。

① (가)-(나)-(다)-(라)
② (가)-(다)-(나)-(라)
③ (나)-(라)-(가)-(다)
④ (나)-(라)-(다)-(가)

58. (3分)

(가) 12月24日從公司下班後，我前往約定地點。
(나) 我和朋友們決定在平安夜舉辦派對。
(다) 事實上是朋友們想給我一個驚喜。
(라) 但約定地點沒有任何人，我很生氣。

① (가)-(나)-(라)-(다)
② (가)-(다)-(라)-(나)
③ (나)-(가)-(다)-(라)
④ (나)-(가)-(라)-(다)

※ [59~60] 請閱讀以下內容後回答問題。

> 昨天公司舉辦了聚餐。( ㉠ )因為韓國人不僅工作認真，玩樂時也很投入地玩。( ㉡ )我們先去烤肉店，喝了酒，還吃了很多肉。( ㉢ )接著，我們去了KTV唱歌，還跳了有趣的舞。( ㉣ )我們在KTV裡笑得非常開心。這次的聚餐，應該會讓我很難忘。

59. 請選出最適合插入以下句子的位置。(2分)

> 我對韓國公司舉辦的聚餐感到很期待。

① ㉠
② ㉡
③ ㉢
④ ㉣

60. 請選出與文章內容相符的選項。(3分)
① 我很喜歡韓國公司的聚餐。
② 我們公司的人都很會唱歌。
③ 韓國人比起工作，更喜歡聚餐。
④ 我們在KTV裡喝酒、跳舞。

※ [61~62] 請閱讀以下內容後回答問題。(每題2分)

> 我去釜山旅行時，遇到了小學同學。因為我們曾在首爾的學校上學，所以能在釜山( ㉠ )同學，更讓我感到開心。那位朋友已經結婚，還有兩個孩子。朋友看起來很幸福。我們聊著往事，度過了愉快的時光。

61. 請選出最適合填入 ㉠ 的選項。
① 為了遇到
② 見到
③ 說了之後
④ 聯絡的時候

62. 請選出與文章內容相符的選項。
    ① 朋友住在首爾。
    ② 我有兩個孩子。
    ③ 朋友在釜山旅行。
    ④ 我和朋友曾於同一所學校就讀。

※ [63~64] 請閱讀以下內容後回答問題。

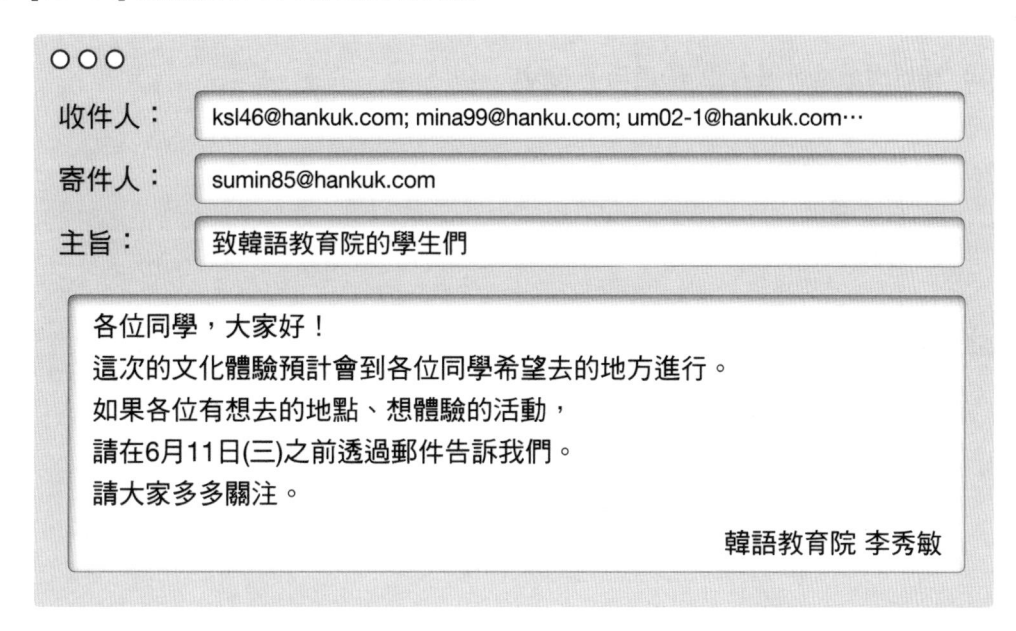

收件人：ksl46@hankuk.com; mina99@hanku.com; um02-1@hankuk.com…
寄件人：sumin85@hankuk.com
主旨：致韓語教育院的學生們

各位同學，大家好！
這次的文化體驗預計會到各位同學希望去的地方進行。
如果各位有想去的地點、想體驗的活動，
請在6月11日(三)之前透過郵件告訴我們。
請大家多多關注。

韓語教育院 李秀敏

63. 請選出撰寫上文的理由。 (2分)
    ① 為了招募文化體驗的參加者
    ② 為了通知文化體驗的報名時間
    ③ 為了告知學生文化體驗的地點
    ④ 為了了解學生們想做的文化體驗

64. 請選出與上文內容相符的選項。 (3分)
    ① 文化體驗將於6月11日舉行。
    ② 這次的文化體驗地點還不確定。
    ③ 想參加文化體驗的話，必須發送郵件。
    ④ 如果申請人數過少，就無法去文化體驗。

※ [65~66] 請閱讀以下內容後回答問題。

> 昨天是韓語課程結束的日子，因此舉辦了歡送派對。我們( ㉠ )各自( ㉠ )一道食物。有些人買了食物來，有些人則製作了家鄉料理來。每次打開各自帶來的食物，看裡面是什麼時，大家都會說：「哇！」有些帶來的食物雖然一樣，但因為做的人不同，味道不一樣。真是一場有趣的派對。

65. 請選出最適合填入 ㉠ 的選項。(2分)
   ① 應該帶來
   ② 約定好帶來
   ③ 希望帶來
   ④ 曾經帶來過

66. 請選出與上文內容相符的選項。(3分)
   ① 買了家鄉料理來吃。
   ② 雖然是不同的食物，但味道一樣。
   ③ 每個人都帶了食物來賣。
   ④ 也有人帶來了相同的食物。

※ [67~68] 請閱讀以下內容後回答問題。

> 我們公司每年秋天都會舉辦運動會。因為我不擅長運動，所以不太喜歡運動。但是，我很喜歡運動會，因為觀看運動會很有趣。另外，還會透過抽獎( ㉠ )各種( ㉠ )，我去年抽中了筆記型電腦。聽說今年的運動會也會提供電視、洗衣機、智慧型手機等各式各樣的獎品。我很期待這次能抽中什麼獎品。

67. 請選出最適合填入 ㉠ 的選項。(2分)
   ① 贈送物品
   ② 觀賞
   ③ 運動
   ④ 販售商品

68. 請選出與上文內容相符的選項。 (3分)
    ① 我們公司一年舉辦一次運動會。
    ② 因為我不擅長運動，所以不去運動會。
    ③ 我去年在運動會上便宜買了筆記型電腦。
    ④ 我在今年的運動會上也收到了各種獎品。

※ [69~70] 請閱讀以下內容後回答問題。

> 我在幾天前讀了一本好書。那本書是將奶奶每天寫給孫子的信集結成的書。在書中，奶奶告訴孫子要多讀書，並且多結交好朋友。這樣的話雖然常常能從身邊的人那裡聽到，但往往聽過就容易忘記。然而，當讀著用愛寫下的書信時，( ㉠ )，也更能感受到寫信人的心意。我想將來如果有話想傳達時，我也要像這樣寫信傳達。

69. 請選出最適合填入 ㉠ 的選項。 (3分)
    ① 知識也會增加
    ② 也能製作成書
    ③ 也能長久留在記憶裡
    ④ 也能擅長寫信

70. 請選出根據上文推斷出的內容。 (3分)
    ① 我喜歡閱讀書籍。
    ② 奶奶應該要對孫子說些好話。
    ③ 結交好朋友並努力生活很重要。
    ④ 想要傳達心意時，寫信是一種很好的方式。

EZKorea 檢定 12

# 新韓檢初級閱讀速成攻略 HOT TOPIK I
# （附考前衝刺單字小冊）

| | |
|---|---|
| 作　　　者 | 金順禮、金愛羅、金鍾淑 |
| 翻　　　譯 | 關亭薇 |
| 編　　　輯 | 葉羿妤 |
| 校對協助 | 何睿哲 |
| 封面設計 | 初雨有限公司 (ivy_design) |
| 內頁排版 | 唯翔工作室 |
| 行銷企劃 | 張爾芸 |

新韓檢初級閱讀速成攻略 HOT TOPIK I / 金順禮，金愛羅，金鍾淑著；關亭薇譯. -- 初版. -- 臺北市：日月文化出版股份有限公司, 2025.07
　　面；19 x 25.7 公分. -- （EZKorea 檢定；12）
譯自：한국어능력시험 핫 토픽 HOT TOPIK 1 읽기 [ 개정판 ]
ISBN 978-626-7641-60-6（平裝）

1.CST: 韓語 2.CST: 能力測驗

803.289　　　　　　　　　　　　　114005593

| | |
|---|---|
| 發 行 人 | 洪祺祥 |
| 副總經理 | 洪偉傑 |
| 副總編輯 | 曹仲堯 |
| 法律顧問 | 建大法律事務所 |
| 財務顧問 | 高威會計師事務所 |

| | |
|---|---|
| 出　　版 | 日月文化出版股份有限公司 |
| 製　　作 | EZ 叢書館 |
| 地　　址 | 臺北市信義路三段 151 號 8 樓 |
| 電　　話 | (02) 2708-5509 |
| 傳　　真 | (02) 2708-6157 |
| 客服信箱 | service@heliopolis.com.tw |
| 網　　址 | http://www.heliopolis.com.tw/ |
| 郵撥帳號 | 19716071 日月文化出版股份有限公司 |

| | |
|---|---|
| 總 經 銷 | 聯合發行股份有限公司 |
| 電　　話 | (02) 2917-8022 |
| 傳　　真 | (02) 2915-7212 |

| | |
|---|---|
| 印　　刷 | 中原造像股份有限公司 |
| 初　　版 | 2025 年 7 月 |
| 定　　價 | 400 元 |
| I S B N | 978-626-7641-60-6 |

핫 토픽 HOT TOPIK 1 읽기 [ 개정판 ]
Copyright © 2024 by KIM SOONLYE & KIM AERA & KIM JONGSOOK
All rights reserved.
Original Korean edition published by HangeulPark (Language Plus)
Traditional Chinese Translation Copyright © 2025 by Heliopolis Culture Group Co., Ltd.
This Traditional Chinese edition arranged with HangeulPark (Language Plus)
through M.J Agency, in Taipei.

◎版權所有 · 翻印必究
◎本書如有缺頁、破損、裝訂錯誤，請寄回本公司更換